朱天心

古都

王德威主編　當代小說家 6

Edited by David D. W. Wang,
Professor of Chinese Literature, Columbia University.
Published by Rye Field Publications,
(A division of Cité Publishing Ltd.)
11F, No. 213, Sec. 2, Hsin-Yi Rd., Taipei, Taiwan.

當代小說家6

古都

作　者／朱天心
主　編／王德威
責任編輯／林慈敏　黃秀如
發 行 人／陳雨航
出　版／麥田出版
台北市信義路二段251號6樓
電話：(02)23517776　傳眞(02)23519179
發　行／城邦文化事業股份有限公司
台北市信義路二段213號11樓
電話：(02)23965698　傳眞：(02)23570954
網址：www.cite.com.tw
E-mail:service@cite.com.tw
郵撥帳號：18966004　城邦文化事業股份有限公司
香港發行所／城邦（香港）出版集團
香港北角英皇道310號雲華大廈4／F，504室
電話：25086231　傳眞：25789337
新馬發行所／城邦（新馬）出版集團
Penthouse, 17, Jalan Balai Polis,
50000 Kuala Lumpur, Malaysia
電話：(603)2060833　傳眞：(603)2060633
印　刷／凌晨企業有限公司
初版一刷／一九九七年五月一日
初版七刷／二〇〇〇年七月十五日
售　價／二二〇元

ISBN／957-708-492-3

【當代小說家】

編輯前言

王德威

八〇年代以來，海峽兩岸的文學相繼綻放新意，而且互動頻仍。其中尤以小說的變化，最爲多彩多姿。或由於毛文毛語的衰竭，或由於解嚴精神的亢揚，新一代的作者反思家國歷史的變化，觀察欲望意識的流轉，深刻動人處，較前輩只有過之而無不及。

回顧前此現代小說的創作環境，我們還眞找不出一個時期，能容許如此衆聲喧嘩的場面。政治依然是多數小說家念之寫之的對象，但「感時憂國」以外，性別、情色、族羣、生態等議題，無不引發種種筆下交鋒。更不提文字、形式實驗本身所隱含的顚頏玩忽姿態。宋澤萊、張承志從小說見證意識形態的眞理，王文興、李永平則由文字找到美學極致的依歸。共產烏托邦裏興出了莫言、賈平凹的《酒國》與《廢都》，而白先勇、朱天文的孽子荒人正要建立同志烏托邦。蘇童《妻妾成羣》，李昂《暗夜》《殺夫》。尤有甚者，平路的國父曾戀愛，張大春的總統專撒謊。歷史流散，主義量產。彼岸要說這是「新時期」的亂象，我們不妨稱之爲「世紀末的華麗」。

我們的世紀雖自名爲「現代」，但在建構文學史觀時，貴古薄今的氣息何曾稍歇？魯迅曾被神化爲絕世宗師，彷彿新文學自他首開其端後，走的就是下坡路。而寫實主義萬應萬靈，從當年的爲人生爲革命，到今天的爲土地爲建國，正是一脈相承。所幸作家的想像力遠超過評者史家。他（她）們不但勇於創新，而且還教我們「溫新」而「知故」。阿城、韓少功的「尋根」小說，使沈從文的風采重見天日；林燿德、張啓疆的臺北都會掃描，竟似向半世紀前的海派作家致敬。而張愛玲傳奇的歷久彌新，不正來自張迷作家的活學活用？文學史的傳承其實是由無數斷層所組合。當代小說家的成就未必呼應任何前之來者。但也正因此，他（她）們所形成的錯綜關係更凸顯新文學的傳統，原就應當如此曲折多姿。

然而反諷的是，小說家如今文路廣開的局面，也可能是一種反高潮。從魯迅到戴厚英，從吳濁流到陳映眞，小說家曾與國族的文化想像息息相關。他（她）們作品的流傳或查抄，無不成爲社會象徵活動的焦點。影響所及，甚至金庸或瓊瑤的風行或禁刊，也可作如是觀。但曾幾何時，小說家發現他（她）們越能言所欲言，他（她）們在家國「大敍述」中的地位反而每下愈況。經過半世紀的磨鍊，現代中國小說的可讀性與日俱增，昔日的讀者卻不可復求。世紀末影音文化的風靡騷動，不過是問題的一端而已。

一種文類的興盛與消亡，在過往的文學史裏所在多有。中國「現代」小說，果不其然要隨著二十世紀成爲過去？有能耐的作家，早已伺機多角經營。他（她）們或爲未來的作品累積經驗，或藉已有的文名隨波逐流，是非功過，都還言之過早。與此同時，就有一批作者寧願獨處一隅，以千言萬語博取有數讀者的讚彈。寫作或正如朱天文所謂，已成一種「奢靡的實踐」。彼岸的王安憶更以一本《紀實與虛構》，道盡小說家無中生有、又由有而無的寓言。從自我創造，到自我抹銷，滿紙是辛酸淚，還是荒唐言？兩百五十多年前曹雪芹孤獨的身影，依稀重到眼前。而我們記得，《紅樓夢》寫了原是爲一二知音看的。

這大約是當代中文小說最大的弔詭了。小說世紀的繁華看似方才降臨，卻又要忽焉散盡。以時間的觀念而言，當代意味浮光掠影的刹那，但放大眼光，（文學）歷史正是無數當代光影的投射。〈當代小說家〉系列的推出，即是基於這樣的自覺。以往全集、大系的編輯講究回顧總結、成其大統。這套系列既名爲當代，注定首尾開放，而且與時俱變。所介紹的作者都是以其精鍊風格或實驗精神，在近年廣被看好。世紀將盡，這羣當代小說家也許只能捕捉一時光芒——他（她）們甚至可能是羣末代小說家。但只要說故事仍是我們文化中重要的象徵表義活動，下個世紀的中文小說風景，應由他（她）們首開其端。

在編輯體例上，這套系列將維持多樣的面貌。除了精選作品外，也收入評論文字及作者創作年表。作爲專業讀者，我對每位作者各有看法，也有話要說。這些話將見諸每集序論部分。評者的讚彈，當然是見仁見智之舉。以一己之（偏）見與作家對話，我毋寧更願藉此機會表示對他（她）們的敬意：寫小說不容易，但閱讀好小說，眞是件快樂的事。

王德威，文學評論家，美國哥倫比亞大學東亞系及比較文學研究所教授。

目次

序論

老靈魂前世今生

——朱天心的小說

王德威

也許是千百年後吧。文明昇沉，萬事播遷，五洲板塊又是幾度震盪後，有個曾叫台灣的島嶼依稀殘存。朔風野大，天地洪荒，早已闃無人煙的古都台北，或還殘存當年一二繁華遺跡？沿著昔日總統府、二二八紀念公園舊址行來，荒煙迷漫，鬼聲啾啾。掘地三尺，哪還有半點屍骸。倒是千百頁尚未腐化盡淨的斷簡殘篇，成爲對某個世紀書市文化的最後見證。

一陣腥風吹起那些書堆，噼噼啪啪，你彷彿聽到陣陣歌哭之聲：「昨日當我……」、「想我……」、「我記得……」。是老靈魂的聲音麼？穿過死生大限，它還是陰魂不散！世事混沌不清，世事又全如所料。在歷史廢墟間，老靈魂彳亍徘徊，不忍離去——一切早都關燈打烊了，它還在摸黑找些什麼？

自八〇年代末期以來，小說家朱天心開始營造她的老靈魂世界。閱人述事，洞若觀火，筆調則如此老辣蒼涼。從《我記得……》到《想我眷村的兄弟們》，再到新作《古都》，朱的創作量不能算多，但每次出手，必然引起議論。讀者或爲她的題材側目不已，或爲她的「論文體」敍述嘖嘖稱奇。但最不可思議的，還是她率團登場的老靈魂人物。老靈魂來自各行各業，窮通蹇達不等，但個個「先天下之憂而憂」。他（她）們悸懼衰老與死亡，卻有窮究老與死的興趣。他（她）們看來對一切都不在乎了，卻比誰都更在乎一切。在朱天心的指揮下，老靈魂滲透你我之間，散播末世消息。人家希望、快樂，老靈魂暗自神傷；人家心靈改革，老靈魂心亂如麻。這眞是羣殺風景的人物。

而朱天心自己也是個老靈魂麼？小說家和她的人物眞得對號入座麼？也不過就是十多年前吧，朱天心憑著《擊壤歌》、《方舟上的日子》等作，頌讚青春，風靡多少學子。幾番周折，她竟拋棄同輩讀者（如我等），決心先自行老去。但她老得並不徹底，她還有話要說。過分老於世故的人其實寫不出像〈想我眷村的兄弟們〉、〈匈牙利之水〉這樣的作品。是犬儒，也是天眞，朱天心的作品因此形成一種風格的時差。這也許可作爲我們進入她「老靈魂學」的一個門徑。

一、與歷史怪獸搏鬥

朱天心作品最重要的特色是對時間、記憶，與歷史的不斷反思，而她老靈魂式的角色成爲啓動此一反思行爲的最佳媒介。老靈魂生年不滿半百，心懷千歲之憂。他（她）們知道太平盛世其實隱藏了無數劫毀的契機，也驚訝在死生大限之前，凡夫俗子竟能活得如此渾然無知覺。今朝歡樂，明朝枯骨，生命的必然與偶然，不就是一線之隔。虛空的虛空啊，一切的貪癡嗔怨，總要歸於徒然。老靈魂獨探死生的幽微邏輯，夙夜匪懈，且啼且笑，於是有了不能已於言者的衝動，有了書寫的欲望。

論者可以輕易指出，老靈魂的憂慮就算事出有因，畢竟是有閒階級的玩藝兒。芸芸衆生未必眞傻到不知生老病死，然而眼前的「近憂」都照顧不來了，還談什麼遠慮？朱天心的人物都犯了一個毛病——杞人憂天。朱天心要不以爲然了。她可反駁她的老靈魂其實個個胸無大志，他（她）們所關心的就是眼前的芝麻綠豆。一般人自謂看近難看遠，說穿了，看得還是不夠近。誰能想像這一分鐘的家常，埋藏了下一分鐘的什麼噩耗？老靈魂事事關心，事事擔心，他（她）們活得好累，也是不可救藥的現實主義者。

朱天心折衝於最細密的現實關懷，以及最迂闊的生死憂思間，形成了她作品中的一大弔詭。照道理說，已經看到死亡另一面風景的老靈魂，還有什麼心情斤斤計較浮世人生？但我以爲這一弔詭是她敍事風格的基礎，也與她想像歷史的方式息息相關。看她的作品，尤其像〈預知死亡紀事〉及〈拉曼查志士〉等，不由你不覺得她筆下人物憂生憂死，已跡近妄想狂的徵兆。「人有旦夕禍福」眞是他（她）們的座右銘。有幸死得其願、死得其所的人畢竟太少。爲了「走得」乾淨，老靈魂們上自生辰八字，下至內衣內褲都得事前交代打點。但欲潔何曾潔，只怕生命中的瑣碎讓我們活得謹小愼微，死得也不明不白。〈「預知」死亡紀事〉，顧名思義，已充滿自我解嘲玄機。死亡如果是一了百了，哪由得我們預知後事？生命是如此嬗遞紊亂，怎能敍述紀事？老靈魂是在打一場看不見敵人的仗，其虛張聲勢處，恰如四百年前的唐・吉訶德一般。

朱天心及她的人物一方面苦於世事無常，一方面又貪婪的吞吐千百種過眼資訊，成爲一種文字反芻奇觀。讀者或要爲她益趨漫漶的風格所苦，因爲她越來越不能講個一淸二楚的故事。但換個角度，朱天心放棄傳統定義的故事性，幾乎是理所當然的事。藉此她反可能逼近現實無明也無常的面相。她的瑣碎議論姿態成爲對抗歷史大說的方式。所謂本末倒置於她或有新解。當事物的「本」已無所可本，我們所能有的也只是枝微節末。正因爲朱及她的人物意識到大歷史的了無理性，他（她）們對生活的細節，對記憶的縫隙，愈發變本加厲的摩挲思辨。

在這一方面，朱天心讓我們想到了張愛玲——儘管張可能是她雅不欲再有轇轕的家傳祕方。想想張的名言：

> 在時代的高潮來到之前，斬釘截鐵的事物不過是例外。人們只是感覺日常的一切都有點兒不對，不對到恐怖的程度……爲要證實自己的存在，抓住一點眞實的，最基本的東西，不能不求助於古老的記憶。❶

張愛玲素以唯妙唯肖的模擬技巧，贏得口碑，事實上她勝於一般寫實作家之處，更在於她從不把現實視爲當然。她的白描功夫與其說建構紙上現實，不如說因其過於精密尖銳，因而粉碎了我們居之不疑的現實觀。朱天心的風格並不近於張，但在想像大難當前，「苟且偷安」的方法上，居然與祖師奶奶仍有若合符節之處。

二、我記得什麼？

言歸正傳，朱天心創造老靈魂的過程，究竟十分曲折。由於家學淵源，十來歲的朱已頗有大將之風。再加上老牌才子胡蘭成的點撥，下筆行文在在令人驚豔。《擊壤歌》所煥發的率性浪漫，不啻是鹿橋《未央歌》的一脈眞傳，而朱天心那樣「隨便」的就念完北一女，還成了台大人，眞讓我輩嘆爲觀止。與此同時，朱參與《三三集刊》活動，詩書天下，禮樂江山，好不熱鬧。她的軍眷家庭背景當然也對她多有影響，天地正氣到國家主義再到兒女英雄，一種緊密內爍的生活形式及信念，於焉興起。

然而才女終將長大，時光難再倒流。早在大學時期，朱天心已兀自在思考著生命無可奈何的變數。像《未了》、《時移事往》、《昨日當我年輕時》這些篇目題名，都宣示了她對感情、身分、年歲的焦慮——儘管她急切的言志傾向，每每使作品讀來造作。然後她推出了《我記得……》（一九八七），以一系列犀利諷刺的故事，爲老靈魂式角色畫下雛形。《我記得……》後十年間，朱天心除了創作，也淺涉政治活動。她的改變，竟與台灣從戒嚴到解嚴，從一黨到多黨的時刻表相互輝映。批評家樂得就此大作文章。或強調朱因族羣、政治信仰認同的危機，由青春浪漫變得辛辣保守（詹愷苓）；或指出她一向追求主流以內的政治正確性，面臨九〇年代的衆聲喧嘩，不免無所適從起來（何春蕤）；或批評她的性別意識過於畫地自限，間接反映她國族認同上的故步自封（邱貴芬）❷。這許多研究中，黃錦樹的專論〈從大觀園到咖啡館〉最爲可觀。仔細爬梳朱的作品後，黃寫出朱的創作時空及風格上的巧妙互動，以及她投身、記錄及批判社會動態中的特徵。黃錦樹更提醒我們胡蘭成當年對朱的評價及期許，從而見證朱與她胡爺爺間頗見張力的對話關係❸。

這些評論不乏中肯意見，但也有一二聲音過分依賴當今的政治及理論立場，對朱訓勉有加。評者的讚彈，朱盡可嗤之以鼻：小說的可讀性與否，與政治或文學理論正確性多寡，其實沒有必然關係。意識形態最保守的作家（如杜斯妥也夫斯基）可以寫出最激進的作品，何況台灣這年頭左右統獨交投熱絡，誰激進、誰保守，還有待下回分解。朱對歷史的不確定性念茲在茲，這幾年政壇學界的怪態早就是她下筆的好材料（如〈佛滅〉、〈我記得……〉）。面對衝著自己來的「歷史」評價（包括本文在內），大可以自謔謔人的方式，好好分析一番。

我的問題在於，不管怎麼看朱天心的前世今生，多數評者的立論皆止於單線史觀，他（她）

們以朱前期的青春純眞對照後期的世故潑辣；或以前期的天父國父師父（胡蘭成）三位一體對照後期的「去聖已遠，寶變爲石」。朱天心的創作歷程因此成爲一則墮落與成長的故事，一則失樂園式的神話。自詡前衛的評者尤其不耐朱的頻頻回首姿態；歷史裂變之後，她似乎越來越舉足維艱了。對這些批評，朱也曾切切以小說或評論形式，有所辯解。奇怪的是到目前爲止，她的反駁同樣落在起承轉合的邏輯裏，以致與她的「敵人」們形成五十步與百步的拉鋸。

我同意多數評者的看法，認爲朱天心在八〇年代末期經歷了題材與風格的斷裂，但卻以爲這一裂痕的前因和後果，不見得如此清楚明白。我更以爲朱天心所創造的老靈魂人物隱含了繁複的時間、記憶線索，而作爲創作者，朱仍然低估了這些老靈魂們的潛力。對那些嘲笑她不夠民主前進的人，朱天心可以幽幽的嘆道：在歷史的進程裏，她與她的老靈魂正如班雅明(Benjamin)的天使一樣，是以背向，而非面向，未來。他（她）們實在是臉朝過去，被名爲「進步」的風暴吹得一步一步的「退」向未來[4]。不僅此也，只要歷史與記憶代表著一種人爲的時間紀錄，過去與未來總是不斷分殖增減，任何可見的裂變，也不過是權宜的時間座標罷了。

如果老靈魂眞如朱天心所謂，可以預言休咎，那是因爲他（她）們對往事看得太細太多。如果老靈魂逃避歷史，那是因爲未來的變數使他（她）們無從對過去遽下論斷。細心看來，朱天心這幾年的小說不僅僅在重複追悼一種歷史而已。她每一則有關老靈魂的故事都挖掘出我們記憶過去，構想現實的又一斷層。最顯而易見的，她寫反共復國迷信的消失，革命建國神話的興起（〈十日談〉、〈想我眷村的兄弟們〉，並驚異於剛破除迷信的人怎又製造神話。在國家論述外，朱為不同族羣、性別、行業追尋歷史，形成一種人類學式的總匯❺。任勞任怨以致不成人樣的媽媽（〈袋鼠族物語〉），暗通款曲的女同性戀（〈春風蝴蝶之事〉），心口不一的社會良心分子（〈佛滅〉），時有非分之想的安分小民（〈第凡內早餐〉），當然還有江湖老去的眷村少年（〈想我眷村的兄弟們〉）。每種「人類」都有他們的譜系。不應，也不能，化約為一簡單的歷史敍述。

而當這些類別的人物相互交錯，他（她）所構成的繁複動線，才讓我們更驚異於朱天心的駁雜史觀。想想袋鼠族媽媽如何有朝一日可成為半吊子股票族及政治族（〈新黨十九日〉），或良家婦女如何在累積雜物的過程中（〈鶴妻〉），可能與那個雜貨店老闆兼戀童癖者互通有無（〈去年在馬倫巴〉）。這些角色各有各的生存軌跡，卻都從無意義的交會甚或交易中形成自己身分的認知。朱天心應會慨嘆，歷史何嘗不是一種附加價值，一筆多餘的開銷(surplus value)，只是所交易的項目，因人而異。知識分子或許隱隱感到自己的不誠實，但賺到手的利益怎能拱手讓出？〈佛滅〉中的反對運動菁英其實是最精明的投資者，一句「我存在，因為我反對」恰似政治活動的賣點，文化理論的明牌。而〈我記得……〉中的廣告商只有在命危時，靈光一現的記得往日烏托邦式政治寄託。

從政治到廣告，從歷史到雜碎，識者或要詬病朱天心的犬儒尖誚。然而唯其如此，朱顯示出她的眼光與衆不同。主流的歷史是選擇性記憶過去的歷史，或說穿了，是遺忘（絕大部分的）過去的歷史——國、民兩黨紀念二二八的方式其實有異曲同工之妙。當大家急於爲過去翻案或定案時，像朱天心這樣的作者貿貿然跑出來喊一聲「我記得」，難怪要干犯衆怒。她記得我們應該忘卻的，想起我們不願或不敢記得的。由是觀之，〈去年在馬倫巴〉的拾荒者／雜貨販子角色，眞是她老靈魂的原型人物，而她僞百科全書式的敍事方法，實在是良有以也。

朱天心最近的作品更變本加厲，強調我們的記憶不只憑藉知識經驗，也憑藉感官本能，像是嗅覺與聽覺（〈匈牙利之水〉），視覺與味覺（〈古都〉），的觸發。歷史是時間也是感官之旅。在這方面，她的前驅是寫《追憶似水年華》的普魯斯特（Proust）。容我再套用班雅明論普魯斯特的例子。普魯斯特追憶（或記得）往事的方式與衆不同；他大白天也蜷縮在陰暗的房子裏，點滴凝聚散亂的往事。荷馬史詩《奧狄賽》（*Odyssey*）中的奧底修斯離家二十年沒有音信，他的妻子琵那洛琵爲了退卻衆多伺機求婚者，以織完手中布匹爲藉口。她於是白天織，晚上拆，夜以繼日，延宕承諾。普魯斯特追憶往事恰似琵那洛琵織布一樣。不同的是，他白天拆，晚上織。表面漫無章法的敍述，暗地自有道理可循[6]。朱天心的「我記得」是在這一白天拆，晚上織的層次上，將過去的可能與不可能偷偷結成一氣。

我們再回到前述朱天心的意識形態是否前進或後退，或創作風格是否統一或斷裂的爭議上，才能了解這些評判仍有其局限。當老靈魂告訴我們歷史永恆埋藏裂變，進步也是退步，我們又焉知她自己創作史上的分裂不是統一，保守不是激進呢？沒有前期的〈未了〉，哪裏來後期的〈想我眷村的兄弟們〉？寫女同性戀的〈春風蝴蝶之事〉，未嘗不讓我們記起《擊壤歌》中的同學姊妹情深。朱天心對政治的疑慮，恰是當年她對政治的信念的一體兩面。三三時期的她熱烈擁抱青春，漸入中年的她提早頌讚衰老，骨子裏的認眞張致卻是一如既往。而老靈魂坐立難安的處處危機論，與胡蘭成「大自然的五基本法則」中的處處轉機論，竟似源自同一神秘主義的辯證。我爲朱天心記起她（可能）願意忘記的，無非強調她老靈魂哲學的無孔不入，終將以蝕毀她自己爲自己營造的立場，作爲終結：老靈魂的勝利就是失敗。

我曾在前此的書評中稱呼朱天心是「老靈魂裏的新鮮人」，因爲看到她與她人物間畢竟有所差距❼。面對歷史亂流，朱天心還是有太多話要說，也還嚮往一個清楚的，有是非正義的烏托邦時間表。她的「知其不可爲而爲之」可以是一切撒手前的阿Q演出，也可能是悲劇情懷的最後勃發。我以爲徘徊在這兩種極端間，朱仍心有不甘：她畢竟不夠老。也正因此，她願意陷入與她批評者同樣單面向的邏輯，並以之論辯抗爭。她的矛盾表諸文字，已形成一些極具張力的作品（如〈去年在馬倫巴〉、〈想我眷村的兄弟們〉），但是否也已構成一種局限呢？

三、怨毒著書說

朱天心早期作品處處留情，但已時見機鋒。彼時的她彷彿年紀、身分尚不足觀，是以姑且隱忍下來，轉而放肆衆皆曰可的似水柔情。但在〈時移事往〉中，我們已經可見這位女子別有所圖。這篇故事自男性觀點剖析七〇年代女性成長的經驗。女主角愛波集理想浪漫虛榮於一身，已跡近概念性人物。我們的男性敘事者暗戀愛波而不得，卻注定要在她每逢危難時拔刀——手術刀——相助。他數度操刀進入愛波體內，爲她墮胎，爲她除病。愛波終於不治，留下男主人翁悵惘時光流逝。

我們當然可說愛波就是那美好卻不無缺憾的往事化身。但這篇小說眞正引人注目的，是朱男性化的觀點，以及老練的辭鋒；她在寫作的手術台上，也是下筆如刀。一反多數女性作家所擅的溫柔敦厚，朱天心嘲諷譏刺，左右開弓。到了八〇年代後期的〈佛滅〉，朱寫盡社會菁英的僞善及算計，由於嘲仿的對象呼之欲出，一時引來議論紛紛。

袁瓊瓊早就指出，朱天心筆觸「火熱」，而朱自己也承認，她時有「陷刻少恩」之虞[8]。對此朱大概要辯稱，「予豈好辯哉！」的確，在這個不講道理的時代，朱的得理不饒人反予人不夠厚道之感了。到了她的老靈魂人物披掛上陣，更讓我們覺得朱嚴以待人，卻也自苦得緊。相因相襲，使她的作品充滿怨毒之氣。

我刻意使用怨毒二字，想到的是古典小說批評「庶人之議、怨毒著書」的傳統。金聖嘆評《水滸傳》，謂「其言激憤，殊傷雅道，然怨毒著書，史遷不免，於稗官又奚責焉」[9]。金將《水滸》與《史記》並列，暗指太史公「發憤著書」的傳統到晚明已由小說賡續。是在怎樣激越憤懣的情懷裏，一代史家執起如椽之筆，針砭人事，千百年後依然撼人心弦？而又是在怎樣滯塞鬱悶的環境下，小說家以小搏大，念念以史筆自居？金聖嘆於是嘆道：「從來庶人之議，皆史也。庶人則何敢議也？庶人不敢議也。庶人不敢議而又議，何也？天下有道，然後庶人不議也。」❿再過三百多年，小說家不擊壤而歌，反而要寫「政治週記」。朱本來學的是歷史，現在以庶人之議的姿態，怨毒著書，想來也是感觸良多了。

現代中國文學傳統中也有怨毒著書的一支，箇中大師，不是別人，正是魯迅。一般看魯迅側重他感時憂國的一面，但大師百難排解的怨懟，無時或已的憂疑，可能才更令人心有戚戚焉。《吶喊》、《徬徨》固然顯示其人的抱負與志業，但也充塞抑滯不散的曖昧心情。怨毒的傳統到了魯迅正如一柄兩刃之劍，能夠傷人，也能自傷。魯迅似乎頗有自知之明，散文詩〈野草〉中一再敷衍他的兩難，最動人的例子莫如〈墓碣文〉中那個自噬其心的游魂：

> 於浩歌狂熱之際中寒；於天上看見深淵。於一切眼中看見無所有；於無所希望中得救……
> 有一游魂，化爲長蛇，口有毒牙。不以嚙人，自嚙其身，終以殞顛……
> 扶心自食，欲知本味。創痛酷烈，本味何能知？……⓫

識者或要說，朱天心哪裏能比得魯迅深刻或深沉。但這已是個生命不可承受之輕的時代，比起世紀初的吶喊與徬徨，作家或者只宜訕笑或自嘲罷了，即便如此，朱天心的老靈魂上下求索而百無出路，滿紙道理而又矛盾處處，不能不使我們想到魯迅部分人物。而我談起魯迅，未必只是抬舉朱天心，也更想指出她老靈魂式的邏輯，也可能陷入一種套套語(tautology)僵局，正如魯迅自噬其心的游魂一般。老靈魂以其世故犬儒，作爲批評天下無道，兼亦「反抗絕望」的方法⓬。但同樣的世故犬儒也可能培養出「虛假的洞見」(Enlightened False Consciousness)甚至成見，陷溺其間而不能自拔⓭。當老靈魂自謂明白一切，可以預言休咎時，我們得提防她是個假先知。

從當代理論的角度，朱天心一脈的怨毒著書法也可找到部分解釋。尼采的辱恨說(ressentiment)是論者一再指出的現代意識之一端。從杜斯妥也夫斯基的地下室人(*Notes from the Underground*)到色林(Céline)小說的荒唐小人，英雄都成了反英雄。他們因受辱而心懷怨恨，但沉浸在不斷循迴的痛苦記憶及想像的報復中，他們由自怨竟然可發展成「自愛」。受苦成了不請自來的權利，使他們由最低姿態中，嘗到了自欺欺人的「精神勝利」。而一種暴力的種子已自萌芽。魯迅的阿Q應是個好例子吧？但仔細看朱天心的老靈魂，我不覺得他（她）們自抬早受貶抑的身價，也未必僅能苦中作樂並以此作爲報復自己與他人的起點。她的風格也讓我想起心理學的「不堪」(abjection)觀點。

「不堪」不同於「辱恨」，因爲前者雖出於對外界壓力的回應，卻不汲汲營造內心憤恚的永劫循環。不堪的意識一樣讓人覺得卑下委屈，卻殊少因此發揮成想像或行動的暴虐結果。折衝於體制內外，不堪的人自覺失去發言地位，因此努力找尋、挑逗對話的機會。雖明知一己的地位與聲音可能成爲笑柄，一股因不甘而想還嘴的衝動總是縈繞不去。心理學家克里斯多娃(Kristeva)特別強調不堪意識的「門檻」經驗：不上不下，不裏不外，不死不活。我們覺得不堪，正是因爲我們對人與己的關係無法確定，從而有了自棄與自救的矛盾衝動。克里斯多娃把這一不堪的意識定位於女性身上，並與生命中的現象如廢物，食物，及生殖連鎖一處。而不堪意識的癥結是被放逐的恐懼，對回歸的欲望。「門檻」內外的對話由此開始[14]。

批評家的理論高來高去，但我們不妨姑妄聽之。由此我們可說朱天心的怨毒著書，來自她文學與政治經驗的情何以堪。她的人物中可找到不少對應例子。像〈從前從前有個浦島太郎〉，寫政治犯被放逐三十年後的回歸，只陷入恍若隔世的時間錯亂。像〈袋鼠族物語〉寫平凡母親的逐步退化與無言抗議，又像〈春風蝴蝶之事〉，寫女同性戀在男性話語霸權下，暗遞心事，都是處理時間、意識形態、語言、性別及性傾向「門檻」內外，相互交爭的故事。這些被主流歷史排斥的人物，是在從自己的不堪（入流）上，認知自己的身分，而這身分每每使他們無所適從。

但我的用意不在以老靈魂人物印證一二理論而已。我更要說，如果她願意，朱天心的老靈魂不必被這些理論束縛住。我在上一節提到，從《時移事往》到《想我眷村的兄弟們》，朱仔細琢磨老靈魂的歷史觀，卻往往低估了這一史觀的殺傷力。老靈魂苟全性命於亂世，不求見容於主流，他（她）們窮究天人之際，應該也會將混沌論的說法，考慮在內。世事參商，牽一髮而動全身。

些微騷動，曲折迴轉，都要讓我們的文化結構有所改變。是禍是福，誰能與聞⓯。「辱恨」或是「不堪」，都各只是衆多線索之一端而已。更進一步，出入在復國論與建國論、永劫循環說與「大自然五基本法則說」，還有袋鼠族、眷村族、雅痞族、同志族等各類歷史間，老靈魂早攪亂一池春水。這些不同角度衍生的史觀，盤根錯節，難分你我，有可能共存共榮，更有可能勸歸於盡。在兩極之間，物競而天未必擇，最新而好的事物不見得是進化史觀的倖存者。既然沒有人能夠以全知角度綜覽過去，即使歷史重演——有如錄影機倒帶重播一樣——我們又哪裏能夠得到同樣的結論⓰？

這一推論並不讓朱天心的負擔減輕，但也許有助於她跳出畫地自限的套套語。老靈魂浮游種種歷史界限間，對自己前此宣稱「知道」一切的「不可知」，終必要啞然失笑罷。因爲他（她）的對手正是憑藉這一全知姿態，爭奪歷史所有權。如果沒有人能自外於歷史，誰又怎能爲歷史過去與未來塑造全景？你我所思所見，無非是萬花筒般的歷史鬼影幢幢？朱的新作《古都》，終於朝著這一方向，作出更深刻的思辨。

四、當歷史變成地理

《古都》是朱天心最新的老靈魂小說集。除了主要的中篇〈古都〉外，這本選集另收有四個短篇：〈拉曼查志士〉、〈威尼斯之死〉、〈匈牙利之水〉及〈第凡內早餐〉。乍看之下，這些小說仍然承續了朱〈我記得……〉、〈想我眷村的兄弟們〉的述寫姿態。但細心讀者可以發覺，前此朱企圖藉議論所作的自衛姿態，如今更多了自省及自嘲的色彩。她仍然企圖記錄或記憶歷史，卻更懷疑一切努力是否終將退化爲本能抽搐。多年來預告時移事往的老靈魂，似乎終於身歷其境，反而因此有種大勢已去（或已定）的從容。

〈拉曼查志士〉基本上是〈預知死亡紀事〉的續篇。其中寫老靈魂對猝不及防的兇死，對身後之事的未雨綢繆，已是狂想曲的筆法。但朱天心借題發揮，一句「不願此生就這樣隨隨便便被發現並就此被認定」，恐怕才眞道出她的意識形態潔癖。〈威尼斯之死〉巧妙挪用湯瑪斯曼的小說名，卻是個作家自剖創作經驗與環境的告白。黃錦樹以此作的地像背景——咖啡館——爲朱天心現階段創作視野的象徵，頗有見解⑰。都會的、自我解構的，以及虛張（男）聲（男）勢的朱天心，已經成爲後現代台北文壇的一景。唯此作過於切近作者本人的創作甘苦談，雖然時有神來之筆，畢竟有此地無銀三百兩的味道。

〈第凡內早餐〉則是一篇精緻而狡黠的小品。一個自謂「我做女奴，已經有九年了」的職業文藝女性，在重複採訪及文字的生涯間，猛然有了一種渴望：「我需要一顆鑽石，使我重獲自由。」鑽石是情眞意長的永恆象徵，也是資產累積的富裕指標。鑽石以其超乎尋常的價値，僞托生活及生命無價的追求。它惹起我們「重獲自由」的迷思，只因爲我們甘願被它套牢。鑽石成了商品拜物異教的法器，資本主義淬煉出的舍利子。而朱天心筆下年華老去（！）的新人類在洞悉「鑽石學」一切後，仍嘿嘿然的全副武裝，「打劫」來「屬於」她的一個結晶體。在珠寶帝國第凡內公司的台北前哨裏，最精緻的消費文明與最寒磣的消費欲望相互撞擊了。朱天心由此中再次看到了文明的「不堪」，但卻衍生了前此少見的黑色幽默。

〈匈牙利之水〉的形式已近中篇。小說寫兩個偶然在小酒館相遇的中年男子，憑著嗅覺（香水、香料）及聽覺（李香蘭的《上海之夜》），重啓記憶之門，進而沉浸於往日時光。證諸小說中眷村生活點滴，我們幾乎可把〈匈牙利之水〉與〈想我眷村的兄弟們〉並讀。只是這一回朱天心更爲強調不請自來的感官直覺，如何像觸媒一樣，引起我們記憶的震顫。麝香薄荷香茅樟腦，丁香豆蔻蘆薈玫瑰，在氤氳的芬芳中，我們「聞」出了已被遺忘的過去。而嗅覺又刺激出聽覺、味覺及觸覺的快感，造成一種象徵主義式感官交錯(synesthesia)的效果。〈匈牙利之水〉會使我們想起普魯斯特到徐四金這一系列作家的美學觀。但如果普魯斯特藉助直覺重新構築他那精緻的似水年華，朱天心可能反其道而行。她看到了，——或是聞到了，禮樂退化爲生物本能的訊號，文明逐漸荒涼的必然。當香味散去，歌聲已遠，回憶最終要變成遺忘——完完全全的遺忘。

這使我想起十四世紀日本散文家吉田兼好《徒然草》中的一段描寫。當我們的至親好友去世，我們哭之葬之，紀之念之。佳節忌日，我們訪視墓園，盤桓良久，不忍離去。但時光流逝，我們的思念之情逐漸無從捉摸。墓木已拱，我們自己也垂垂老去。當懷念別人的人自己也成被懷念的對象，遺忘的骨牌效應已經展開。千百年後，回憶者及被回憶者共化烏有，古墓竟已早轉為良田⑱。

由此我們來到〈古都〉。無論就題材及氣派來說，這篇作品都可視為朱天心近十年來創作的重要盤整。朱天心以往小說不乏各種記憶的儀式。在〈去年在馬倫巴〉中的垃圾資訊／雜貨，〈春風蝴蝶之事〉及〈我的朋友阿里薩〉中的書信自白，還有新作〈匈牙利之水〉的香味與歌聲，都成為朱重現時移事往的媒介。但是是在中篇〈古都〉中，我們得見朱最大膽的嘗試。在這個小說裏，朱終於把她要叫停歷史、喚回時間的欲想空間化。歷史不再是線性發展——無論是可逆還是不可逆，循環或是交雜，而是呈斷層、塊狀的存在。歷史成為一種地理，回憶正如考古。

〈古都〉的故事看似簡單，一位已屆中年的女性敍述者，遠赴京都與當年的老同學相會。兩人曾經親如姊妹「同志」，出了校門卻各奔東西。不意旅美多年的同學突然天外傳眞，敍述者因此立即整裝上路。她要等的同學終未出現，而同時漫步京都卻勾起了層層往事。故事並不就此打住。敍事者比預定日期早回台北，陰錯陽差被當成了日本觀光客。她將錯就錯，拿著日文台北導遊手册，重新逛起她熟得不能再熟的城市。

我們的女敍述者穿街入巷，行行復行行。她腳下的台北像是個幽靈城市，疊映著過去與現在的重重痕跡。總督府還是總統府，艋舺還是萬華，本町還是重慶南路，末廣町、壽町、新起町、西門町。政治的、商業的、人文的、自然的地理／歷史，隨著敍事者的腳步不斷移動穿梭，匯為一處。但台北這座「古都」爲什麼讓多數久居於此的市民，都了無以往的記憶呢？朱天心一再引用〈桃花源記〉的典故。好一個後現代的「晉太元中」，僞觀光客潛入台北桃花源，發現居民「不知有漢，無論魏晉」。這是福氣，還是墮落？

朱天心的愛走路，從《擊壤歌》中的小蝦漫步西門町、中山北路，乃至遠征劍潭、士林已可得見。到了〈古都〉，她把走路的能耐與她的歷史憂思合爲一處，一步一腳印，眞正出入在台北歷史／地理之間。熟悉新馬理論的評者可以再搬出班雅明的「遊蕩者」(flâneur)來比附朱天心的僞觀光客。遊蕩者隱身於巴黎街頭千百過客間，既冷眼旁觀，又不由自己的陷入人潮，形成一種都會景觀，也預言都會現代性的來臨。朱天心的僞觀光客其實是體制內的中產階級，卻時發非制式的思古之幽情。她不坐咖啡館、不逛名店街，「老是若有所思、若有所求的拖著一個大吸鐵，踽踽獨行於城市和荒野，更行過漫長人生的每一路段和角落……而所汲汲吸求到的珍寶往往之於其他大多數人簡直如敝屣垃圾」(〈威尼斯之死〉)。走著走著，她轉進了狹仄的巷弄，晉江街一四五號的門板，浦城街二二巷一號樟樹大王椰，長春路二四九號雀榕趴在牆頭……每一處門庭透露多少歲月風華，人情滄桑。走著走著，她從最繁華的所在看到最寒涼的廢墟：西門町原來是狐鬼流竄的亂葬崗，二二八革命聖地現在是黑美人酒家。與其說她是遊蕩者，更不如說她是個傅柯(Foucault)定義下的考古者[19]。在有限的都會空間內，她幽靈般穿刺於斷層之間，看出罅痕裂縫，看出斷井頹垣。台北日新月異，即便有一點古蹟的影子，也被蹧蹋得不成樣子。是透過一位僞外鄉人／外國人的眼睛，台北變得古意盎然了。

與台北相對的是京都，那平安朝以降的日本古都。相較於台北的怪力亂神，日新又新，京都的一景一物，赫然像是天長地久一般。多次行旅京都的女敍事者簡直對其親愛熟悉到了狎暱程度，眞個是直把他鄉作此鄉了。但也就是這個精緻優雅的文化，曾經侵入了美麗之島，肆行了半世紀的殖民統治。而在另一個時空裏，京都虛心接受了唐宋的文化移植，從此開闢規模。台北的人在爲一個外來政權鼓噪不休時，面對另一個前外來政權代爲傳留的文化遺產，突然都變得美麗與哀愁了。憑著一册新版日治舊台北觀光地圖，台北人企圖找回殖民「史前」的記憶。這一筆殖民與後殖民主義的帳，文化批判論加後殖民論學者應該可以盤算一下。

我更有興趣的是〈古都〉所引起的文學對話及其聯想。顧名思義，〈古都〉的靈感來自川端晚年的名作《古都》。朱天心一向喜歡引用國際文學作品移花接木，另抒新機；前述〈威尼斯之死〉就是個好例子。但是〈古都〉承接川端遺風，疑幻疑眞，野心則要大得多。在川端原作裏，雙胞胎姊妹千重子及苗子自小被分開。千重子長於養父之家，因緣際會遇到苗子，由此展開一段認親故事。但川端更要描寫的，是故事所在京都的四時變化、禮俗節慶。相對人事浮沉，古都的種種儀式沉澱出一種深沉韻律，歷久彌新，千重子及苗子相會一宿後，終於悄然分別。

朱應會體念川端筆下淡淡的「物之哀感」吧？美好的事物分裂、成長、衰老，與其奢盼永恆，那霎時的光華或更令人餘味無盡。千重子與苗子在小雪的淸晨告別，了無痕跡；分離就是完了，全書倏然作結。回到〈古都〉，敍事者與當年親到如「同性戀」般的好友重逢，自然使我們想到川端原作的姊妹相會。但是不然，敍事者根本就沒等到人。今之尾生，即使信守承諾，抱柱而亡，哪裏有人領情？而敍述者自己也不比千重子，獨在異鄉爲異客，她對京都文化再歡喜讚嘆，終究只是旁觀者罷了。

但我以爲朱天心志不僅於此。千重子與苗子一母雙生，命運各殊，才應眞正讓人著迷。兩人這麼像，又這麼不像，誰眞誰假，把愛慕她們的人都弄糊塗了。朱天心有意把握由此而生的二元假象(duplicity)及幻影(simulacrum)的要意，推而廣之，思考一座城市的雙重或多重身世，一種文化的分歧傳承。在異國京都典雅的街上，朱的敍事者居然聯想到家鄉台北；在摩登的都會中，她恍然置身古代世界。而她自己呢？到底是外來客，還是在地人？所有的欲望、記憶，與身分重重掩映，讓人難分彼此，所謂事物的眞理、歷史的因緣都成了衆生法相的投影，一場半夢半醒的迷魅。別的不說，〈古都〉本身就是《古都》的再生與挪移。德勒茲(Deleuz)談重複(repetition)的美學，謂一類切切複製原本眞蹟，建立眞僞秩序，另一類卻以播散爲章法，造出種種似是而非的對應，終於引起始原模式本身眞僞的疑惑[20]。朱天心將台北桃花源移到古都，將現在看成過去，其意或在於此？

更重要的是，〈古都〉是朱天心對自己文學來時路的一次巡禮。她以往作品的重要場景，從重慶南路到西門町，從中山北路到淡水鎭，又被她結實的走了一遍。事實上〈古都〉本身就像一座古蹟，潛在層層文本，有待又一批有心人的挖掘。小蝦與同學間的眉目傳情，二十年後成了異鄉空候；「三三」末期的〈淡水最後列車〉，如今有了淡水快速捷運；〈新黨十九日〉的時代啊，哪曉得會起來這許許多多的衆聲喧嘩；〈去年在馬倫巴〉的荒謬，又怎比得上今日台北的一夕數變？見佛〈佛滅〉，但有信仰的強人一個接一個散播他們的希望與快樂。台北街頭，朱天心窺見各代亡靈四下竄流。好死歹活，各憑天命，江山無夢，嗚呼哀哉。

於是朱天心的敍事者走向太平町，行經六館街，陳天來宅、辜顯榮宅、建昌千秋貴德街、波麗路江山樓。她來到環河路的水門堤外，那個過去朱天心曾比爲揚子江的淡水河。河上不見「方舟」，卻可能有浮屍。

朱天心的老靈魂尋尋覓覓，日暮途窮，終陷於堤外沼澤之地。桃花源遠矣，但見時間的逐客，歷史的遺民徘徊「江」畔。「屈原既放，遊於江潭，行吟澤畔；顏色憔悴，形容枯槁。」不再記得，不再想起，修路幽蔽，道遠忽兮。「這是哪裏？……你放聲大哭。」——恰如三歲時盟盟丟掉手中視若珍寶而旁人不屑一顧的樹葉一樣[21]。老靈魂這回眞是老了。

---

❶張愛玲《流言》，《張愛玲全集》（台北：皇冠，一九九五），頁一九。

❷詹愷苓（楊照）〈浪漫滅絕的轉折——評朱天心小說集《我記得…》〉，《自立副刊》，一九九一年一月七—八日。何春蕤〈方舟之外：論朱天心的近期寫作〉，《中國時報・人間副刊》，一九九四年一月一日。邱貴芬〈想我（自我）放逐的兄弟（姊妹）們：閱讀第二代外省（女）作家朱天心〉，《中外文學》，二二五（一九九三），頁一〇五。

❸黃錦樹〈從大觀園到咖啡館——閱讀／書寫朱天心〉，收於龔鵬程編《台灣的社會與文學》（台北：東大圖書，一九九五），頁二二五—五七，亦參見本書頁二三五—八二。

❹Walter Benjamin, *Illuminations*, trans. Harry Zohn (New York: Schocken, 1969), pp.257-258.

❺黃錦樹，同註❸，頁三三四—四五。

❻Benjamin, p.202.

❼王德威〈老靈魂裏的新鮮人〉，《中時晚報・副刊》，一九九二年五月三日。

❽袁瓊瓊序朱天文《最想念的季節》（台北：遠流，一九九四），頁八。

❾金聖嘆《水滸傳》十八回回首評；見葉朗《中國小說美學》（台北：天山，無出版期），頁八。

❿金聖嘆《水滸傳》回首總評；葉朗，頁七九。

⓫魯迅〈墓碣文〉，《魯迅文集》，卷二，（北京：人民出版社，一九八一），頁二〇二。

⓬我採用汪暉的說法，見〈反抗絕望：魯迅小說的精神特徵〉，《無地彷徨》（浙江：浙江文藝出版社，一九九四），頁三八四—四一八。

⓭Peter Sloterdijk, *Critique of Cynical Reason*, trans. Michael Eldred (Minneapolis: University of Minnesota Press, 1987), pp.3-22.

⓮Julia Kristeva, *Powers of Horror: An Essay on Abjection*, trans. Leon Roudiez (N. Y.: Columbia University Press, 1982)；亦見 Robert Newman, *Transgressions of Reading* (Durham: Duke University Press, 1993), pp. 139-141. Michael A. Bernstein, *Bitter Carnival: Ressentiment and Abject Hero* (Princeton: Princeton University Press, 1992)。

⓯見如 William Paulson 就混沌論與歷史敍述間影響關係的討論，"Literatures, Complexity, and Interdisciplinarity," in Katherine Hayles, ed. *Chaos and Order: Complex Dynamics in Literature and Science* (Chicago: University of Chicago Press, 1991), pp.37-53。

⓰我特別想到生物史學家 Stephen Gold 對物種進化的新看法。見如 *Wonderful Life* (N. Y.: Norton, 1989)。

⓱黃錦樹，同註❺。

⓲吉田兼好《徒然草》，Yoshida Kenko, *Essay in Idleness*, trans. Donald Keene, *Anthology of Japanese Literature* (N. Y.: Grove, 1955), p.236。

⓳見拙譯傅柯《知識的考掘》（台北：麥田，一九九三）。

⓴Gilles Deleuz, Logique du sens, quoted from J. Hillis Miller, *Fiction and Repetition* (Cambridge, MA: Harvard University Press, 1982), p.4.

㉑朱天心《學飛的盟盟》（台北：時報，一九九四），頁一〇六。

序 記憶之書

駱以軍

容我也引安哲羅普洛斯另一部電影的一段話：

開始的時候你會覺得很痛，
彷彿心臟要裂開一般……

同行的年輕流浪藝人，乾淨俊美的臉龐，蹲著這樣對其實還是女孩的姊姊說，其實他是個同性戀，其實總是這樣的呵。其實總沒有完滿的，總是斷裂缺憾的，總是歪斜不值得的。

這樣的「爲了鍾情海盟一生，不願再生一個孩子」的朱天心，一旦專注鏤刻譜寫記憶，便讓我晦暗地感到像是倔強的姊姊在藉著一張霧中之樹的幻燈底片，找尋她的父親。尋父之途的展開，即是鏡像破裂之始，慾望、自我認同成爲符號鍊碼無止盡底遞換和變貌。「我記得……」但「我不只是……」在死之前的一種持續的逃遁、畏死、畏懼意義底空白、任意修改。憂畏在此之瞬無從位標，無系譜可續。

「威尼斯之死」、「第凡內早餐」、「拉曼查志士」、「匈牙利之水」、「古都」，這些篇名，不僅使我在閱讀時，複數的兜覽聯結上相同名字的一些城市或電影片斷（有幾部我甚至並沒有看過但也虛妄地臆想著），各篇正文所虛構的「另一個不存在之星球的民族誌」：香水、咖啡屋、死亡證明、鑽石、城市街道與建築，又強迫你在正文內外的段落停駐時，拉出一條條不可存於三D空間的時間帝國和記憶甬道，它們乍看是白紙黑字，顯得零碎，任性歧差，資訊龐雜，卻往往在閱讀時交換著各個記憶轉角的角色扮串。在朱天心看似刻意瑣碎更刻意寫「稗官街談巷語」，或常被簡單貼上「百科全書小說」標籤，其實野心更大的時間（記憶）雕塑走廊裏，總會被從一扇扇門打開走出，銘刻著殘斷記憶的幽靈給分心。

因此你都不願意和別人回憶過往，並非因爲新的事情太多，新的店、新的偶像、新的醜聞、新的賺錢機會、新的誰誰誰老公的情人、新朝新貴……，你猜想他們正因爲能夠不記得曾經存在的，才能迅速與新的好壞事物相處無間吧。這你無法做到，你甚至半點不肯感慨「舊情綿綿」變成那樣，誠品變成芝麻婚紗，它們相較於過往對你來說都曾是太新的東西，你不願與它有任何關係，哪怕是買本雜誌喝杯咖啡，因爲那又將種下一場流逝的開端。

閱讀朱天心的小說同時，我常被這些沙沙頻疊的雜音干擾著、暗示著、蠱惑著。她記得的，小說中人物記得的，我被斷碎有限的閱讀誘引臆想記得的，其他人記得的，究竟當時是如何如何？各自在自我戲劇化的過程裏，到底是誰引述藉以滔滔雄辯的歷史景觀是眞的？她記得的哪些其實梳爬在另外哪些人的記憶之網上時又是怎樣怎樣的……

讀到〈威尼斯之死〉，她（他？）如何神魂顚倒冷汗涔涔在A飄忽跳躍底城市和通信間翻箱倒櫃地追逐，只因換了不同家的咖啡屋便得挪移虛擬另一座不同的城市。我會想起同是雙魚座的加西亞・馬奎斯一次令人詫異底搧情，他說當他寫完邦迪亞上校死去的那一章，渾身哆嗦，整整哭了兩個鐘頭；讀到〈第凡內早餐〉裏那個爲了買下一枚三十九分鑽石煞有介事盛裝而出（爲了這一件城市裏每天發生千百次地微不足道的一個少女的小交易而大動干戈寫了如許繁瑣包括新人類、鑽石的歷史、馬克思唯物主義），讓我哀傷地想起朵麗斯・雷莘那囈語、日記與敘事雜沓難辨的〈金色筆記〉。我想起〈從許願談起〉，同樣是關於「永恆」之弔詭的寶石的故事，故事的緣由，同樣是由閒聊、搭話、謠傳之間衍演而出。〈拉曼查志士〉，當她寫到那人爲了擔心死後——某一次無法預料之猝死——被人粗暴地裁奪命名，於是神經兮兮地預謀安排自己皮夾內物事的擺設及內褲之挑選，我不禁拍腿大笑嘆息這類題材至此休矣不必再玩，但又忍不住想起安部公房的另一篇小說〈燃燒的地圖〉，一個偵探藉著諸如火柴盒、圖釘這類微不足道卻又可無限延伸想像的物事，拼組著完全空白的另一個人的身世。我想到波赫士如何藉「一面鏡子和一本百科全書」虛構了一個具有哲學、心理學、數學、宗教史、礦產、代數、建築、帝王神話的星球歷史。並非我膽敢將這些閱讀過程瞬息浮現的人名書名粗糙粗暴地替《古都》這些篇小說找尋擬借之閱讀位標，而是一種久蟄睽違，閱讀中可以在層疊遮覆的敘事陷阱中猜疑、耽溺、一種極度誇大極度華麗後的悵然之感，一種對龐大資訊崇敬並虛無的複雜情感。我看見一個作者如何孜孜矻矻，對著某一種多角度包抄卻終不可能到達核心的敘事衝動屢仆屢起。我想到傅柯在《詞與物》（一九六六）中，提到委拉斯蓋茲(Velazquez)的《宮娥圖》（*Les Meninas*）：「一種表象行爲的表象不可能性」(the impossibility of representing the act of representing)。傅柯說，古典時期知識型的不穩定，即在無法將統一的表象功能，呈現並表露的主體給表達出來。於是只能殫心竭慮地將所有表象所需的功能，所有的功能，全部而分散地呈現在一有組織的圖表：於是，畫中的畫家和畫外的觀畫者永無休止的視覺交換，正在被畫的模特兒凝視的目光，畫家（這幅畫眞正的畫家）畫這幅畫時凝視的目光，以及畫面後面推門而入擬仿觀畫者觀望位置的畫中人物，以及畫中牆鏡裏假想可能被攝入其內的觀畫者我們，都蟄伏在尙未發動但一旦發動即錯亂換置的內外視覺之緊張對峙關係裏。

朱天心之前寫政治人物被時間背叛的荒疲虛軟，寫家庭主婦對抗瑣碎庸俗時所依附之神話的幻滅，寫變態男陰鬱遲鈍地在洞穴裏記載光影，她的荒謬喜劇總是猥穢不仁，這點王德威先生早指出乃「師承張愛玲」。而朱天心在這本新作中諸篇令人發狂底詳述鑽石史，氣味與記憶曼陀羅聯想遊戲、死亡證明拼構身事的雜碎詭記，以及漂浮或片段的一篇小說的每一個書寫現場的即興記錄，或者至少四個版本的街道史的名稱雜交，或者亦可讓人輕率聯想起晚近評者以「細節政治」，重新將張愛玲放置於中國「新文學」的敘事脈絡裏，以扞格、不相連貫、矛盾衝突重新省思一直以來對「現代性」的成見。我想朱天心的符號氾濫與百科全書癖自〈去年在馬倫巴〉到〈古都〉的歷史河流淹覆街道，「赫拉克利特河床」式的刻意加劇符碼底雜駁喧嘩，應不僅止於後現代敘事策略「謔仿、排列……乃至對父權主體單義之排列鬆動叛逆」。

詹宏志先生在《我記得……》之序文裏提到朱天心多篇小說關心的是「政治生活的分裂性格」，「每篇〈人物〉至少都隱藏一個以上的矛盾」，事實上《古都》一書，每篇至少都隱藏了一個以上的表象分裂與敘事邏輯之矛盾：早在《想我眷村的兄弟們》中便強烈出現「無視小說敘事傳統中的時間主軸」與「故事框架／人物性格／戲劇動機」貌合神離得「甚至會讓讀者以爲它們都是議論性格強烈的散文」（張大春語）；屢屢令評者疑忌底敘事聲音之性別曖昧，刻意將性別扮串作爲正文底層性別認同之戲劇性內爆（前年董啓章的《安卓珍尼》獲聯合文學小說獎，評審先生一致嘩然，完全看不出作者爲「男性」作家。我那時不知如何臆想著，天心此時讀了，定正露出奸詐的會心微笑吧！）。評者指出其姊朱天文「較前進的女性意識結合了其較保守的年齡與族羣危機意識，使她擺盪在現代與後現代思考模式之間」（劉亮雅語），艾略特《荒原》式的懷舊哀傷與對台北都會符號飄游的戀字癖，戀物癖形成自我分裂，這些，似乎亦可作爲《古都》一書的註腳。是的，這些分裂、矛盾、內文與形式的齟齬，族羣與性別的弔詭，歷史或記憶的貌合神離，從《我記得……》、《想我眷村的兄弟們》乃至《古都》，始終纏祟存在於朱天心的表象世界裏，甚且逐形加劇。在〈第凡內早餐〉中，有一段敍事者在一次對女作家A的採訪之後，臆測到A同時對「我」的「新人類」採樣觀察：

……但可以預見的是，早晚我會在其中讀到A侃侃而談她所觀察到的新人類，如聞其聲如歷其境的生動描述諸如新人類沒什麼歷史包袱，好傳統壞傳統全都丟個乾淨，因此也沒什麼理想價值觀……

……新人類是男的像女的，女的像男的，性別中性化……（因爲訪問A的那天，我才新剪個林強式的短髮，單耳穿一只K金耳環，直筒卡其褲短軍靴）。

……新人類的女生在性方面要主動得多，也無傳統性別差異所帶來的傳統負擔……（如果那天我告訴A，我有時會在MTV包廂裏與當時的男伴解決彼此需要並順便藉此以切磋床上技藝），——或相反，新人類視感情爲負擔，怕吃苦，寧願過無性的生活……（一如我那天告訴她的）。

我告訴A，一意識到她可能期待得到的答案（如我有時或常常在MTV包廂和男伴怎樣怎樣的），我給了A一個不一樣的答案。

採訪者與被採訪者的視覺位置之交換，並對峙膠著，相互形成對方。預先臆度對方對自己的符碼黏貼，於是刻意朝相反面扮演。「我不只是……」新人類、袋鼠族、失落記憶的反對運動者、瀕死恐懼而記起一切的中年人……這些早已出現在朱天心前兩本小說裏的人物，在《古都》一書裏被重寫：它們清一色以仿自傳體第一人稱敍事觀點發言，敍事流程裏讓人不耐的嘮叨囉唆，只要稍一分心便不知所云的離題，龐雜的流行資訊，八卦新聞或平庸朋輩間庶小道消息，它們總在滑稽地傷逝著一些陰晦背德不足爲人道的片斷，或藉某一次無關緊要的儀式來重複勾描自己將被沖水馬桶一併沖掉的存在意義——找尋咖啡屋，布置死亡場景，大張旗鼓地購買一顆小鑽石，兩個大男人互相以物體的氣味考對方的記憶版圖，或僞裝成殖民者重遊「故鄉／異鄉」、「殖民地／被殖民地」的雙城記……這些乍看單一簡潔誇大無聊令人發笑的戲劇動機，後面卻操弄著朱天心對記憶不同角度的側寫練習。我毋寧願意將《古都》一書，視爲朱天心對《我記得……》、《想我眷村的兄弟們》的暗影（相對於光）、負片（相對於正片）、亞文本（相對於文本）之虛擬繁衍。「我不只是……」朱天心藉著氣味的記憶蒙太奇、鑽石史詩、不存在的城市的殖民地圖、替早已巢空記憶的浦島太郎、阿里薩、眷村兄弟、鶴妻重構記憶族落。在九〇年代被不同遭遇升降的「女性記憶」與「外省族裔之記憶」同樣在記憶板塊運動中成爲「他者的歷史」，而朱天心以虛擬的咖啡館史、鑽石史、氣味史、身分證明史、街道史表象其柔腸寸斷，不可被表象之虛擬時間感。

不僅敍事聲音「我」在全書不同篇章裏，分別以不同性別、不同職業、不同年代、不同階段出現；連各篇裏反覆出現且唯一存在的第三人稱角色「A」，亦共謀地以不同的身分變形著。在〈威尼斯之死〉裏A是「我」（朱天心，或文中曾寫過〈去年在馬倫巴〉的另一位男性作家？）多年前某一篇小說中由芻形乃至自體成長的角色。「A」是另一個我（……呈現在小說裏的形式是，兩個微近中年的老朋友（一在台北，一在威尼斯旅行）之間的通信，其使用的事實是，今天的我，與數年前曾一日之內踐踏威尼斯的我，在做或輕鬆或嚴肅的通信對話）。但其實小說（小說中的小說，「我」的小說，或〈去年在馬倫巴〉這篇小說）開始之後，A便失去掌握，脫離「我」的輿圖而任性遷徙著，於是整篇小說（這篇小說，朱天心的小說，或〈威尼斯之死〉這篇小說）成了「我」被A反制著追尋A遷徙中到達的城市而虛擬該「想像中的城市」及A的來信。在〈第凡內早餐〉中，A是如前所述「我」（年輕的朱天心？或文中「無性生活」、「潔癖」、買鑽石的新人類少女？）曾經採訪的一個中年女作家（孤僻、鮮罕接受採訪、耽溺於記憶）。這個A，是不是「臆想著新人類眼中被定型的朱天心」自己呢？「我」與A互換著窺看的主客體位置。在〈匈牙利之水〉中，A（本省背景的中年男子）是「我」（外省背景的中年男子）的氣味記憶導師，他啓蒙了「我」沉陷進遺棄在巷弄裏的記憶之沼，最後，兩人相濡以沫地形成記憶的互補。A與「我」的視覺交換關係在〈古都〉一篇中達到高潮，在這篇小說裏，A是「你／我」（這是這幾篇小說中，朱天心最

《聯合文學》

110

台北市基隆路一段180號10樓

聯合文學出版社有限公司 收

廣告回郵
北區郵政管理局登記證北台字7476號
免貼郵票

您是聯合文學雜誌：□訂戶 □曾是訂戶 □零購讀者 □非訂戶也不曾是零購讀者

您願意聯合文學同仁和你聯繫，向您介紹聯文的雜誌和叢書嗎？□願意 □不願意

姓名： 生日： 年 月 日 性別：□男□女

地址：□□□

電話：(日) (夜) (手機)

學歷： 在學： 職業： 職位：

E-Mail：

沒有閃躲性別、族羣背景，最和自傳類擬和諧，卻唯一使用的第二人稱敍事）。少女時代的暱友，兩人之間，甚至曾經似有若無輕淡含蓄地存在著同性戀的情愫：

……同樣一個星星的夜晚，你和A躺在一張木床上，你還記得月光透過窗上的藤花、窗紗、連光帶影落在你們身上，前文忘了，只記得自己說：「反正將來我是不結婚的。」A黑裏笑起來：「那×××不慘了。」×××是那時正勤寫信給你的男校同年級男生，一張大鼻大眼溫和的臉浮在你眼前，半天，A說：「不知道同性戀好不好玩。」你沒回答，可能白天玩得太瘋了，沒再來得及交換一句話就沉沉睡去，貓咪打呼一般，兩具十七歲年輕的身體。

於是當許多年後，「我」和A相約在京都重會，「我」會像重溯一個私密儀式那樣摒開了丈夫和女兒，隻身前往。「我」真正擔心的是，和A同寢時已過中年的自己，暴顯出現的體味、毛髮、身裁變形和鼾聲。

文中且切割川端康成的同名小說《古都》的段落，以故事中不知是「千重子化身的苗子」還是「苗子化身的千重子」暗涉「我」與A，京都與台北，記憶斷缺凹凸互銜的雙面糾葛。A幾乎是「我」如迪里茲所言「凝固了、被捕捉了的兩個空間影像，是一張恆常在心靈冒險中，遭遇危險傷害時，驅魔用之照片」。A是「我」第一記憶覆寫台北城街的青春，因此當A失約，並未與「我」

在京都重會，小說後半段的「我」重回台北，突然陌生歪斜地扮裝成殖民者，以非我的語言（日文街名）及記憶（日文旅遊指南）重描台北街道輪廓，於是充滿了異質的內在暴力，小說前段（A仍在記憶中伴伺在側）的運鏡抒情徹底消失。

「我」與A這兩個角色像換裝嘉年華般貫穿了全書五個關於記憶的故事，他（她）們互相懸宕、惦念、猜忌、閃躲、互相扮演對方的鏡像，對方對他者的斷裂想像。邱貴芬說「朱天心作品裏自傳和小說創作的模糊界線是否（亦）源於這個氾濫，拒絕定位，拒絕閉鎖的傾向？」站在同樣面臨定位焦慮的（「外省裔」、「男性」、「新人類」）的後輩來看，我卻不能不戚戚焉於朱天心挑逗翻弄文類與文化交流的齟齬糾結，《古都》這本小說較前兩本亦是有關記憶的小說集，更著力於「凝視」的處理——在後殖民文化交流中，殖民者後裔對殖民地的驚異、想像、痛苦、暴力與失位。「……像是一則各種年老民族必定會有的那類寓言，你們曾經不具任何知識，歷史知識，與它愉悅自然的相處過活，待有一天你具備了了解它的知識，並略覺愧疚的重新善待它，雖然你以往對它也傾心相待，但它再也不一樣了，與過往不一樣了……」對於「外省」（眷村）這一逐漸被新挖掘／覆寫的歷史淹覆成「想像社羣」的記憶——縫補、錯置、成爲不可能表象之記憶。〈古都〉裏鋪覆街道輿圖的那許多撥弄著記憶錯亂的名詞（台灣神社台北州廳新公園二二八紀念公園台灣銀行書院町乃木町牯嶺街大稻埕信義路三段一四七巷瑞安街一三五巷大加蚋堡艋舺），或不僅僅是羅蘭・巴特「艾菲爾鐵塔」俯瞰巴黎歷史地層學「區分、認識和重新使記憶聯繫起來」的感覺歡愉或城市入族式。「我不只是……」但她很認眞地發現城市的記憶亦不只是……她少女記憶裏的那座城市、她父系先祖眼神中的那座城市、她母系先祖眼神中的那座城市、「從外面、上面和下面，好像種種事件，好像一見鍾情」；宛如孿生姊妹光影互補地迢望彼此身世的憾缺；宛如喋喋不休，在描述另一座城市如何建造時默記著這一座城市的壞毀；宛如卡爾維諾「一個人在荒野裏馳騁很長一段時間之後，他會渴望一座城市」，當他渴望一座城市時，他會懷想著年少時悠游飄浮過的那些街道、建築和廣場。那些婦女、老人、小孩和異鄉客。但只有一點不同，「在夢想中的城市裏，他正逢青春年少；抵達伊希多拉（台北？京都？威尼斯？第凡內？）時，卻已經是個老人。在廣場那頭，老人羣坐牆邊，看著年輕人來來去去；他和這些老人並坐在一起。慾望已經成爲記憶。」

敬謹爲序。

駱以軍，小說創作者。

古都

威尼斯之死

嘿——別緊張，沒有任何人死，沒有任何事發生。

也沒有湯瑪斯曼，沒有維斯康堤，甚至與眞正的威尼斯也並無關係。

爲什麼說眞正的威尼斯呢？

眞正的威尼斯，就是你我所共知，那個在義大利東北角上，快要陸沉的水上城市，數年前，我以一筆在我當時的經濟狀況堪稱鉅額的文學獎獎金，陪同我的老父老母參加一個十四日歐洲精華遊的旅行團、曾踐踏之，我用踐踏而不用流浪或旅行，一來流浪一詞已被我的一名女同業及其仿傚者使用殆盡，二來我才在那裏盤桓一日，連過夜也沒有，扣除掉冗長的用餐所剩的四五個小時裏，我把老父老母託孤給導遊，奮力不停腳的依手上的地圖盡可能踏遍每一條橋和小巷，無暇進入任何一家小鋪觀賞老師傅製作傳統玻璃藝品，也捨不得駐足一家美麗過一家的路邊咖啡座，我居然狠心的匆匆擠過奇花異果的市集，其向我大聲叫賣的婦人一如狄西嘉電影裏的，我甚至還高興每一個觀光客必去的聖馬可教堂正逢數十年一度的大整修，如此我可以放心的不用進去，少說這又省了一個小時時間。

黃昏時，我心慌意亂的徘徊在可以清楚看到歎息橋的渡船口，無法分心去同情一下舊日得行經此橋赴刑場的死刑犯們，我癡癡遙望著夕陽下波光粼粼的亞得利亞海，海天交接處的小離島麗都——每年的威尼斯影展舉行之地，在我很長一段迷戀於大師電影的成長歲月，那幾乎是我心目中無可取代的聖地——那一刻的它，仍然遙遙對我放著光，再沒有一刻，它與我在這地球上距離得如此之近，我深感絕望的再次盤算時間，確定除了選擇脫團或一場大大的混亂失控，我是來不及去來一場了。

如此，我拖著失意的腳步走過歎息橋畔彷彿死刑犯，同時不失現實感的買了五個便宜的仿古木雕刻的石膏質壁飾，回去可當小禮物送給平日負責催我稿子的編輯小女生。

這樣的方式，你還認為適合叫它做旅行嗎？

我以為用踐踏二字來形容尚稱文雅，實在我那樣氣急敗壞、數小時內急行軍的走過大半個威尼斯，只為了——我簡直不知是為了向誰——宣稱：我踐踏，故我存在。其愚其可笑有若街角巷底隨處可見的犬溺貓糞。

好了，這就是我與眞正的威尼斯的唯一關聯。

那末，難不成還有其他的威尼斯？有的。

但這說來話長。

一切都得從我重返台北開始。

返台北前的兩年，我以一筆某大報中篇小說得獎作的獎金，加上銀行當時僅存的數萬元，獨自在東部海濱居住了兩年，該處——你猜錯了！——既不是孟東籬的鹽寮，也不是張貴興的宜蘭壯圍，而是位於此二者的中點，北迴鐵路的某一小站，是朋友免費借住的房子，景氣瘋狂好時，你或可稱它爲度假別墅，但現在只就是一幢海邊廢墟，包括它鄰近的幾家一式一樣的房子，大概從來房主都沒來住過，其斷梁斷柱的破敗如經過火災或炮轟。

我才住半年就想回了，大大違背我去前的立誓要在那裏溷跡終老，甚至娶個山妻，不，錢一點也沒花完，不是我原先擔心的經濟問題，也不是我有所覺悟頓悟或等而下之的寂寞難耐什麼的……，我只是，無法消磨時光。

大概我缺乏前輩孟東籬的人生哲學吧，我沒有自耕自食自己經營蝸居的打算和技藝，我也無法像梭羅觀測華頓湖生態的盎然興致，我甚至不想打開我帶去和朋友從台北不斷寄來的書本雜誌期刊，我任它們如山的堆積，當不了枕頭和柴薪，只覺得其中熱烈描述或思考或爭辯的文字擺在如此時空下彷彿出自一種動物叫做癡人。

如此，我的時間變得過多了。

往往一整個早上，我坐在門前的陽光地裏，仔細把牙縫中的早餐殘渣一一剔淨彷彿草食動物在反芻，而後細膩溫柔的挖挖耳朵、摳摳鼻孔，並及於身體的其他孔穴縫隙，幾次忍住子肉墊錯覺自己是一隻大懶貓咪……直到午前那班自強號呼嘯而來，我愈來愈爲之雀躍日縱貫鐵道旁的孤絕小鎮的鎮民，對日日往來，不屑一停的火車那樣天真善意的揮手歡

最後的那半年，愈發狂亂可笑（現在看來），幾個颱風登陸的停電夜晚，我反常的不睡覺，燃起蠟燭坐困終宵，多次的奇聲異響使我誤會有猛鬼或大陸偷渡客入侵，因寫就頗具史蒂芬·金之風的驚悚小說；而後風平浪靜的日子，傳聞兩公里外的大河入海處，被山洪又沖刷出一片含金成分的淤沙，引來不少（包括西部來的）業餘淘金客，你能想像平日只有一些鷸類和奇形怪狀的朽木，以及一些從火車上被拋下的寶特瓶所點綴的河口沙灘上（多像一項平庸的裝置藝術），忽然擠滿幾百上千人的情景嗎？實在是十分的後現代。

但我不及嘲笑此情此景，只顧隱身其中，假裝忙碌異常的淘金，實則竊聽他們人模人樣所發的人語，同時忍住想突然襲擊他們的衝動，我所謂的襲擊是好想跳在他們彎腰拱著的背上，然後迅速搶得機先的將之搏倒在地，就像小學時候冬天的下課時間，我們在走廊上邊曬太陽邊推打擠壓的那種無聊卻好玩透頂的遊戲。

淘金熱大約一星期就消退了，河口沙灘上的那些古奇怪木也被他們搬之一空，我面對著眼前空無一人，仍只有鷸類的河海沙灘，寫生似的坐定，僅在一個半工作日就寫好一篇小說，該篇小說在後來的一項小說獎決審的評審討論過程中，被支持的甲先生讚歎爲「一篇成功的諷刺台灣近

年來金錢遊戲的寓言小說」；不以爲然的乙先生則直指出該篇完全抄襲諾貝爾文學獎得主賈西亞・馬奎斯的魔幻寫實，並指稱文中的大河根本就是《百年孤寂》中、馬康多村外那條滿布史前巨石的不知名河流；丙評審女士則堅持那條大河不必然是眞正確實存在的一條河，而是每個人生命中那條使人可爲之溯源而上的夢想、信念的大河；丁先生未投票給任何一篇，並慷慨痛斥一番他睽別十數年的台灣，如此庸俗腐化、如此墮落不堪；戊先生，我的好朋友，對每一篇作品皆詭辯一番，以我對他的了解，每一篇他大概只讀首頁和末頁，但他畢竟投了我一票，顯見沒猜出是我寫的。

那篇小說結果並未獲獎，反倒是才結集出版的《瓜田散記》，經由出版社的推薦，得到該年度的評審獎（也就是那筆獎金供給了我與老父老母的歐洲之旅），每一個評審皆表示或肯定或敬佩或心嚮往之，我的一人獨居海濱在當代的別具意義。

我並不清楚這番意義與肯定我的文學成績在獲獎中所分占的比例，但這確實使我不得不延後我重返台北的打算，你知道，開始有一些人老遠從台北來看我，有舊識，有陌生人、大學生、雜誌報紙記者、搞環保的，還有一些我無法歸類的各式各樣精神病患。大多時候，我都使他們滿意而歸，我介紹我的生活起居，包括那畦我晨間漫步的西瓜田，我帶他們去看淘金熱發生的河口，順便賞鳥，最後幫他們抬一尊他們屬意的奇木上火車。

某方面來說，我是老式的人，人家因爲我的生活方式給我獎（如我的德國同業 Günter Grass

說的，他們要求的是神、是英雄，而我寫的是人），我不能這麼快就當場摧毀他們的神話。

最終，我還是回台北了，一來基於前述原因，二來我的弟弟妹妹都剛好各自嫁娶暫時告一段落，尚獨身又沒有居處的我，找不出積極的理由不與老父老母同住彼此照顧。

這期間，我仍舊選擇大隱於市的生活，儘管有一家股東們屢屢徘徊於撤資增資的報紙副刊、和一家年營業額上億的出版社同時找我去工作，我不需掙扎的選擇了以專業寫作為先。固然尚有靠退休金過日的父母可讓我不致有無家可歸或斷炊之虞是主因，更重要的，從數年前我決定辭掉最後一個工作開始，我就這麼相信著，一個創作者的盛年大約不出三十五到四十五歲，好不容易，好不容易我終於熬到這個年紀，怎麼能甘心把自己盛年的精華就此白白給人，為人作嫁!?

你覺得我迷信而且言語荒唐？

這其實是有根據的，依我做的小小的調查統計，文學史上重要作者的重要作品，全都是在三十五到四十五這個年紀完成的，以後的歲月，不管他們繼續努力或是懶怠不長進，成績都差別不大，例如我被指責抄襲的對象馬奎斯，他的《百年孤寂》在三十六到三十七歲完成，而後的歲月未聞他鬆懈、自滿，他仍維持創作不斷，其間還順便得了個諾貝爾獎，但二十五年後的長篇小說《愛在瘟疫蔓延時》卻令人大為吃驚怎麼一點進步也沒有，更令人難以相信的是，也見不出一丁點退步。

老實說，這個事實真令我懊喪。

但那畢竟是中年之後的事。

通常吸引我的結論是，那些作者在離開起碼的學校教育和三十五歲之間，幾乎全在鬼混，做做不重要的工作，書店小職員、小電報員、地方小報的記者……，三不五時寫些不成熟的作品，不結婚，不做其他人們在同年紀該做的事，美國的淨在巴黎或遠東鬼混，歐洲的混到蘇俄或非洲去，拉丁美洲的混到西班牙，西班牙的混到墨西哥……

因爲這些，你還會吃驚我爲什麼能在人人衝刺打拚的年紀，反其道而行的放心鬼混虛度嗎？當然，較之大師們成爲大師之前的生涯，我的顯得過於道德和拘謹了，你知道，我像很多藝術創作者一樣，堅信（甚至身體力行）道德的淪喪，往往是偉大的文學藝術的溫床。

不管怎麼樣，這是我重返台北時的狀態。

兩年不見，我發現我的同業們一半在學佛參禪，一半在搞房地產股票，較之前者動機的複雜與多樣，後者顯得簡單多了，我的一位前輩級女同業在獲利上億並確實體驗財富帶來的不同生活經驗和社交圈後，得以出品一系列小說，痛陳台灣資本主義只知賺錢但不懂尊重文化（如花了台幣千萬買來的某朝骨董是贗品；如竟有很多台灣人不懂正統英國午茶的茶器、點心及禮節；如國人只會丟人現眼的在紐約巴黎窮兇惡極的購物，而不捨在該地購屋做度假落腳處，以充分悠閒飽覽博物館和街頭藝術表演……）。

當然也有不在此二大類、處境生活也與我相似的作者，被視爲瑰寶和秀斗桑。

該同業的爲何不參禪或玩錢的理由，我並不知道，至於我，上一輩老實本分的公務員父母，已錯失過一次台灣經濟起飛時的財富重分配，我呢，在瓜田的兩年，又活活坐失那一波台灣的鉅大、大概也是最後一次的大富翁遊戲，參照馬克思的話「除了腳鐐手銬，無可損失」。對我而言，的確起來革命，要比賺錢容易，且有希望得多。

至於參禪呢？很簡單，我只覺得我「有」得還不夠多，起碼遠不夠多到需要花力氣去捨，無論是金錢、知識、智慧、煩惱。

是哪個傢伙的話呢？謝謝上帝，我是個無神論者。

於是，我開始慢慢享受我的逐漸邁往創作高峯期。

像很多古往今來的中外作者一樣，我很習慣在咖啡館裏寫作，別人的理由我不很淸楚也不盡贊同，例如我聽過的理由有，一名女同業抱怨家裏有太多的零食、有太舒服的床、有太好玩的小孩；也有人極富骨氣的說，隻身在外，可避免一遇寫作難關時，忍不住求救於四壁書櫃上的列祖列宗們；也有較具積極意義的說，咖啡館堪稱爲衆生相的縮影，便於作者觀察及偷窺竊聽；也有的僅僅想仿傚巴爾扎克的日飲咖啡十數杯才能有靈感……

我的理由卻極其簡單，每天朝九晚五的去咖啡館寫作，便於至今仍無法接受我以寫作爲業的老母、不必向鄰居解釋我的職業。

這段期間，如我所期待的，我完成了不少作品，成書出版後所獲的評論也都不錯，幾個書評家的意見雖不相同，但卻一致肯定、甚至稱許此書題材的豐富多樣性。

我卻懊惱起來，因爲並沒有一篇是依照我的原意發展和結束的，甚至往往連整篇作品的基調都完全失控，簡單說，我的寫作風格竟然如此發展形成的：一家咖啡館的氣氛，往往操縱一篇小說的風格。

所以一切只怪我沒找到一個適合的咖啡館！

怎麼說呢？

舉個例子，其中一篇我原先打算以孟東籬前輩，佐以我那兩年海濱生涯的稀有經歷，來描寫一名長年從事環保運動的人物對現階段台灣的種種反省和思考。

這應該不難，起碼以我的立場和所掌握的素材，但問題是，你相信嗎？我進錯了咖啡館！我進錯了咖啡館（這當然是我的後知之明），那其實是一家不錯的大衆化咖啡館，日式管理的服務生態度殷勤有禮，消費額不高，咖啡可以無限制續杯，因此你可以安心的工作一整天……，那問題到底出在哪裏？

首先，是四下狂吠不已的大哥大，我想。這一兩年不就是這樣嗎？以前是BB叩，現在是大哥大，其飼主清一色是連喝杯咖啡也顯得忙碌異常的男人，腰間都獄卒似的掛著一大串沉甸甸的鑰匙。這首先就使我的主人翁不肯聽我安排的離鄉出走並擇台北而居，並執意以媒體記者爲業。

然然後呢，我實在不願把一切責任都推給咖啡館，但出出入入的美麗台北女子，其精心雕琢，其fashion之感，確實使我忍不住替主人翁添了一位迷人的女伴彷佛聖經說的上帝見那人獨居不好。我的主人翁立即未加思索的熱烈接受他的女伴，並急於在一個並不適當的場所向她求歡。他是這樣一個個性的人頗令我感到意外，因此使我不得不中止兩個工作日、藉以冷卻他們的戀情，並思索應該如何定位他的女伴，是不是該由他的女伴扮起思省的角色來補強他，不然豈不大失我寫作此篇的本意？

繼續工作的那天，咖啡館裏鎮日放著死了快有十五年的貓王的老歌（大概是最近有幾部以六〇年代爲背景的電影賣座不錯所帶起的懷舊風吧），於是我的主人翁當場把我對六〇年代有的沒有的知識、掏垃圾般的全數索去，於是他擁有了柏克萊的學位，於是他和他的女伴老像呼了痲似的不擇地皆可出的交歡，幻想自己是彼時的「花的兒女」，他甚至因爲對現實理想爲何老是斷裂的鬱鬱不解，而搬出卡爾巴柏、馬庫色以及另幾名我並不熟悉也不大喜歡的學者（因此害我延擱了兩天進度做翻書查證的工作，向他們尋求奧援或對話一番）。

文章終了（也就是副刊主編再三叮囑我千萬別超過兩天可刊畢的第一萬一千九百多字時），他不免媚俗的對聽他演講的大學生們再次宣稱：「絕對、絕對，別信任三十歲以上的人！」學生們的反應不難描摹，我卻耿耿於懷的擲下筆，以爲他這句話是專門對我發的，在他眼中，我彷佛是個無用不堪的老爸爸。

類此的例子，尚有不少，比方說，後來我換了一家咖啡館，其布置是標準的英國風，厚重茶色的紫檀木地板和桌椅，鋪著綴有比利時蕾絲邊的桌布，四壁貼著繁複的玫瑰花藤蔓圖案的壁紙，其上掛著一幅幅表框似骨董的手繪植物圖鑑好像從林奈的植物書裏裁拆下來的，英國骨瓷的餐具和地中海風的彩色手製玻璃水杯，牆角的大青花瓷缸種著冷溫帶的觀葉植物，暖房似的窗玻璃外吊滿養得肥綠的長春藤彷彿莎翁故居……

如此貴族、如此維多利亞時代氣氛的咖啡館，我異常順利的（因爲消費甚昂，我不得不縮短工作天）完成一篇我也感到意外的小說，典雅含蓄的描述二男子的同性戀感情，大異於現下我的同業們處理此題材的赤裸裸。不久，有文學院的學生訪問我時善意的發表意見，說她覺得此篇小說味道很像佛斯特的《窗外有藍天》和《墨利斯的情人》，聞言我才恍然大悟。

後來去一家有數十年歷史的老上海開的咖啡館，沒想到其中也充斥著好多衣帽整齊考究的老人，他們人手一支名貴的手杖，不看報時就以上海話大聲交談，才一兩天我就學會了「銅鈿」和「阿拉」的標準發音。不過眞正吸引我的是他們熟練的用餐禮節和慷慨的消費——有幾個熟面孔根本就把這裏當做是他家裏的客廳，往往一個下午先後會見好幾批客人——完全不像保守節儉的退休老人。

漸漸的，我聽出了——起先沒要聽的，因爲我一向覺得在咖啡館寫作時偷聽鄰座的談話是極不道德的，但他們可能因爲重聽的緣故實在說得太大聲了——好像他們的兒孫都不約而同分別在做著包娼包賭、包山包海的事業，他們日日充滿憂心和憤懣的始終不改此話題，不管談話的對象是彼此，還是他們從美國加拿大回來只會說英文的孫輩，還是幫他們家清掃或管家的中年婦人……

不久，我才發現他們口中不肖的兒孫是李登輝、宋楚瑜、郝柏村等國民黨從政黨員同志，誰叫他們談國事如家事、呼大官如兒孫，原來他們是該年底即將被迫退職的老國代。

接下去，我想你猜著了，我束手無策的任由進行中的小說被那幾人奪去做舞台，繼續上演他們的荒謬劇。

你還會吃驚有人評此篇小說堪稱成功的顚覆了白先勇鄉愁式的遺老經典嗎？

至此，我必須說明一下，我並無意嘲笑認眞閱讀小說的讀者或評論者，實在是我忍不住要指出，在閱讀者看來嚴密或唯一可能的小說結構，在它的形成過程中其實是完全開放的、不可知的、充滿無數變數和危險，甚至大多時候是無法盡如人（作者）意的——自然，我仍然相信也有一批爲數頗衆的作者，能進行頗具效率、意志百分之百貫穿全文的創作方式——

例如我們——OK，例如我自己（我不打算侵犯其他同業對創作這一活動的解釋權），在小說進行中，一點點不足爲人道的小因素都可能使它劇烈變動，好比我筆下的男女主角在小說中必須有一趟旅行，我考慮要讓他們很自然的去墾丁還是宜蘭冬山河，當然後者可資發揮的餘地要多得多了，但是此刻咖啡館裏正放著一首天眞白癡的老校園民歌，我一點也不喜歡，但不幸它攜帶了我太多的記憶，那些當兵時往返高速公路野雞車上不停轟炸的「女孩，爲什麼哭泣，是否心中藏著不如意……」，以及與哭泣的女孩眞正分手後，不想回台北、休假日獨自一人跑到旗津閒盪的日子，於是我的男女主角不去冬山河了，當然更不去墾丁，他們去旗津！

而後，他們在旗津過了一段我甚嫺熟，大約三千字的時光，我又面臨難關了，我感覺不出他們想分手或繼續下去或甚至結婚（我不願意像我的有些同業那樣樂於享受編派撥弄筆下主人翁的命運）。

如此擱筆了幾天，參加了一個消基會辦的座談會，上某電台與主持人對談青少年的生涯規劃，帶小外甥去木柵動物園參觀蝴蝶館與夜行動物館，最重要的，看了一本我不覺得怎麼好的日本同業村上春樹所寫的《挪威的森林》，當晚，很難得在家裏的書桌上，我迫不及待的接續下去，我的女主角與男主角做了一次火辣辣的愛，她的大膽令我咋舌不已，你知道，他們體力甚佳的玩樂終宵不肯稍歇，足足花去我兩千多字並竭盡所能爲之描寫兩人交歡的種種細節，包括二人器官的長相及功能等等。

凡此種種，我並不希望因爲我的誠實提供，而讓你認爲創作是一樁如此不科學、非理性、甚至癡人癡語的事情，儘管在有些人看來（如佛洛伊德），作者和精神病患者基本上是屬於同類型的人。

我更覺得創作是一個比精神病還神祕費解的大謎。前一刻，創作力還像熱病似的牢牢附著你身無藥可救，下一刻，它不明所以的棄你而去無影無蹤，絕不因你的繼續努力或引頸等待而再來臨，翻翻那些藝術年鑑吧，多少該年還被允爲當代最重要的作者、畫家、劇作家……，而後短則兩三年長則數十年，往往連部爛作品都無法再產生。

若是我們能平靜的接受這個事實，也許此時容格說的就不顯得那麼難懂了，他說「浮士德並非歌德所創作，而是歌德爲浮士德創造出來。」

主張有所謂集體潛意識的容格認爲，作家的虛構幻覺並非是現實的替代物，而是源自一種人類自太古以來的原始經驗，其他人們或因恐懼而避諱之，或用科學的盾牌與理智的甲冑來防禦自己，作家卻探險之、面對之，將之化成一種活生生的現實經驗，其中若有成功的轉換成爲當代意識觀的話，他將是一位帶領並塑造全人類潛意識的心靈生活者。

難怪 William Blake 說：「每一個詩人皆挺身於魔鬼的宴會中。」

那麼我們還會吃驚飽受心靈痛苦並曾接受心理治療的里耳克 Rilke 說：「假使我的魔鬼遠我而去，我怕我的天使也將展翼離去。」

於是乎，畢卡索說：「每一種創造在開始時都是一種破壞。」

特嘉 Degas 說：「每個畫家在畫畫時，心裏的感覺就跟一個罪犯在犯罪時一樣。」

此二人的話就顯得易懂多了，他們都不約而同指出，每一個創造，都意味著舊有秩序的即將瓦解。

儘管我並不以被視同爲精神病患者爲恥（有人認爲藝術家和精神病患者彷彿是人類心靈的雷達站，他們難以捕捉的原始生命力能較平常人預先感到既有社會秩序的鬆動傾塌），但我很願意探信心理學家 Rollo May 對此二者的區分解釋，他說，藝術作品好比一條河流，原始生命力好比河流中的水，而意識好比將河水導向某一個方向的河岸，藝術家藉著意識所構築的河堤，以特有的「形式」（如十四行詩、七言律詩、十萬字小說或一塊四開大的畫布），將原始生命力導向我們前方有待開拓的領域；而精神病人好比「無岸之河」，意識的藩籬分崩離析，原始生命力或潛意識四處流竄，一發不能收拾，變成了一場「不醒之夢」。

紀德也說過類似的話，不朽的傑作由瘋狂開始，由理智完成。

也該我用自己的話來說了吧。

我認爲，戰勝原始生命力的是藝術家，落敗者是精神病患者。是的，就這麼簡單，就這麼慘烈。

於是，我不免開始憂心忡忡，害怕自己長泅於無岸之河，酣睡於不醒之夢。

我只得失魂落魄面對我的十四行詩、律詩絕句、一塊畫布，和一團陶土……

我花大部分的時間在找一家合適的咖啡館，深深迷信任何一家風格強烈詭異的咖啡館會篡奪並就此決定該篇或該書的風格，你知道，這幾年台北街頭小巷的咖啡館只會過多，而且爲了凸顯自己利於競爭，家家無不在布置、菜單、音樂上極盡風格化個性化之能事，於是乎，我曾經坐在一間四周擺滿手製布偶，店主×媽媽繫著雪白的圍裙在烘製小薑餅小杏仁餅的小店，我望著鋪了貓狗小熊圖案的桌布上的奶白色粗陶杯碟，盡力忍住可不要像我的一名同業好友年過四十改行寫童話。

有時候我彷彿身處花房，困於兩株茂盛的川桐樹下，無窗的那一整面牆壁倒掛各式乾燥花葉並發著木乃伊的氣息，我被迫飲著魔女打扮的店主女孩所建議的一種阿爾卑斯山植物草茶，才發現我現下最想寫的一篇東西已被我一位女同業寫去，你看過嗎，去年在文學圈引起一陣討論的小說，描寫一個才二十五歲卻老衰若僧尼的女子，隱居似的在某大廈頂端築一間這個咖啡館味道的小屋，成天曬曬藥草、自製怪茶、看看落日和城市天際線，是我近年看過最恐怖的作品。

也曾經在一家後現代風的咖啡館出沒，感覺特別冷的空調，露出五臟六腑似的管線的屋頂，服務生面容動作冷漠像機器人，我完全沒有進度，覺得自己在做一個非常不合時宜、非常可憐的事。

如此情況一直拖到夏天快過完，也就是嚴重落後我口頭承諾某出版社交書日期已差不多有半年時，我嘗試在一家咖啡館順利的開始寫作了。該咖啡館眞的一點也不特別，它在一家大衆化百貨公司的三樓角落，要不是上廁所或打公共電話，幾乎不可能發現它（我就是在一次該棟四樓餐廳的家庭聚餐、帶小外甥上廁所時發現的），它店裏不放音樂，其中一面牆壁是冰冷、泛著刀光的不銹鋼質材，另兩面是從地到屋頂沒有任何框櫺和上色的透明玻璃，大概要沒有懼高症的人才敢臨窗望之；剩下的一面是南歐式的麥稈白粉牆，地板是樸實不誇張的橡木，與造型簡單的座椅質料一致，可說整個店的風格有些混亂。

該店總共只有七八張桌子，除了用餐時刻，大部分時候只有我一個人，因此不會有因占用位子過久的不安。另外吸引我的就是，冰冷的玻璃窗抵消了溫暖的木頭地板，不銹鋼銳利的鑿碎了充滿希臘羅馬神話的麥稈白粉牆……，我終於得以保持超然的再不被周遭環境所干擾。

最重要的，此店店名叫「威尼斯」，因此我非常順利的爲此篇小說定名爲〈威尼斯之死〉（往往，我在文章結束後還無法定名，有一兩次，甚至有點不敬業的拜託副刊編輯代爲命名）。

〈威尼斯之死〉……，可以寫些什麼呢？

維斯康堤的電影，湯瑪斯曼的小說，並無法給我任何一丁點的元素。

元素？

……你想知道我創作的業務機密嗎？

對有些同業來說，創作始發的刹那，可能彷彿像在一個生產線的機器上放入確定的原料，經過一番嚴密品管的製造過程，生產出與預期中一點不差的產品，沒有更壞，也沒有更好；自然更有些同業他們的機器彷彿是一部令人豔羨的印鈔機；對我而言，創作愈來愈像是在做一個化學實驗，倒入我直覺所需的各種元素，而後會有什麼樣的化學反應，什麼樣的產品（黃金或大便），我完全不知道，也不想控制，有時儘管隱約感到危險，也無意避免，因爲此中不可預料的不可知正就是最吸引我的啊。

至於元素本身，那就更難以說明了，例如，爲什麼選擇了A而揚棄掉B，爲什麼苦苦尋覓C，爲什麼別人視若瑰寶的D（可能是某種專業的知識，或奇特稀有的生活經歷，或獨具慧眼的觀察結論……）在此刻簡直一點用處也沒有，爲什麼會花十年、二十年，乃至一生，在等待E的出現，覺得缺了它便一切都無法進行……，甚至有時具備了一切所需的元素，而獨缺那麼一個電光石火、一個再簡單不過的動作、一個好天氣、一種特定的心情、一種氣味（想想看，炭火味兒或明星花露水所能攜帶的豐富記憶）……也許就是一般沒有過創作經驗的人所以爲的「靈感」。

依我個人的經驗，實驗（寫作）本身所需的時間短則一兩日，長則半個月，而元素的採擷則短自翻查字典裏的一個字，長到前述的數十年或甚至一生。大多時候，我覺得自己最彷佛一個拾荒的人——打個岔兒，你讀過馬奎斯《百年孤寂》第一章嗎？吉甫賽魔法師賣給男主人的一塊超級大吸鐵，宣稱拖著它走過藏有金礦或寶藏處，便可將之吸出；男主人拖著它行過大街，果不其然吸到各種破銅爛鐵，包括一副十六世紀的武士盔甲——

就是那樣！我們這種創作方式的作者，正就是這個寫照，老是若有所思、若有所求的拖著一個大吸鐵，踽踽獨行於城市和荒野，更行過漫長人生的每一路段和角落。

而所汲汲吸求到的珍寶往往之於其他大多數人簡直如敝屣垃圾，我們所在意的東西是如此的不同，你還會奇怪我們爲什麼不事生產、不像大多數人那樣的熱中營生了嗎？

〈威尼斯之死〉，於是我又開始一場不醒之夢。

我決定，與數年前的自己展開一場對話，呈現在小說裏的形式是，兩個微近中年的老朋友（一在台北，一在威尼斯旅行）之間的通信，其使用的事實是，今天的我，與數年前曾一日之內踐踏威尼斯的我，在做或輕鬆或嚴肅的通信對話。

小說進行得很順利（儘管一天只有一千多字，比我平常的速度要遲緩多了），卻遲遲望不到有結束的跡象，你知道，有時三五天可以寫成一篇小說，卻一點也不感覺順利，與此篇的創作感覺正好相反。

不久，我才發現自己竟然是有意的，首先，我很喜歡這家不會給我好的壞的影響的咖啡館，我也很滿意這裏唯一的一位日班服務小姐，她每天穿著日本商社女職員的服裝，拘謹有禮的遞茶水外盡可能不打擾我（太平時代，我也許願意嘗試追求娶她為妻），最主要的，我發現自己深深掉入兩位老友的通信裏了，才在第二封信裏，一位我久矣不想的少年時代好友，就突然出現在草稿本上，並把在威尼斯旅行的該角色（我稱呼他為A好了）給活生生搶走了，由於他亦荒誕亦感傷的筆調十分符合我的原意，我便放手任由他發揮，而加倍專心的處理小說敍事者B的想法。

隨著小說的進行，我變得非常在意和期盼小說中A從威尼斯的來信。

通常我的實際工作時間不長而規律，一半以上的時間是在閱讀我帶去的書報雜誌，有時被迫讓一兩個推不掉的訪問打斷，有時不好意思的發發呆，實際花在下筆的時間每天大概不超過兩小時，然後一到自覺可以收工的時間，便到百貨公司的附設超市買一些水果和牛奶回家；在家裏的時候，不需任何努力的就可以把寫稿的事完全丟開。我且無論在小說進行得多熱烈，都一定週休二日，從不好奇小說的下一百字、或馬上可能急轉直下的劇情發展。

但是期待A的來信，打破了我這幾年已成固定的寫作習慣。

我從秋天寫到冬天，整個我最害怕的冬天，我都厚重衣裝的早出晚歸到威尼斯報到，連農曆年除夕都還寫到他們不得不提早打烊的黃昏六點鐘。

冬天快過去的時候，小說仍沒有任何結束的跡象，我覺得他們這對老朋友一往一來這樣漫漫的聊天實在很好、很令我羨慕，我實在找不出什麼理由結束它。而且我很珍惜藉此彷彿又與少年時的好友聯絡上，而且在小說中他竟肯告訴我實話（這些年，我們雖都在台北，卻一年才見一兩次，見面時也語多泛泛，我對他的圈子全無興趣，他對我的也一樣），老實說，我非常吃驚不在一起後的這些年他是如此的心境、如此的生活方式，我且很認眞的閱讀他告訴我在威尼斯的遊歷見聞，透過他一向怪異、無法與人相同的看法，我只覺得非常享受，甚至有種，有種，……幸福的感覺。

我不捨得結束它。

於是我想辦法找各種有的沒有的障礙物來阻擋自己。譬如小說中的B，一個事業忙碌有成的老雅痞，因爲和A的通信，而使得他與自己現下的生活和心境悄悄裂了縫隙，他變得什麼事都不想做，應付過緊張的午餐約會後，常常不交代行蹤的找一家生意冷清的小咖啡館，發發呆，等待他的朋友A寄自威尼斯的信。

他所身處的小咖啡館，我很方便的就以威尼斯爲場景做了兩三百字的描述，唯捨棄掉格格不入的那一面不銹鋼牆和那兩爿透明臨街的玻璃牆，於是，困難就來了，我必須爲咖啡館的南歐式麥稈白粉牆上挑一幅畫懸掛，這或可呼應我前述中所謂的元素，一個適當的元素，可以引發一場精采、劇變的實驗過程和結果，哪怕在閱讀者的眼裏，只是區區閃過的一秒鐘、一句話。

最可能的應該是保羅・克利的畫，因爲他的畫作確實是我在很多咖啡館和國外的旅館住房中看過的，但……太尋常，似乎就意味著意義不在了；梵谷的？前年的逝世一百周年已被炒作得過熱過俗；達利的呢？我並無法爲他的變形鐘和大便做饒富趣味的延伸解釋；克林姆？倒有些符合我想要的世紀末頹廢感，但、過於準確就缺乏留白了；那麼雷諾瓦的露天舞會呢？我也見過別的咖啡館掛過，其歡樂氣氛頗可反襯出B的潦落心情，不過一意識到這種安排過於遵守寫作ABC，便又將之取下。

那就乾脆按照威尼斯咖啡館裏那面南歐式牆上掛的，十八世紀加爾第所繪的《威尼斯鹹水湖風光》吧，往往最簡單最尋常的，反而涵義深遠……

就在我苦苦找畫的那幾日，A擅自抽空去費里尼的家鄉利米尼旅行數日，爲此，我又重新找出一些費里尼的電影再仔細看過，以便讀懂他寄自利米尼的信；我眞怕他會心血來潮就近去拉芬那，那我豈不要搬出大學以後再沒讀過的但丁神曲來溫故一番？

他去了佛羅倫斯！

我不情不願的著手蒐集有關文藝復興時期的歷史、畫册、建築林園、宗教……等資料。就在我細細閱讀麥狄奇家族史並甚感趣味盎然時，A只在佛羅倫斯待了兩天就卒然離去，不談畫（想想看，米開朗基羅與達文西，還有提善……）、不談落滿鴿糞的大衛像、也不去參觀人人必去的佛羅倫斯大教堂（我本想藉此談談此建築的設計師 Brunelleschi），他甚至不去城外那條《窗外有藍天》拍攝背景的亞諾河邊，以便有一段文章可做。他只去了老市集，盤桓半日，買了一個手工製的牛皮背包，除此之外，牢騷滿腹的抱怨佛羅倫斯人看似優雅世故、實則做作虛僞，很像日本京都人。

我觀信默然，害怕他興起又跑到西西里島或比薩或拉斐爾的出生小城烏畢諾……。我不明白爲何A的心緒始終如此鬱鬱不得解。

這時候，小說長度也遠超過主編約稿時向我訂下的字數。我仍然不知如何結束它，直到A又返回威尼斯，並又寫了封寄自該處的信，信裏頭，A說「我在旅行開始之際，曾想像自己是阿果號上的那些少年英雄們，冒險犯難要去尋找金羊毛……」才看兩句，我已隱隱感覺出隱藏其中十分巨大的憂傷，但我完全無力改變它、中止它——第一次，寫作以來第一次，我不僅不害怕，而且是如此不願意從這不醒之夢中醒來——信的末尾，A的敍述又回復溫馨，拜託我、不、拜託文中的B，拜託我們代他栽種他旅途中採擷的花種，A瑣碎的形容花種的來源……

至此，我已完全知道A要做什麼了。

因此我中斷了數日未去威尼斯咖啡館，在家改改現在看來不再重要的小節，比如，畢竟我還是把南歐式牆上的畫，給換掛成簡簡單單一幅畢卡索的唐吉訶德，我還更動了一兩封信的次序……，百無聊賴得彷彿一名等待拂曉攻擊的士兵在擦他的槍。

我不想面對那最終的一日。

……

最終的那日，已經夏天了。

咖啡館附近人行道旁的構樹，結著滿樹楊梅一樣豔紅的果實，引來一樹快樂尖叫的綠繡眼，然而這幾個元素如今都於我無益了。

隨後叫我大吃一驚的是，威尼斯咖啡館不一樣了！進門迎上來的不是我快把她當做妻子的那女子，是一個白襯衫、緊身黑西褲、留著KTV服務生髮型的年輕男子（令我直覺斷言他是逃兵單躲來台北的），他遞給我一份完全不相同的MENU，我慌張的亂點一項，邊打量周遭，牆壁地板桌椅都沒有改變，連牆上的畫都仍是那幅《威尼斯鹹水湖風光》。

我才驚魂甫定，年輕男子捧上的是一副壓克力餐具，我無法置信的招之前來，詢問他老闆是否易人？他點頭同意我，沒多話。

用餐畢，我才發現自己多麼想念以前用的白瓷盤、菸灰缸和造型美麗的水晶玻璃水杯。不待他收罄桌子、遞上我的附餐熱咖啡，我把草稿本取出，輕易的執行了A一意想做的事：他在威尼斯、成功的槍擊了自己。

延宕數日，前後卻只費了我五分鐘、三百字。

聞訊後的B，坐在小小的、生意淸淡、南歐式麥稈白粉牆上掛有畢卡索的唐吉訶德的小咖啡館裏等待著，等待窗外的暮色漸漸四合，等待冬天過去，等待他的朋友A寄自威尼斯的最後一封（也許存在）的信。

就這樣，我把B棄在該處等待。畫上句號。

我走在長滿豔紅果實的構樹人行道上，不知手腳發抖的自己哀傷的到底是什麼？

是A的自戕嗎？

或是從此我失去了一家熟稔、工作效率甚佳的咖啡館？

還是這才發現實際上遭我處決的並非A，而是眞實生活中的少年時代的好朋友？原來「生不如死」，小說中的A，畢竟是眞正的死了，所以無法再與B有任何聯繫了，然而眞實世界裏和我一樣同在這城市活得好好的少年時代的好朋友，卻早與我音信斷絕，形同生死陌路？

我走在長滿豔紅果實的構樹人行道上，五月梅雨季前的下午燠熱難耐，迎面一羣羣剛放學的國中女生擦肩而過，個個皆健壯且汗臭，但我猜想她們之中有一人或許將來會是我的妻子，因爲我是如此的孤獨和寂寞。

一九九二・七月

拉曼查志士

嚴格的說，我開始有了爲自己的死亡預作準備的念頭，是從那一日開始的。事情可能得從那一日的前夜說起。

爲了次日中午必須繳的一篇根本不重要的短稿，循例，我的腦子不聽使喚的管自開動起，無視於夢境的引誘，失眠到天亮。

幾個小時後，趕著尚有早餐供應的時間，我到一家日式連鎖咖啡館上工，不花力氣的把那篇不重要的短稿寫畢，我這也才有暇感覺到，爲了抵抗過冷的空調冷氣，我已經喝下五六杯滾燙的續杯咖啡，咖啡彷彿被下了毒似的使我手腳末端麻痺起來，我只得在窄小的座位上暗暗的伸個懶腰，卻發現嘴唇也麻得無法張開打呵欠，更怪異的是，那些個跟了我三十幾年而我從來不覺其存在的內臟皮囊，也個個凍縮得如小拳頭似的緊緊懸吊在體腔中……，我望著殷殷前來倒咖啡的女孩兒，其圍裙漿熨潔淨如護士制服，幾乎想向她求救。

我正焦急的琢磨該如何向這樣一位陌生人——儘管這位笑容可掬的陌生人絕對不會拒絕我諸

如「請多給我一個奶油球。」「MENU再給我一下。」「哪裏可以打電話？」之類的請求——向一位陌生人求救的修辭……救命？請幫我叫一輛救護車？請扶我站起來？……

然而顯然有人來不及了！我聽到店裏時刻播放的某電台正播著午間頭條新聞：前王朝的末代王孫某，清晨被人發現死在醫院體檢病房，正值盛年，死因不明，死狀安詳……，也就是說，他根本沒來得及掙扎求援。

這令我當下立時決定拿了文稿和隨身包就結賬離去。

我在路邊等待公車或計程車隨便誰先來這樣兩三分鐘都不肯暈倒，心裏清楚明白只要願意，隨時就可緩緩倒下並沉沉的長酣，然後四周會陸續響起尖叫聲、雜雜私語聲、會有很多人頭逆著光俯視著出現在我瞳孔放大中的視網膜上，就像所有電影處理這種場面所用的鏡位畫面一樣。

這樣的死法說什麼都太庸俗了，儘管此時內臟的冰冷已往皮肉森森侵襲，我沒有縱容自己就此倒下歇息，我勉力向不遠處一家又老又小的診所挪移著，腦子曝白了因此不知費時有多久，我告訴迎上前來、年紀和咖啡館服務生一般大的五專打工小護士說：「我快要暈倒了，請幫忙。」

稍有意識時，我躺在一張窄窄的診療床上，國台語混雜的白髮老醫生聲音好大好遠好慢的在回答我滿眼的困惑疑問：「心臟缺氧啦，現在給你打點滴，你躺一下再走，想打電話通知家人就拜託護士小姐，免熬夜，免吃刺激性的東西，心律不整很嚴重喔。」

警告完，他去看下一個病人。

言簡意賅完全被他說中，失眠、喝太多咖啡、心律不整……，奇怪我眼角爲什麼含著兩滴非常非常冰冷的淚水呢？

我仍然覺得冷，但僅僅只是老舊日式建築診療室裏的清冷，不再是不過幾分鐘前生命現象逐漸流失中的死寂的麻冷，然而，我猶豫著，魂魄浮離於大氣似的，彷彿覺得不必然必須選擇回到這個軀體，我想念著那具幾分鐘前緩緩在路邊倒下來的身體，倒的地方在麥當勞前的公車站牌羣旁，因此一定有一些也在等車的帶著孩子的年輕媽媽或爺孫們，眼尖的小孩一定最先發覺，然後媽媽們馬上警覺的把孩子本能的拉開或蔽翼在其翅膀底下，直覺認定那不是乞丐遊民就是神經病要不鼠疫霍亂癲癇患者病發了……但會有較見過場面的爺爺們趨前探察，然後依我尚稱公民化的衣裝把我從前述的嫌疑名單除去，決定救助我。

他們望著我睜著但擴大了許多的瞳孔大聲吼問：「你誰？要通知誰？電話號碼？」並指派圍觀上來的某年輕媽媽：「你們負責打電話叫救護車！」

我誰？要通知誰？電話號碼呢？……

我思索著尋常匆忙的早晨，親人告訴我而我循例當場忘記的行蹤，彷彿類似這樣：「十點半會去老×的公司，中午得去××銀對保，有沒有什麼費要繳？下午我會去……，要不要幫你帶……，不然決定了到時再叩我……」

於是我放棄了搜索追憶他的行蹤。

爺爺說：「沒辦法，看看它的包包吧。」

便在衆目睽睽因此不需要避嫌下，翻開我的隨身包，……讓我想想，鈔票銅板各若干，數條收銀機發票、一兩根乾淨未用的牙線、一張沖洗相片的收據單和同一家贈送的免費放大劵，有，有一張名片，……是朋友昨天給的，倫敦一家超級便宜的小旅店址，一宿一餐只收費十六英鎊，地址是45號 Lupton Street，電話和傳眞是(071) 4854075，儘管地址電話淸淸楚楚，這張名片當然無法提供與我有關的任何線索，爺爺只好掏我的貼身口袋，找出了一小包面紙，另一邊的口袋，他命令圍觀者某協助抬動我的身軀，找出的，是餐紙一小疊，邊角印著我剛剛待過的日式咖啡館店名，有別於他們口袋中未印任何文字符號的麥當勞紙巾。

這時有人取出並展讀我的一點也不重要的短稿，從我一點也不重要的筆名得不到任何可資說明我身分的訊息……

終於有一名心軟膽小的年輕媽媽掩泣叫喊起來：「趕快誰來把它送醫院吧！」

這是我最害怕的了，……就這樣，我可能會以無名植物人的身分在醫院躺不知多久，當然更可能會以路倒無名屍在市立殯儀館的冷藏庫等候經年……

這一切，只因爲我的資料不備嗎？

從那一刻起，就從那一刻起，我開始有了預爲自己的死亡，或該說，爲一種不可逆料的死亡狀態做準備的念頭。

也許你會覺得這再簡單不過，只消日後隨身攜帶一份證照或名片，或如同一些有嚴重心臟疾病患者片刻不離身的字條，上面寫著拜託發現者把它送往哪家醫院，並依條列電話號碼優先通知哪幾位親人，更重要的是請取出它衣袋中小瓶內的硝化苷油藥丸塞於舌下……，不是，我不是這個意思，或該說，原本我的擔心也許源本於此，但一發展下去，便早就遠遠超過於此了。

我試著以一兩個例子解釋一下。

並不很久以前，我曾在一個公共電話亭撿到一只皮夾，皮夾的式樣明顯仿冒某名牌的款式圖案，但質料卻差得很，因此我不存好奇的打開它，純粹僅想找到皮夾主人的通訊地址，以便能日行一善的寄給他或她——在打開它之前，我尚且覺不出這個中性味道的皮夾的主人是男是女——

皮夾很厚，儘管錢鈔好可憐的只有四百元，除了一張劉德華的彩照，煞有介事的大約有十來張卡，電話卡、某KTV的會員折扣卡、某連鎖髮廊的學生卡、某麵包店的消費集點卡、等待抽獎揭曉的存根卡、電視遊樂器卡帶的會員交換卡、某家泡沫紅茶店店長的名片、宣誓不抽菸的榮譽卡……

我大概才看到第三張，就已經能清楚勾描出皮夾主人：一個（在我看來）好生貧乏的十六七歲女學生……，事實也的確如此，稍後我隨便從一張游泳證上看到相去不多的資料，包括她所唸的學校級別，便得以抽空把皮夾還給她。

再說另一個例子。

不知道你有沒有讀過西班牙導演布紐爾的自傳，我記得他說過他年過六十以後，便不願再離鄉出遠門，只因爲害怕客死異鄉，害怕會像電影畫面似的被攤開散落一地的行李證件、蠅蠅閃響的救護車警車、旅館老闆、地方警察、小鎭記者、看熱鬧的……，零亂，狼狽不堪。

最重要的，他大概害怕百口莫辯的就這樣被辨識並認定，不管這輩子活得認不認眞、複不複雜、値不値得。

相關的另一個但不關死亡的例子，某篇小說精采描述一段婉約少婦的出軌情事，在一個與情人偶遇但應該可以偷情的成熟時機，少婦卻卻步了，攔阻她的當然不是道德，不是深情善待她的丈夫，不是殺風景的來不及避孕……，而是，那日她僅僅只是一時興起外出走走買菜，物質匱乏的年代，她著的底衫是已洗得破爛薑黃的家常棉布內衣……

若是你呢？

這麼說好了，這些例子都加速使我堅信，如果死亡是猝不及防而至，有誰可以依照他的本意「虎死留皮」呢？

因此我竟打心底羨慕起那些慢性病患者，或走近人生盡頭的老人如布紐爾，他們可以因死亡的指日可期，而有足夠的時間緩緩預做準備——我說的當然不只是立遺囑或精心安排自己的喪禮之類的，我是說，他們可以有充分的時間決定，一生視若珍寶保存下來的日記、信件、相片或奇異的收藏癖好，該燒毀哪些又或該留下哪些——

例如曾經我應傷心欲絕的師母之請，去替猝逝的老師整理研究室的遺物，我在他堆積成山的周代城邦研究資料中，發現一本他記載著結婚三十年來與師母燕好的日期，其上並做著絕對是密碼的複雜記號，大概說明他對該次表現的滿意程度——，我就不知道該爲長者諱的燒毀它，或將之視若珍寶的交給師母。

其實不只銷毀，甚至可以僞造或布置成我想要別人以爲的那樣，小自弄幾張慈善捐款的收據，抄寫一些可堪閱讀甚至親人願意自費出版的隨身札記，甚至，更細膩如我曾在報上醫藥保健版看到的，一名年過七十裝置了人工陰莖的爺爺讀者詢問，他該不該在去大陸定居前將之取出，因爲害怕日後火葬，子孫會從燒鎔不去的奇怪零件中發現他的祕密。

所以，你該明瞭我所說的預作準備，早就超過避免成爲無名植物人或無名屍的消極處置，而發展到非常主動出擊甚至堪稱精緻的境界了。

我決定先從我的皮夾整塑起。

我把顯得邋遢的牙線第一個丟掉，此外丟掉的還有幾張別人給我而我基於禮貌收下卻已不記得物主了的名片、幾枚莫名其妙的彩色迴紋針、一個某罐裝飲料「再來一罐」的兌換拉環、一張圖書禮券……總之都是些除了顯示寒酸毫無他意的垃圾。

那麼，什麼才是別具意義、充滿說明性、而又可以極其自然的出現在皮夾裏的東西呢？

首先，我的工作無需印製名片，自然也沒有什麼服務證工作證之類的，我沒有駕照，我沒有加入任何嚴肅或休閒的會員組織，因此我沒有會員證卡，我甚至沒有任何信用卡！

——說起這個信用卡，實在是讓人大感不平與不解的一樁事，你一定也有這樣的經驗，你在百貨公司或大型商店餐廳消費付款時，店員常會問一句：「請問付現？還是刷卡？」

根據我的觀察，儘管店員的語氣通常很中性很單純，但付現者總是囁嚅以對，刷卡者則大聲乾脆的應答。這不很奇怪嗎？刷卡者，簡單說，不是欠債者嗎？起碼當下的意義是：我雖然可以有錢付費，但這一會兒或數十日內，透過銀行信用擔保體系，我可以欠你債不還。

而付現的人呢？現在就可以一手交錢一手交貨，兩不相欠，人我不負。那爲什麼必須心虛？刷卡的，又在理直氣壯什麼？

難道，只因爲後者的曾經被徵信，被證明現在有、未來也有生產能力，遂而得以進入體制，所以可被信任不疑；而前者，不欠人的人，爲什麼會有揮之不去的心虛怯懦，難道只因爲他的生產方式或生產力被視同如農業社會的以物易物，是如此的不文明不科學、不可預期，因此無法納入工商社會暨其統治機制裏，簡單說，當你不是體制裏一枚用途明確而必要的螺絲釘，他們對你的信任因此必得眼前爲憑，而且一次的銀貨兩訖，並無法保證下一次、下下次的交易信用……，你是這樣的不被信任，不被龐大逼人的體制信任並接納，所以你心虛，所以你怯懦，儘管你可能頗有能力、也不懶惰、甚至不一定貧窮，起碼不是不繳稅的乞丐或流浪漢。

反之，皮夾一打開，有厚厚一串各種卡的人，是意味著被各種衆多的大組織小組織所信任，所爭相接納，所不可或缺……，那樣的顧盼自信，原來是來自於「我有卡，故我在」啊！

人子在世上是沒有名字、沒有棲身之地？

我的皮夾空空，無可填充，無能僞裝，但總總我不願意打開它的人第一眼就斷定這一定是屬於一名生活失敗者的，於是我放入千元鈔數張並長久不動用，好像它們生成是此皮夾的一部分。

皮夾雖空,但也不至於塞得進護照,我掙扎著不放進可以清楚簡單說明我身分的身分證——當兩千一百萬人裏有兩千一百萬張的身分證時，你看，意義又流失了——我甚至無法依你所建議我的，假做不經心的放一張寫了我的姓名和電話地址的小紙條，那也就是說，不要說什麼無名植物人無名路倒屍了，這早晚根本就會是一個就算好心人撿到了也無法寄還給我的無名皮夾啊。

……唉，一個多麼無滋無味無色無嗅的皮夾啊，偶爾，我假作陌生人一般的審視玩味著它，揣測撿到的好心人一定會略爲感傷的對之喟歎：你的主人是個多麼無趣無謂的人呀……

疏淡了皮夾的僞裝與經營之後，曾經一段時間，我轉而小心留神起自己的衣裝來。尤其是內衣褲，以隨時待命猝不及防的偷情，不不，死亡的突然到訪。

內衣褲是很重要的，不只是不能破舊薑黃而已，在心理學社會學乃至政治層面，它比太多東西都要能生動說明它的主人，柯林頓不是就面帶羞澀的回答，他的內褲並非現下流行的寬鬆四角格子紋的，而是緊身接近丁字褲型的。

看看他的外交政策！

然而我的勤於換洗更替甚至重新購置新的內衣褲——這又費了我不少心思，比如我放棄淘汰了可能使我迭遭揣測的黑色、紫色或柯林頓式的緊身小底褲，幾經思量，我索性在沒有熱心店員騷擾的屈臣氏開架式內衣櫃，選購了幾套純白全棉的卡文克萊內衣，雖然它的雅痞風格並不適合我的非社會況味——這些差點引發我的親人的懷疑，以爲我有若何新的感情對象，我們甚至大吵一架，我沒有說出眞相，若有那樣一日我先他而去，屆時一身潔淨的內衣褲將會使得悲痛的他想起很多個夜晚沐浴後的我，那不少美好的回憶，該能多少撫慰他吧。

但是我的準備工作並未因此終止。

必須出門工作的日子，我偶爾會經過當初我險些倒下的地點，清楚明白當時撐持我不肯倒下的那一股力量，完全靠著「不願意此生就這樣隨隨便便被發現並就此認定」的心情。

隨隨便便被發現，除了意味著狀態、皮夾、衣裝，還有地點。

是的，地點，我細細回想著自己平日外出的動線，發現儘管有隨興遊盪的習慣，其實倒也亂中有序，起碼一個訓練有素的情治人員或徵信社小弟就不難跟監掌控。

雖然如此，我仍努力盡可能單純化自己的日常動線，不去那些會費人猜解的地方，哪怕只是僅僅走過。

這麼說好了，我曾有一位非常正直純眞、宗教信仰虔誠、律己甚嚴的大學同學，結果去年他在一場有名的色情三溫暖大火中喪命。他被清理火場的消防人員發現衣裝整齊的燻死在該樓層走廊上。我們去弔慰同樣是我們同學的他的妻子，在溫馨的一起追憶他生前的種種善良行徑故一定能進天國的同時，總無法完全擺脫去那一絲絲微妙隱約的尷尬……，好人同學到底去那裏幹嘛？

我們問不出口，她也不能答。

因此我決計不走過香煙繚繞、醜怪惡俗的社區小廟，我不願死在那樣一個神壇之前，讓我的親人以為我改變了宗教信仰。

我不願意去大學畢業以後就幾乎沒再去過的西門町一帶，怕遍布的老舊色情暗巷使我遭到如同我的好人同學一樣的被懷疑下場，並永遠百口莫辯。

從此我匆匆走過一些原本我很喜歡的寧靜的、時間停格凍結的、有日式房子的幽綠巷道，不再駐足漫步，避免屆時我的親人猜測我是否在此暗藏了私生小孩、或幽會一名老情人。

我甚至不敢再像年輕時候一樣隨興漫遊，以免萬一被發現在某個可欣賞日落潮汐的海灘，我的有卡的親人會如何的終生大惑不解，並因此哀痛良深。

……

畢竟，死的造訪這一生不過一次，所以，當為它的來臨預作準備。

數百年前的拉曼查志士如此望空疾呼——

求情於鐵石
用禮於野人

而我，害怕字跡蠹蝕，不可復辨，故銘之。

一九九四・十月

第凡內早餐

職棒六年，職場九年的春天，我初初萌生想要買一顆鑽石的念頭，而且要就非得是一顆第凡內的獨粒鑽戒，可不是其他任何品牌或老土銀樓的，也不要彩鑽碎鑽拼嵌的……，我要一個白金指環、六爪鑲嵌的典型第凡內圓形明亮切割的鑽戒。

爲什麼呢？

爲什麼非得是第凡內的？爲什麼……會是鑽石？

常識告訴你我，全球一般大衆手中擁有的鑽石至少超過五億克拉，若是哪一天，一向壟斷掌控全世界80%鑽石原石的生產買賣庫存的德比爾斯公司（De Beers Consolidated Mines Ltd.）失控或倒閉（雖然很不可能），再無法強控制如澳洲、蘇俄、薩伊、波扎那在內的諸國尙存地底的豐富鑽石礦藏，那麼，窮我所有能力擁有的不到一克拉的鑽石的價值，與一朵新鮮的玫瑰花或一顆俯拾即得的美麗鵝卵石，還眞難以比較得出呢！

所以與保值無關。

儘管我很倒楣的抽籤中了辦公室裏這個月的會錢，被迫擁有一筆七、八萬的閒錢，我不能出國，因爲已經無假可請；我當然不會傻到存銀行定存活生生的被通貨膨脹給吞噬光；我連無風險的低利借人都無人可借呢；房子和看得上眼的車子買不起，而且多少我仍然有些心存僥倖，也許未來的結婚對象會擁有其中一二，或至不濟到時再在愛情的催眠下甘願一起辛苦努力吧。

但也不是有一筆閒錢才有這個想買鑽石的念頭的，以往，每逢中籤或會尾，我幾乎不需任何考慮的選擇出國旅遊，或做一項有效率、理性的開銷，例如搬遷到我喜歡的區段巷子裏的頂樓違建套房，預繳押金和全年的房租；我還投資過以前工作過雜誌社的年度增資；我也曾經抱著有去無回的心情給老爸幫助大陸親戚做鄉鎮企業……

公元前數百年，鑽石在印度首次被發現，人們深信它能保佑佩帶者免遭蛇咬、火燒、毒侵、疾病、劫財及詛咒。

希臘人稱鑽石爲 adamas，意即不能磨滅。

羅馬人用它來切鐵。

中國人用它做雕刻工具。

所以，除了鑽石，還有什麼比它更適合誌記永恆不渝的盟誓？

美鑽傳眞愛，此情永綿綿，

鑽石恆久遠，一顆永留傳。

………

廣告這麼說。還眞令人毛骨悚然呢——當然我不是指眞愛或綿綿眞情什麼的——不朽、永恆，想想看，當你擁有的東西會長命於你、甚至不滅永存，它不因你、它的物主的不在而不在，好比說你喜歡的那顆四四・五克拉，以其不祥的傳奇歷史名聞於世的HOPE藍鑽，此鑽因其切割後最初購得的主人亨利・菲力・Hope得名，它在害遍了歷屆主人後，目前收藏於華盛頓史密桑歷史博物館。

FLORENTINE鑽，重一三七・二七克拉，美極了的金黃色鑽，雙玫瑰式切磨成一二六瓣面，是最有名的義大利寶石，相傳最初由法國公爵所擁有，後來輾轉落入奧國國王手中，最後隨奧匈帝國的滅亡而不知所終。

不用說了，它大約像一隻異教神像的眼，兀自閃著冷冷的光輝，在某一架王公貴族散落的枯骨堆中吧。

一點點的不公平、一點點的恐怖……，爲什麼？爲什麼想擁有一個肯定在你身後會不朽不爛的東西呢？

年前不久，我很莽撞，因此反而成功的邀約了一名據說久已不接受媒體採訪的，該怎麼界定她，她曾經跨足過兩三個圈子，最初是以寫作類似保育文章起家的。之所以說因爲莽撞而成功，是從我的同事們臉上壓抑但仍然掩藏不住的波動中看出，原來我中了大獎！

比較願意與我彼此示弱的小慧告訴我，她們根本不敢找那位作家，以下就稱她爲A吧，因爲A近年打死不上任何形式的媒體，聽說就算你千方百計打聽到了她保密甚嚴的電話、並突破傳眞機或答錄機的空檔，居然直接是她本人接聽，也一定被嚴峻冰冷的聲調毫不猶豫拒絕，並且還質問你電話號碼從哪裏要來的，一副非要追究出洩密禍首不可的樣子。

我回想著，當初我是如何讓A好像沒什麼太多考慮就接受我的訪問的……，我好像沒有任何禮節的劈頭告訴她，我高中時候很喜歡讀她的文章，我很想知道她這些年好嗎，在做什麼，因爲完全看不到她的消息，而且她也沒有任何近作。

其實我進這一份專業雜誌不到一年，大概對行規，也就是同事們心中的大牌小牌、合作的或難惹的採訪對象不甚了了，沒有小心翼翼的預設任何立場，反而使我顯得充滿初生之犢式的天眞熱情，讓人不忍狠心拒絕吧，小慧這麼說過我。

總之，我和A碰了面，而且是依我的時間我的地點，其中還因爲我們公司尾牙而改約過，不過這是她的意思，她說她時間很自由，儘管配合我的上班和習慣去的地點——這簡直又讓同事們臉上的血脈輕輕跳動了一下。

距離上一次看到A，可能有近十年了，不過那次是隔著遙遙的人羣，她和一些前來聲援的社運人士一起，我們坐在校鐘下進行第三天的絕食抗議，我這麼告訴她，以做爲我說「你都沒有變吔」的證明。

A並不謙辭，也沒任何要與我一起回味往事的意思，她且對我的問題有點答非所問，儘管我所工作的雜誌大不同於其他廣告氣息濃厚的同業雜誌，但也難以把她近於大隱於市的素樸生活哲學裝進我原先預設好的主題裏，我們只好很快有志一同的結束訪問，一起回到平常人的模樣。

這也很有趣，根據我的經驗，「採訪」，簡直就是一場表演，訪問的人假裝自己是一個什麼都不知道的人，受訪者則當場扮演一個上知天文下知地理、對世事皆有一肚子獨特見解的人，所以我特別喜歡訪問結束的那一刻，彷彿魔咒解除，大家重新做人，我的受訪者，常常連小自這家餐廳的來歷或招牌名點、大至近日政經、媒體、演藝圈的熱門閒話都不知道呢！

重新開始做人，我們各自重點了一份飲料，就在等待我的花茶和她的熱咖啡時，她略有點抱歉的告訴我，之所以接受我的訪問主要是想跟我聊聊天——

跟我!?

她趕快補充，她的生活圈子久已沒有新人類這個年齡層的朋友，她認爲，這是個極自然的機緣，希望我不會介意。

我沉默著，忍不住想到前不久我們的元首才指示交辦相關單位研究「新人類」，他充滿自信肯定的語調，讓我以爲好像這世界眞的新發現一種新人種，而且在基本的解剖學和生理特徵可以使用科學方法明確檢驗出，好比你的染色體有一對是如何如何，你的左腦前葉是怎樣怎樣。

在A的眼裏，不、耳裏，因爲她下決心受訪的當時我們是透過電話，我是，新人類？我記得看過的資料裏，A頂多大我十歲，但我覺得我疲憊憔悴過她十倍（不管她說的素樸生活方式是眞是假），我的生活遠較她說的素樸生活（就算是眞的）要艱困十倍。

就在那微妙的沉默裏（她非常善解人意以致誤以為我在生氣），我才看到她左手中指上的那顆閃著火光的鑽戒，第凡內的白金指環六爪鑲嵌，過往我在廣告頁上曾經看過卻毫無感覺的，可能是她指頭很瘦的緣故，指環容易轉動，剛剛受訪表演時，鑽石一定轉到手掌內以致我沒注意到，現在，靜靜停在她手指背上，小小一粒，不會超過五十分，非常非常，素樸的一顆鑽戒。

——異教的偶像，是金的、是銀的、是人手所造的。

有口卻不能言，有眼卻不能看，

有耳卻不能聽，口中也沒有氣息，

造他的要和他一樣，凡靠他的，也要如此。

——詩篇一三五篇

我想起一位我曾經喜歡的浪漫男作家，他描述旅居日本時電車上看到的日本上班女性，有時即使有空位也不坐，而只靜靜的面窗不言不笑的凝立著，令他想到莊子裏寫到的尾生之信，尾生與女子期於梁下，女子不來，水至不去，尾生抱梁柱而死。

後來我在別處生活情報讀到，日本的職場女性，由於一整天得對客戶、對公司裏的男性同事和上司殷殷笑語不停，便下班後寧可面壁以放任自己一張厭煩疲累垮掉的臉，也不要因面人坐著又必須對即使是陌生同車人又忍不住得重新掛上的謙沖婉約的面具。

後泡沫經濟時期，我是說日本，疲憊的職場女子，常以不可能買得起房子的閒錢例如年終獎金，爲自己買一顆一克拉的鑽戒，以犒賞或撫慰自己整年的辛勞，故有所謂一克拉女性。當然，我才看過這則報導沒兩年，已很可思議的發展到爲兩克拉女性了。

也是因爲要犒賞撫慰自己的辛勞，才打算買一顆A手上同樣的素樸鑽戒嗎？

Star of the South，南方之星，重一二八·八克拉，是一名巴西女奴在礦場無意中發現的，不用說，它的發現，使她因此重獲自由。

依照貝魁爾在《社會經濟和政治經濟的新理論》的說法——出租自己的勞動，就是開始自己的奴隸生活——我做女奴，已經有九年了。

我需要一顆鑽石，使我重獲自由。

差不多同個時候，我日常下班等公車的地點，一幢經年在敲打裝潢的建築物終於開幕了，是一家精品百貨公司，我曾在一次穿得比較正經的時候進去匆匆逛過一圈，彷彿在逛一座現代博物館，沒有一樣東西是我買得起的，大概它的營業額是靠百貨公司後面那幢住有院長夫人綜藝教父股市大亨們所支撐，——過多有用東西的生產，會生產出過多的無用人口——《手稿》這麼說過，然而「無用的人口」，說的是我，還是供養這家百貨公司的官夫人和大亨太太們？

我每天必須被迫在這裏等公車，冷雨天氣，通常就得停留更久，即使偶爾沒帶傘，我也不願意再進去等候，儘管它的一樓大廳有很多美麗舒適如同五星級飯店大廳的沙發座椅任人使用。

現代博物館臨人行道的一樓櫥窗仍在裝修，布幕掩著遲遲不開，我往往對著它發呆，藉尾生之信的姿態不去面對同樣每天在等公車、已有些面熟的路人甲乙丙。這竟漸漸成了我每天唯一很自由、很心靈的時間，我甚至爲此放棄了看一份晚報佐一杯三十五元咖啡以躲避交通尖峯的習慣。

——在中世紀，一個等級只要它能佩劍，就成爲自由的人。

在游牧民族，擁有馬，就能成爲自由的人，並有可能參加共同體生活——

如何我認爲在那冷濕、等待回巢穴的時刻，一顆鑽石，可以使我成爲自由的人？

自然我想到小馬。他的標準說法一定是，你這是被商品美學刺激控制所產生的假需求……，而我的天啊鑽石，豈不是最典型標準的商品拜物教的象徵嗎！想想看，比AT&T、日產還龐大的跨國壟斷企業De Beers，一面默默而精妙的控制全世界鑽石的生產供應，又同時透過各種媒體廣告大力鼓吹——尤其是愛情與鑽石的嚴重關係。不是嗎，我一些戀愛中的同事們就大有人以爲，沒有鑽石就沒有愛情，更多男人好像也眞以爲，沒有鑽石就得不到愛情呢。

我和小馬當然就從沒過過彼此生日或聖誕節、或中式西式的情人節……等等這些商人們強力動員的節日，當然那時候的情人節，也沒像現在過得這麼認眞。

現在的情人節，從年假結束就等於開始了，辦公室的氣氛不下於放假前的猜測年終獎金到底發幾個月的那般詭異，這種令人緊張窒息的氣氛到情人節前兩天到達最高峯，每見花店小妹又送一大捧花進門來，大家若無其事的表情簡直像在靜待老闆即將宣布與人事調動有關的消息。

但是結果往往有很大的出入，例如我們以爲沒有男朋友的ㄅ，她桌上有四五把玫瑰和一大盒巧克力；約會不斷的ㄆ，桌上只有一把玫瑰，我們猜她那一把一定來自某廠商的老闆，而那老闆一定是情人節會叫花店送出個十幾把玫瑰花只除了他老婆……，不過大體來說，每個人桌上總不冷清，但我得承認在我桌子還空著的那幾天，確實幾度必須忍著不去花店訂把花送自己，並巧妙的署名知名不具。

小馬在的話，不知會不會被迫行禮如儀的送我，或送他目前的情人，花或其他禮物？沒有太久前，我在喝午茶的地方翻閱一本過期不久的政論雜誌，其中訪問包括小馬在內的幾名前學運分子的近況。

應該是出國已第七年的小馬，回答記者問他日後有什麼打算時，小馬說，等一兩年博士學位拿到後，必會繼續回島內參加反對運動、永遠堅守反對運動的陣營，而且不用說，自然是民進黨了。小馬這麼強調著。

唸政治的小馬，竟然無法預測不過他受訪的一個月後，他以爲會是永遠的反對黨就在首都執政，也不會料到當初我們一起坐在校鐘下絕食的夥件，已經穿西裝打領帶在上下班，並且手裏握有可以做事情可以直接影響人民生活的權力了……，解嚴前就出去的小馬，對台灣的理解想必還停留在解嚴前，大概也只有那樣的台灣、那樣的人民，才激得起他，才是他想保護想拯救的對象吧。

我覺得小馬和A在這一點上都很像，在他們腦子裏，「人民」是抽象的，假人似的，但他們對這個假人充滿無限的感情，一說到那兩個字，眼睛就會異樣的水光溫柔，彷彿活生生確有一個善良、受盡種種壓迫、集所有美德於一身的人，在等待他們解放救援。

爲什麼說是假人呢？因爲要是把「人民」落在我那些同事身上，落在現在的我的身上，我們需不需要拯救保護其次，最重要的，這麼樣好多的「人民」，是他們想保護、想拯救的才有鬼！

……這大概是爲什麼他們老愛留戀解嚴前的原因了，因爲只有在那樣的美學氣氛下，才有他們的存在空間和必要性。

這我也才想清楚，那天對A說不上來的煩躁感，儘管她問任何問題時都帶著她那一代特有的稍嫌體貼和教養的謹慎，比如她問我的政治立場時還會臉頰一紅，彷彿問的是我有沒有男朋友、和男朋友上過床沒。我說市長選舉我的選票是投給某某某，她問原因，我說因爲他長得帥呀，而且常模仿他講話的×××也甚爲有趣。

A問，那我可也是同樣支持他所屬的政黨？

我說他的政黨如何如何老實說與其他黨一樣我難以分辨，因爲你知道，他們的話都同樣說得好聽又無趣。

A再問，我可知道我選的市長背景，例如他曾經爲台灣的民主運動受過苦難坐過牢？

坐過牢？那不是一種投資風險嗎？你在他們所說的威權統治的第三世界搞反對運動，本來不是就得承擔這種風險嗎？就跟我們投資朋友開小店，我們買股票，有賺有賠，而且比起某些他們的前輩，他們在盛年就已經得到立即可見的收穫，在我看來，投資報酬堪稱合理。

我這樣回答A。

A不願意相信，繼續追問我，你們新人類都這麼想嗎？畢竟，能不能帶著一些感念他爲「人民」犧牲奉獻的心情來支持他？

我覺得A好天眞，拜託不是純情派的婚姻才有法律效力吔，兩個有錢家族基於門當戶對和利益結合在一起，難道就沒有法律效力!?要是投他一票的「人民」，個個都聰明無私、個個都基於神聖偉大的理由，這樣的社會早也用不著他來拯救或啓蒙了，拜託我這樣的理由也是一票，這一切，應該是他在之前就該預料到的。

但是，「人民」眞的是那麼健忘嗎？A問。

不上歷史課的話，他們（我也彷彿在勾描一尊活生生的假人）、他們哪有必要和工夫回頭看過往，如果這叫健忘的話，他們一樣健忘了國民黨曾經在台灣經濟發展上的一些成績，但你不覺得國民黨三不五時向我們人民邀這個功是很噁心的嗎？同理。

可是這怎麼叫做「過去」呢？一切都還活著、在著，都還不是歷史……，A忍耐著說。

對我而言，除非強迫我上一堂超過我經驗的歷史課，不然我還在唸幼稚園時（我當場誇張的把年紀降了五六歲），你們到現在還費盡力氣在痛罵的那個老獨裁者就已經不在了，我在國中時候常常被街頭抗爭運動害得上學遲到罰站，我考進高中那一年成立一個政黨，高中三年我們的老師們少有上課不偷聽股票行情的，我到五十歲之前不嫁個有房子的老公我這輩子就不可能有自己的住房……

而你們這些人，做運動的、做生意的，或是二者兼顧的做一些帶理想使命生意的如我老闆，我簡直不知道你們在煩惱什麼？比起我們這些不跟父母住，就得流離在這個城市各棟屋頂違建的游牧民族，你們都已穩有我們得熬十年才能爬到的位子和起碼的房子車子——尤其一個在立法院平日什麼事都不做、只消過些時就上台作勢打官員、口口聲聲發誓並逼人發誓也像她這麼愛這塊土地的反對黨女立委，後來陽光法案公布，平常競選經費專靠中下勞動階級五十元一百元捐款的她，擁有十幾筆土地房產，難怪她要這麼愛、她會這麼愛這塊土地——

誰在替誰做事，很難講，我投他一票，是看他某次上綜藝節目被擺布跳恰恰的拙樣子既可憐又可愛，這樣的理由拜託我覺得非常夠了。

不只這樣。我還回答了先前我覺得頗無聊，因此跳過不答的問題，比如說，到底我如何定位自己？台灣人？中國人？台灣人也是中國人？中國人但在台灣？……

其實如果還有重新選擇的可能的話，我比較想當日本人，或什麼事也不用做的在倫敦待一整年，要不去溫哥華西雅圖住一個夏季，不然只好去加州嘍，像電影《重慶森林》裏的王菲，什麼理由也不需要。

我還告訴大我十歲的A，從來我以為電視就是長在每一家客廳牆上的東西；從來台幣就是與美金一比二十六大陸東南亞人人都愛的強勢貨幣；從來中興百貨就在那裏，不然「逛街」「流行」是什麼意思；從來就沒有蔣總統；從來民進黨就存在；從來陳水扁就是台北市長——你只要看過電視晚間新聞裏那些搶著跟他握手和擠在他身後朝鏡頭比「吔」手勢的小學生，你就知道我哪有誇張——

A說的「健忘」，我以為是建構鞏固新的記憶所不可或缺的重要元素呢。

CUBAN CAPITOL，重二三・〇四克拉，我覺得最美的一顆圓形切割的金黃鑽，採自非洲礦場，不過它並不是鑲嵌在任何珠寶首飾上，而是被嵌在古巴首都哈瓦那的一處人行道上，以作為軍用道路指標的用途。

鑽石與革命。

鑽石與卡斯楚。

不用說，還有鑽石與俄羅斯——不過我說的可不是那顆目前收藏於俄羅斯鑽石庫中一三・三五克拉的PAUL I，這顆鑲嵌在印度皇冠中央的紫紅色鑽石，曾被俄國皇室所擁有，為了紀念保羅一世，故名之——

俄羅斯計劃明年開始在一個長兩百公尺的風洞中製造合成工業鑽石，這個風洞原為了測試火箭與彈道飛彈在重返地球大氣層時的反應而造的。機器製造中央科學研究所的彈道技術主任帕維爾‧科亞可夫對路透社記者說：我們的目標是使這個設備更有經濟效益。

更有經濟效益？科亞可夫和他的研究人員將不銹鋼片擲入風洞管中，讓鋼片以十倍於光速的速度撞擊一塊生鐵，這個撞擊會造成生鐵中碳的石墨碎片轉變成鑽石粉來。

於是乎，一個三十公斤的生鐵塊可生成二百五十公克的鑽石粉，科亞可夫說，他們正在更新設備，以生產較大的鑽石，最大的預計可達兩千克拉，是現今最大鑽石「非洲之星」的差不多四倍。研究所打算每年作業四十次，每次生產一萬五千克拉，預計一年可產六十萬克拉的鑽石。

俄羅斯與六十萬克拉鑽石。

我緊張什麼！

不改其志。

就在此時，我等公車的那家博物館被帷幕遮蔽、裝潢施工好久的一樓精品專櫃開幕了，謎底揭曉，是第凡內珠寶公司。

對此，我眞是錯愕不已，沒想到好一陣子以來每天唯一的心靈放逐時間所默默面對告解的對象是它，這簡直使我有如拜金牛犢的異教徒一般。

但是這種荒謬之感很快就被它所散發出來的吸引力給取代。冷雨、交通號誌快故障光了的黃昏，我面對它的時間隨著等車時間更加漫長。

原來它販賣的不只是珠寶首飾（這都是我在人行道上透過落地玻璃牆日復一日看到的），它有銀製的文具餐器、有繪著精緻花卉的陶瓷器、有手錶、絲巾……等等商品美學製造出來的假性需求，的確我在面對帷幕揭起前並一無所缺，現在，每一樣東西都因爲我的想要而感到缺乏。

我像賣火柴的小女孩在嚴酷的雪夜裏踮著赤足看窗內的人家在歡度豐盛溫暖的聖誕節。

我決定要買一顆第凡內的鑽石戒指，在情人節那一天，儘管我的辦公桌上明顯缺乏的是一把玫瑰花和一盒巧克力。

爲什麼要在情人節呢？

我早已經不打算接受同事們的遊戲規則，好比不經意的問你：「你要在哪一家吃情人餐？」想當然耳「你有情人，所以一定會去吃情人餐」的語法，只爲了表示所以當然她也一定有情人餐和——最重要的，情人。

所以我當然不是爲了情人節次日好戴在手上向同事們做無言但絕對淸楚明白的炫耀。

……

——勞動創造了美，但是使工人變成畸形；

勞動用機器代替了手工勞動，但是使一部分工人回到野蠻的勞動，並使另一部分工人變成機器；

勞動生產了智慧，但是給工人生產了愚鈍和癡呆；

勞動創造了宮殿，但是給工人創造了貧民窟；——

我回到《手稿》所說，因爲我的勞動所創造出的貧民窟，它雖位於冷風長驅來去的公寓頂樓，卻冷濕昏茫猶如地下室，因此跟隨我流浪的馬與劍、咖啡機與床頭CD都生銹陣亡不能挽救；我的一條心愛的Wedgwood大手帕、與同品牌的紅茶杯一樣有著野莓蔓藤的圖樣，但其洋溢的春天野地的氣氛也無法遮擋掩蓋住其下兩大箱因爲害怕搬家而不再打開的書，這是我喝東西和寫信寫日記的桌子；一床海軍藍ELLE毛巾被罩著房東不准我丟的簡陋木床，床底滿溢出待洗的衣物所散發出來的異味彷佛小馬還和我住一起的時候。

——野人在自己的洞穴中（這個自由地給他們提供享受和庇護的自然要素），並不感到更陌生，反而感到如魚得水般的自在；

窮人的地下室住所卻是「具有異己力量的住所，只有當他把自己的血汗獻給它時才得居住」，他不能把這個住所看成自己的故居，相反的，他是住在別人的家裏，住在一個每天都在暗中監視著他，只要他不繳房租就立即將他拋向街頭的陌生人的家裏——

《手稿》一百五十一年前這麼描述過我的地下室。

我把所有能發亮的燈都打開，歪在泛潮的印度棉毯上看快到月底我都還沒打開的雜誌，我訂了包括國外在內的四份綜合專業不一的雜誌，算是一筆開銷，儘管我在公司或附近的茶藝館、或站在書店就都可看到，但擁有它們，不知爲什麼要比擁有一支美麗顏色的香奈兒唇膏、比定期做有氧游溫水要讓我有安全感得多了——

但可以預見的是，早晚我會在其中讀到A侃侃而談她所觀察到的新人類，如聞其聲如歷其境的生動描述諸如新人類沒什麼歷史包袱、好傳統壞傳統都全丟個乾淨，因此也沒什麼理想價值觀可言；新人類政治立場虛無得很，沒興趣細究政客與政治人物的差別，視從事民主運動如商業行爲，盈虧自負，只有成敗輸贏，不需賦予光環或鄙薄……

新人類視媒體資訊如神，神決定了一切的意義和價值，任何不存在於媒體資訊中的事物就等於不存在，因此視知識學問當然也可用後即棄（十五分鐘的英雄）……

新人類甚至失去了使用感情的能力——無論付出或索取——，只因他們確實未經歷眞正的貧窮和戰亂離別，感情無瑕如他們自娘胎出來時一樣，不多也不少，所以他們只好用高分貝的音量和近乎聾啞人的誇大動作，來表達自己可能並不確定、甚至不存在的感情和意見……

新人類是男的像女的，女的像男的，性別中性化……（因爲訪問A的那天，我才新剪個林強式的短髮，單耳穿一只K金耳環，直筒卡其褲、短軍靴）。

新人類的女生在性方面要主動得多，也無傳統性別差異所帶來的傳統負擔……（如果那天我告訴A，我有時會在MTV包廂裏與當時的男伴解決彼此需要並順便藉以切磋床上技藝），——或相反，新人類視感情愛慾爲負擔，怕吃苦，寧願過無性的生活……（一如我那天告訴她的）。

我告訴A——一意識到她可能期待得到的答案（如我有時或常常在MTV包廂和男伴怎樣怎樣的）——我給了A一個不一樣的答案。我告訴她，保持無性生活無非潔癖罷了。因爲你怎麼知道平常看起來整潔怡人的男人可能有口臭，你知道，那是非常有可能的，這年頭只要在做事的人，誰沒有胃病、牙病、肝病或失眠什麼的，最重要的，你怎麼能毫不考慮的相信對方可能如羅曼史小說裏那樣不擇地皆可出的神勇動人，並且還隨時一身整潔性感的內衣褲？萬一他臨場不行、或能力平平，弄得我徒然骨盆充血或一身濕髒，拜託我又不是他老婆，我才沒半點道義情感願意忍耐同情包容撫慰他吔……

新人類而且習於接受影像圖畫、遠離文字……（如果那天我告訴A，我常看《城市獵人》《蠟筆小新》，並從其中得到頗多創意點子）。

新人類成長於台灣經濟起飛後，不知儲蓄節儉爲何物，物質傾向很嚴重，消費、透支（刷卡）力驚人，她還可以佐以美國羅普調查機構的研究報告：這批新人類的消費力每年高達一千二百五十億美元……（如果，如果我訪談她的當時，手上戴著一只和她手上一模一樣的第凡內鑽戒）。

我開始爲購買一顆鑽石做準備。

鑽石的顏色，由微黃、褐色到罕有的粉紅、海藍、綠及其他繽紛的彩鑽，唯最佳的鑽石是不含任何顏色的，完全無色的鑽石能像三稜鏡似的讓光線穿透而化成一道彩虹。——把完全無色的鑽石送給女人，就如同把一顆純潔的心交給她——De Beers公司這麼說。

淨度，大部分的鑽石都含有非常細小的內含物，內含物數目愈少及體積越細微，不會影響光線通過，鑽石也就越美麗。鑽石是所有寶石中最晶瑩通透的，完全無內含物及表面瑕疵的鑽石非常罕見，價值因此不菲。選購女人、不，鑽石，越無瑕，就越罕貴美麗。De Beers 公司如是說。

克拉，衆所周知鑽石的計量單位，也是衡量並決定鑽石品質和價值的四C標準中最容易判斷的特點。良質鑽石通常有不同大小、不同形狀可供選擇，相信她絕對不會介意優質美鑽為她帶來的額外重量。De Beers 又說。（還眞會說！）

車工，根據原石本質，鑽石被切割成不同的形狀，如圓形、欖尖形、梨形、橢圓形、長方形、心形。鑽石是目前我們所知最堅硬的物質，且它對光線有獨特的處理能力，鑽石能把光線在其內部反射折射，並能將光線析分為光譜色（色散），從而產生燦爛奪目的光澤和火彩，當然這一項重任有賴於鑽石切磨師。De Beers 如此堅稱。

堅硬如鑽石，曾被認為是不可切磨的，直到印度的寶石工匠發現，鑽石，是可以用另一顆鑽石琢磨以除去表層，使鑽石生輝。

其後至十五世紀，比利時的切磨師 Van Berquem 發現用沾有鑽石粉的鐵圓盤，可以磨出鑽石的瓣面。

十七世紀末，威尼斯人 Peruzzi 發明了五十八個瓣面的切磨法，到現在仍舊是各式切磨法的基礎。

一八七九年十月二十一日，愛迪生製成一盞使用碳化燈絲的燈，（拜託這和鑽石又有什麼關係！）擁有鑽石的貴族富商於是發現，鑽石飾物不僅可以在白日配戴，在晚間社交的室內燈光下更可見其光燦，鑽石益加大興。

二十世紀初，Marcel Tolkowsky 用數學方法計算出圓形明亮式（round brilliant）鑽石切磨的最適宜角度和比率……，也就是A手上的那一種鑽石，我打算擁有的。

錢準備好了——爲了避免像那笑話裏挑一擔鈔票進城，買「小姐手錶一斤多少錢？」的鄉下人，我還特去辦了信用卡——，情人節也還沒到，日日我返回我那窮人的地下室之前，總得在那富人的宮殿窗外盤桓良久，很快地，我從欣賞它的櫥窗擺設、咋舌一只中規中矩的手錶要價十萬以上，到不可自禁的陷入進種種細節……

它的門，是有防彈功能嗎？顯得好重，再瀟灑自在的男人、再喬張作致的女人，都得推一次——不動，懷疑是不是電動門，重新站定了，等著被掃射一次，門仍不開，只好提口大氣用力推，髮亂、臉紅，一開始就有些狼狽。

因此，我揣摩著，如何可以臉不紅氣不喘的一舉推動那扇眞的好重的玻璃門，神色輕鬆的如同進入的只是一家尋常的便利超商。

而且店家不止這扇門，另一扇不知爲何始終上鎖，我可別在緊張之下走錯門，我就看過好多不得其門而入的優雅顧客，在透明上鎖的門的那一面摸索、拍打、無助……，活生生上演一齣馬歇馬叟的默劇。

此外，我要的單粒鑽戒所陳設的櫃台在呈兩個ㄇ字形擺法的最左槓上，距離那扇重門大約、大約男人六七步左右，女人穿高跟鞋約十一步，以我的步伐，九至十步可抵。地上且鋪著綿密隱晦圖案的東方風地毯，不致有過滑而摔跤之虞，所以妹妹你就大膽的往前走，往前走，莫回頭……

店員呢？好像不該稱他們爲店員，有禮而沉著的男店員彷彿訓練有素的英國男管家；女的呢，比較像銀行女主管或空服員，個個皆控制得宜的表情，保證不會爲「小姐，啊鑽石一斤多少錢？」或「顏色？我要A級的。」而動容失笑。

的確沒有人用現金交易。

碎鑽飾物是沒有鑑定書的，單粒鑽才有。

……

宮殿外，我留心著購買行爲中所可能發生的任何細節，與其說在學習宮廷的種種虛矯繁瑣但必要（爲什麼？）的禮儀，其實比較像在進行一項祕密周詳的打劫計劃。

不是嗎，我甚至從來不曾有的在臨睡前保養雙手，以厚厚營養的綿羊霜努力按摩兩手，並非爲了或可漫漶指紋，實在只希望屆時試戴戒指時，不致讓它們照眼即被認出是一雙女奴的手。

我還準備妥了那日的穿著，上好質料但透著隨意輕鬆，並由於前述觀察過地形的關係（鋪著地毯），我可以放心的穿我那雙高跟亮漆皮的瑪莉珍絆帶鞋，而不用分神擔心跌跤（逃跑時？），我且去眞品平行輸入店買了Armani新推出的香水。（掩蓋我的逃逸蹤跡，就像草食動物摩挲一身屍臭藉以逃避肉食動物的追緝？）

萬事齊備，只差那一只七折即將可望降成五折的D&G麂皮背包，青苔一樣的顏色和青苔一樣的觸感，各家時尚雜誌上不停告訴你這一季不可或缺正in的配件，其實遠看頗似軍用帆布包，但直覺背上它會使我有如年輕戰士一樣顯得精神抖擻，至於其中要放什麼東西，水壺？手榴彈？行軍地圖？……嘿眞的不重要。

一切應該萬無一失。

——結果，人（工人，依《手稿》原意）只有在運用自己的動物機能，吃、喝、性，至多還有居住、修飾等的時候，才覺得自己是自由的，而在運用人的機能時，卻覺得自己不過是動物——

小馬……

反悔，還來得及。

打劫前一日，公司裏的每一張辦公桌上花海似的，連我也有一把香檳玫瑰，是印刷廠的小金送的，一視同仁每人都有，就像中秋節送月餅一樣。

等車時，我循例在宮殿外靜靜佇立，未因第二天的即將付諸行動而有若何異樣感覺。

但是店裏一對夫妻模樣的顧客吸引了我的注意。

兩人皆因彎著身子在細看我那鑽戒櫃台裏的東西而不時吸著鼻子，他們穿著打扮非常普通，像是臨時起意來的，男的還拿著一把黑傘，沒套上塑膠傘套，雨水把地毯滴濕了一個小圓塊。但他們看得極爲專注，大概在設法把每一只的價錢給牢牢背下來，總之所花的時間遠遠超過我看過的平均消費時間。

終於，他們直起身來，並示意男管家或女空服員前來服務。等待的片刻，女的望望男的，男的正大力的吸著鼻子，女的伸手替他拂一拂肩上的大約是頭皮屑，空服員來了，為他們拿出一只一只的試戴。每戴上一只，兩人都非常謹愼仔細的向空服員詢問不知些什麼，彷彿即將購買的是幢打算住三四十年的房子。

他們大概是剛吵完一大架才來的吧……，我的直覺。

當然也非常有可能像那個聖誕節窮夫妻的故事：女的爲了替丈夫買懷錶鍊當聖誕禮物而剪了一頭長髮去賣錢，丈夫爲了給心愛的妻子一個美麗的髮飾做禮物而把懷錶賣了……

我絕對不要讓自己落到那樣的處境，農奴的處境，哪怕有愛情。

這麼說好了，我勞動所換來的工資中有近三分之一繳給了房東，儘管《手稿》說過，房東從窮人身上取得巨額利潤，然而我大部分的房東們都以此租金貼補他們所必須繳交的房屋貸款，而那些房子大致不脫三至五個財團賣給他們的。

——工人的粗陋的需要，與富人的考究的需要相比，是一個大得多的收入來源，倫敦的地下室給房產主帶來的收入比宮殿帶來的更多——

地下室對房產主來說，是更大的財富。

捨此不提，至於我所剩餘三分之二的工資，總該可以自由運用吧。

但可以確定的是，我每次的餐飲花費中的三分之一，是間接繳給了房產主，即使不考慮國民所得，想想看我們一杯咖啡和漢堡可樂的價錢，想想我們一餐五星級旅館的標準法國菜與其他國家的花費比較（拜託別只舉日本爲例）。

我買的衣服，更多是繳給了百貨公司服飾專櫃的店租、和成衣商工廠廠房的租金。

我付的計程車車費裏，也有相當一個比例是在替司機先生繳房租；我一文錢逃不掉的稅金所鋪成的高速公路，讓不必繳土地交易所得稅的房產地主開著賓士、BMW飛馳其上。

我訂的雜誌周刊少說有兩成以上在替雜誌社付辦公室和庫房的租金，以及印刷廠製版廠的廠房租，以及雜誌社員工們工資中的房租房貸——就像我。

此外，就算我們不肯花用而存入金融機構的儲蓄，也被他們輕鬆超貸走，繼續以一賺萬的大肆炒作我們註定買不起的土地房子，迫使我等及子孫只得至死辛勤耕作才繳得起租金予他們。

我們已經變成了世襲的農奴階級而不自知。

然而我們還以爲我們是自由人，儘管命運比終生無法離開土地的舊俄農奴好不到哪裏去！因爲，舊俄的農奴還有一個可以清楚痛惡（或戀慕）的地主作對象，而我們所賣命的對象，終其一生也不知道也不得見，儘管觸目所及到處都是他們的城堡和領地。

——土地所有者也像所有其他人一樣，喜歡在他們未曾播種的地方得到收穫，甚至對土地的自然成果也索取地租。（斯密，第一卷第九十九頁）——

——土地所有者的權利來自於掠奪。(薩伊，第一卷第一三六頁註)——他們從淪落的無產者的惡習中也抽取利息，如賣淫者、酗酒者、抵押放債者（以及買鑽石者？）——

大概正因爲我們以爲自己是自由的，日子，才過得下去吧。

我不知道一輩子打算待在反對運動陣營的小馬爲什麼不再談階級問題。

我不知道要如何才能免於那樣的處境、農奴的處境，使我重獲自由？

是夜，我推門進入第凡內，門不輕不重恰如我長期所觀測揣摩的，我且走了不多不少整整九步到櫥櫃前——總之整個過程皆在我預先掌握之中，前後費時十七分鐘略超過估計，只因爲情人節晚上的顧客大約是平日的四倍。

我的俐落迅捷的打劫行動驚動了身畔一名年紀打扮都很像A的女人，她原先正彎著身子專注打量櫃裏的鑽戒，未吸鼻子，只故作不經意的掃了我一眼，眼裏清楚明白只有一句感歎：「新人類！難怪！」

未鬧笑話，也未觸動警鈴，我帶著我的南方之星離開寧靜宮殿一樣的第凡內，擠公車回我的地下室。

我將地下室所有能亮的燈全都打開，褪開包紮的白絲帶，掀開土耳其石色的紙盒，普魯士藍的絲絨盒打開，它，在那裏了。

它的身分證如此描述它，它是明亮圓形切割，重有三十九分，勻稱度是good，淨度是VVSI含極小瑕疵，顏色是H級接近無色，此外，還煞有介事的一串數字介紹它的切磨比例，彷彿女子的身高體重三圍尺寸……，總之，它想盡辦法告訴你，它之於這世上其他所有的鑽石是如何的獨一無二……，資本主義商品美學的僞個體化。

霍克海默。阿多諾。

——斯密的二十張彩票——

——薩伊的純收入和總收入——

如何費解的謎語和密碼啊……

然而我的南方之星，確實爲我的地下室帶來了難以形容的光燦。我以右手拈起它，並以情人的款款深情之姿緩緩套在左手的無名指上，心中漲滿了寧靜的快樂，彷彿、彷彿那個偶然在南非橘河河畔玩耍並拾獲了EUREKA的小男孩。

EUREKA，原重二一·二五克拉，雀黃色，它的發現，吸引並開啓了無數爭相前往南非開採鑽石的人潮。

一九九五·七月

匈牙利之水

這是一個兩杯老酒下肚、與我差不多年紀、樣貌、職業的中年男子告訴我的事情。自然，循例必須交代一下時間和場合。

我們第一次見面是在我們共同的朋友——我的大學同學、他的高中同學暨同鄉——所邀請的聚會上。聚會在一家大型違建街上的小型啤酒屋，受邀者陸陸續續的來和離去，但大約始終保持十來個。當晚的主客是我們共同好友的好友，據說十數年來沒回過台灣，此次返國大約也不是趕現在愛台灣之類的流行，因爲聽說他要把公司或他要被公司、移往調往大陸什麼的。

就在那時候——該發酒瘋的正high、不肯喝的正百無聊賴偷偷看錶如我——，我並不認識的他，接下去就叫他A吧，A酒鬼似的抓著個空酒杯，晃盪著向我走來，笑咪咪的先爲自己的魯莽抱歉一聲，隨後眞正非常魯莽的問我：「你怎麼會有這種味道？」

待我明白了他所說的味道眞的就是字面上的那個意思，我假意禮貌的嗅嗅自己涼爽羊毛西裝的兩袖，然後雙手一攤，表示礙難嗅出。

A放下酒杯，熱心的協助我，抬起我的手肘湊近我的臉孔，敦促我再聞，滿臉的期待。

我只好再嗅，不慎嗅到剛剛沾到的燒酒蜆仔的蒜汁腥臭、濕紙巾努力抹過的廉價、比××花露水還廉價的、簡直不該說它是香味的味兒，還有……

他看出了我的「還有」，快樂的說出答案：「香茅油！我有三十年沒聞過了……」A深深吸著氣。

想起來了，梅雨季開始沒多久，妻苦惱的發現又疑似有大白蟻的蹤跡，放棄了連用了好幾年的樟腦油加酒精，不曉得哪裏弄了一瓶其上只寫了香茅油三個大字的維大力黃的液體，擦遍衣櫃內外，其味道足以薰斃包括人蟻在內的所有生物。當然，我的衣物，尤其吸味良好的毛質西裝都在其中，不過，那是梅雨季的事，其後西裝少說也送洗過三四次以上了吧。

A不顧我的證實和誇讚他的好鼻子、只管自顧自的說——那時候，整條街上、事實上整個鎭也就只有那麼一條街，整條街上日日夜夜都是香茅油的味道，我到大了才知道是熬了外銷到日本去的，我大舅媽牽著我的手，先去辦什麼事忘了，然後去最大的一家百貨店，我現在想大概不超過十坪大吧，去給我選衣服，選好久，和店老闆娘交談用的是日本話。我之所以耐得住性子，是因爲一會兒還會去買那時候我想得要命的玩具，可能是一把塑膠槍或關刀吧，……我已經三十年沒有想起我大舅媽，根本忘了有這人，因爲那不久他們就離婚了，可是有一段時間我是和她一起過的，她跟我一起睡，替我洗澡，媽媽一樣的洗拭逗弄我的小雞雞，我爸媽哪去了……，我想她這樣日夜黏我是因爲怕面對我大舅的關係，我大舅在外地工作，週末才回來，回來前，她一定陪我睡得死死的，起碼我是睡得死死的，也有一次被很可怕的吵聲給驚醒，我大舅正在又踹又踩我大舅媽，榻榻米上他看起太高太大了，我舅媽好像在哭，唯一的反抗聲好像就是制止大舅踩到我或別驚醒我……，現在想，到底是單純的夫妻打架吵架，還是狂暴的性行爲呢？……他們始終沒有孩子，把我當成是自己的孩子是不用說的，她常用日語叫我「寶將」（少爺），和我說話時會壓低著身子、或蹲下來，一面對話一面替我整整衣服，就像我們在日本電影看到的那種妻子對待一家之主的樣子……，我眞的有三十年沒再想起她了，雖然她好像一直就住在鎭外不遠的娘家，可是你知道那時代離了婚的雙方就跟仇家一樣，我外婆甚至不准任何人提到跟那個女人有任何關聯的事，我舅媽身上有一種好聞的粉香，不是香茅油，可是現在和香茅油一起想起來了，她身材很苗條，不過也許是綑綑紮紮出來的，我看過她穿內衣，和現在那種調整型內衣差不多，勒得很辛苦，胃壓得平平的，奶奶就顯得尖尖的，她可能很愛美，常常拿日文書刊去街上剪布要裁縫照著做，可是做來做去好像都一個樣，跟我太太去年開始買的很像，就是那種賈桂琳、剛死掉的那個、歐納西斯、甘迺迪的那個賈桂琳穿的樣子，她們那時候的流行很奇怪，我現在全給想起來了，她們外出時都愛拎一個小藤籃，上了粉嫩顏色的亮漆，例如我舅媽就有一個奶油色的，好像扣鎖被我玩壞了，就乾脆讓我拿去玩，裝彈珠或裝小蟲子折磨時當監牢用，不過也有幾次是當那種還沒長毛的黃嘴痲雀的育嬰室……

我忍耐著聽，拜託千萬他酒醒後就忘了有我這個人，我一點都沒意思要在這樣的基礎哪怕只是哈啦打屁的友誼。

當晚，洗完澡出來，見妻正微皺著眉在邊掛我的西裝邊嗅，她通常都用嗅來決定衣服該洗，那眞使我窘迫極了，不只一次我阻止她嗅我當日換下的貼身內衣甚至襪子，表示那不花腦筋（鼻子）誰都知道該洗，爲什麼還要去聞它？

妻不止一次回答我，「我只是要證明一下它確實値得一洗。」心情好的時候她就這麼答。

爲了阻止她抱怨我袖口腥臭的蒜汁，我問她我們那香茅油哪兒來的，她說是朋友從鄉下的娘家帶來的，可以防蚊，很怕小孩得登革熱或日本腦炎，於是她想同理應該也可以防白蟻，就討了一瓶來，問我怎麼樣，我說那味兒很奇怪不覺得嗎，妻看我一眼，「不早說！」

不多久後，我又遇到了A，在一家、該怎麼說、台北現在有很多這樣的地方、原意只是一道吧台幾張小桌、專業賣咖啡的，後來愈來愈多像我這種下了班爲躲過交通擁擠只好在這裏打發時間的人口，順帶賣起調理餐包、一些輕食、又研發出一些奇奇怪怪名字和口味的三明治我都不敢試，更後來，乾脆也賣起幾品調酒。

A和我，就正隔著幾張桌子各看各的晚報，我們曾在同時翻摺報紙邊打呵欠時互掃過一眼，冷冷的，我暗自慶幸果眞酒醒他不記得我了。你難道不是嗎，年過四十以後，我完全不願、似乎也無力聆聽別人的心事，這個別人包括妻子，和我自己。

很多時候，我試圖說服自己，這個世界不過是許多地獄中的一個。

BB叩響，是妻，在娘家，她也常以包括逛街購物或陪老爸老媽一起看連續劇等等方式來打發過交通擁擠時間，而後再叩我去哪裏哪裏接她，好開車一道回我們尖峯時間得兩小時才能回到的市郊的家。

我以飲酒之姿仰頭喝盡了殘冷的咖啡，起身去吧台對正在做果汁的妹妹、要她在我的咖啡卡上塗銷一格。

「香茅油！」

我竟聞聲回身，什麼跟什麼，這難道是我的名字嗎？

當然是A，笑咪咪的，大異於數分鐘前我們曾經的冷冷互掃一眼。

A堅持留我再坐一會兒。我無法拒絕，可能以爲自己是他那個幫他洗澡陪他睡覺的大舅媽。

A點了兩杯長島冰茶，我阻止他，說我是不飲的。他也不取消，未有時間阻隔的繼續那晚的話題——我後來打電話找她，我大舅媽，她去年退休的，一直沒變是她以前教的小學，我有一次硬要跟她去教書，坐在教室裏，教室可能是日據時代蓋的，破損的牆壁露出黃泥混著稻草梗，怪哉倒也硬得很，得用指甲用力摳，才摳得掉一點灰泥，那時候是夏天，教室前面落了一地的緬梔花，你一定看過，枝椏很粗很稀，就是那種黃心白瓣有人叫雞蛋花的，花味很淡，但只要誰給我一朵聞聞，我一定能腦筋不花的叫出起碼當時她班上的十個學生，要是再給我隨便哪個學生腿上的膿疤味和紫藥水味，我可以把班上的男生模樣全都想起來——

長島冰茶來了，他拿起一杯來，也不喝，嗅了又嗅，「4711，××」，對我而言，他喃喃說了一個數字、一個可能是人名的兩個密碼。

A短暫的出神了一陣，直到我相信有一陣氣流穿過我們（可能又是我身上散發的香茅油味兒），他重新回復一臉較之剛剛要顯得熟悉多的表情繼續說——結果她的家人，也是我小時候跟她回娘家時喊過的親戚說，她不久前死了，跟我外婆差沒幾天，我想，搞不好她們暗中一直在較勁，拚誰比較晚死，像慈禧和光緒那樣，像蔣介石和毛澤東，結果一樣兩個人不知什麼時候已經結成生命共同體，一個沒了，另一個的生存意志也頓時喪失，我想我舅媽一定很怨怪我外婆，覺得她的婚姻完全是被她破壞掉的，你知道她，我舅媽，是個很矜持的女人，矜持到無能捍衛她和她的婚姻，就算我外婆眞的有意無意在侵擾她。我記得她很愛生悶氣，常常吃飯時間還在樓上，不開燈，不知在哭還是在生悶氣還是在睡覺，反正就是不肯下來吃飯，我外婆就會差我捧個托盤上去送飯給她，常常有乾煎的赤鯮，有一次我在樓梯間突然發起賤，摳了一顆魚眼珠吃，好腥喔——

你要以爲他說的只是有關兩個死去的老太婆和一顆好腥的赤鯮魚眼珠的事情，你可也就錯了，不過我也差不多就在那時與你此刻的反應差不多，我清楚強烈的看著手錶，表示時間眞的到了（天啊我寧可在岳父母家一起看《東京愛情故事》）。

他放我走前，卑微的懇求我，能否在下次的自然見面時（他說他的公司離此不遠），能否不情之請的給他有關香茅油，我趕快打斷他，保證盡快弄到一大瓶香茅油，快遞到他的公司或家（總之頂好不需再見面）。

A聞言非常不好意思，但仍一鼓餘勇要求，能不能給他一件我衣櫃裏隨便什麼不要的東西，比方說舊手帕或鬆掉襪口可丟的襪子——我拜託他可別說到什麼太小的內衣褲——他急急解釋，不只是香茅油，還有一些複雜的粉香味，加起來是那時候舅媽的味道，「我很想保存。」

除了妻子，多年來我已沒聽過泛著水光的大人的聲音。

我答應了A。

我在衣櫃裏找到了一件某廠商慶祝地球日所送的環保T恤，我還擔心因爲塑膠袋未拆封的關係會使得味道有損，便要他鑑定。A接過去嗅了嗅，笑看我，「謝謝了，配得正正好。」

配得正正好，彷彿我是香水師，或該說，妻是香水師。妻喜歡在衣櫃的每一個抽屜裏放上即將用罄只剩幾滴的各種香水瓶子，亂中有序作法似的，我始終不以爲異，因爲並不知道那會使我帶有氣味，即使有，也早該被公司那些女孩們所散發的不同品牌不同調的香水味給濃濃蓋住了，天啊它們造成的空氣污染往往比菸味兒更甚。

像是爲了答謝我，他說了一個比兩個老太婆和一顆腥魚眼珠要有趣得多的事。

——嚴格說起來，這場災難大概起自於一九九〇年——

九〇年？民國七十九年？先讓我想想該年可有什麼大事……，年初，元首跌破全國人眼鏡的挑了一個沒有聲音的人做副總統……，國大恐怖的山中傳奇……，愚蠢難看的政爭……，年中，元首又在全國皆曰不可的情形下擅以軍頭爲行政首長……

A的災難，不知起自前列者何？畢竟依他的省籍，肯定那批陸續被鬥垮的張賬房李院長王軍頭都不是他老子或祖上。

——一九九〇年，關稅貨物稅大降，台幣暴升，香水大量進口，不再是什麼奢侈品了——噢，我恍然大悟，所以A的老婆大概和我妻一樣，一定不免花了一些在我們看來實在不怎麼理性的錢購買香水……，不過，這如何都不足以稱之爲災難吧。

——你知道有所謂的十年一度這個說法嗎？

我老實的搖頭，願聞其詳。

——我忘了這是不是日本人的說法，就是指那種很了不起、令人深刻難忘的性愛經驗，因緣際會十年才可能有一次的，不管我們這輩子做過多少次，從十幾歲開始，能者天天、不行的或缺伴侶的一生也有個百來次……，總之就是在你臨終之際，你還能淸楚強烈記得的，一生不會有幾次的——

……是的，一生不會有幾次的。

其實一切是那麼樣的重複，若勉強把每次都做下記錄，可能不出三百字就辭窮，或重複抄襲上一次、上上次的字句……，上上次是什麼時辰？淸晨？臨睡？燈下？或煙藍灰的晨曦裏？……

哪張CD樂聲裏?她穿哪件睡衣?怎麼開始的?有沒有異於平常的任何細節?……

不過才上上次,就已經記不清了。

當然,這可能是規律忠貞的婚姻生活之必然。

我等待著眼前這名才見過三次面的男人告訴我他的十年一度。

——關鍵不在十年一度的難遇難求……

他有些不知該從何說起的樣子,我不禁猜想會不會是我身上的香茅油加粉味兒正干擾著他。

——嗯,我老婆……

自然我有點吃驚,他十年一度的對象是他妻子。

——嗯,我那老婆……

顯然他那老婆較之我這名大舅媽,要難以描述得多。

——我老婆,很瘋狂的,我們有兩個小孩,都還唸小學,她都不怕吵醒他們,不過這不是重點,你知道嗎,只要一有什麼新品牌的香水進來,來台灣,她一定第一個去買,然後眞的是「穿」香水,全身上下抹得濃濃的,整個人都在煙霧裏我簡直無從分辨她。那樣的夜晚,我的天,她簡直拿出她學生時代期末考的精力功夫,做得之認眞之執著,有點像那種狐啊妖啊什麼的,必須在天亮之前把你的魂魄精氣給吸個光光……,所以那些香水史,大概可以說就是我的十年一度史,好比隨便說你身上有(他笑起來),可能是內衣部分有KENZO的味道,水果味已經沒了,還有一點點木頭香，和東方香料的辛辣味——

A以手勢阻止我的其實也不知想辯駁什麼，滔滔不絕的繼續，——那次在浴室裏，我把她頭髮給弄濕了，原先的一些淡妝也給我洗掉了，好像談戀愛時有次在郊外遇到雷雨時一樣。她還沒四十，洗乾淨的皮膚凝著水珠，她自己都知道，浴室到處不是都硬硬的，我們連做了兩次，折騰得一把骨頭第二天起不了床——

這倒提醒我想起類似的某一次……，我微笑著，臉肯定有些紅，忍不住解嘲：這怎麼能算是災難呢！

——你還記得 Red Door 那支香水嗎?進台灣時號稱花了幾千萬台幣的廣告宣傳費，你一定看過它的平面廣告，我老婆緊張得不得了，上市第一天就趕快買了來，還是照樣全身上下抹得濃濃的，其實她對那種乙醛調的香水會過敏，直接碰到皮膚會起疹子，又紅又癢——

當然他接著又簡單描述了一番較之前者尤有過之的性愛場面，其微妙、其靈動令我快無法卒聽，我再次打斷他，不明白這又算哪門子的災難。

——你知道 Red Door 的廣告詞和設定訴求的對象嗎?

我當然一無印象。

——Red Door 的訴求對象是從二十五到三十五歲、大膽、充滿自信、個性化的現代辦公室女郎——

所以……

——所以我老婆害怕我們公司裏的那些女孩們萬一都聽信了廣告人人都買一瓶 Red Door 不就完了！

人人一瓶那又怎麼樣？

——重點你不懂嗎？她先用了，日後即使我們辦公室每一個自認是大膽自信現代的呆瓜都用，我聞了會想起的還是我老婆，甚至這想念還必定伴隨新香水必有的十年一度，你知道嗎，那常常讓我窘迫透了，你知道，並不是每一次的人事地都那麼適合的，好比有一次跟廠商午餐談生意，他的特別助理竟然用的是我老婆蜜月期常用的那一種，而且好像是絕版香水，她大學畢業時在國外唸書的二哥寄給她的禮物。十幾年來再沒聞過，我簡直心亂如麻，險些愛上那特別助理，整個下午發情的公狗一樣好想找我老婆上床，你難道從來沒有過像這樣的經驗？

………

我勉強想起來，一名短暫在公司待過半年就出國唸書的女孩，我連她名字都記不得，當時對她也並無特殊之感，她好像就穩定的用一種淡雅微甜的香水，天天不斷，在那種香水還不普遍且昂貴的時代，我還猜想她可能有嚴重的體味才必須如此。

好幾年後，一次與妻一道出門參加親戚的婚宴，忽然同樣的香味讓我想起那女孩，她濃密及肩的髮因低頭專心做事而掩住整張臉而只露出鼻尖下巴、一兩次被我看到隱隱的乳溝……、她不甘心被男同事的無聊笑話逗笑、邊笑邊怨「好無聊！」的神情……

——你看看，這就是我老婆最怕會發生的事：聞她身上的香卻擋不住的想別的女人。所以她要率先用遍所有香水，日後不管我在哪個女人身上聞到香水，都只能立即想到她，而且這百分之百是人力不能控制的，就算哪次我想偷偷冒險出出軌，除非那女孩沒有任何的香水脂粉味（這不大可能），或用的是我老婆從沒用過的香水（這更不可能），不然你想想，那簡直就等於我老婆如影隨形無時無刻不在我身邊嘛，比方說，不是花×花酒廊的妹妹們全都用她們老闆從巴黎直接大量進口的香奈兒五號嗎，後來雖然總公司知道了還下過指令以後不接台灣的這類大宗訂單、免得香水身價因此大跌，你看，當我面前坐個台北身價一等一的年輕貌美的妹妹，而腦子裏全是我老婆穿著紫緞內衣（看我記得多清楚）的身影，我還有什麼搞頭，根本當場就不行了，還有什麼戲唱……

A拿起第二杯的長島冰茶，嗅嗅，說出結論——當然我也不是非要幹嘛幹嘛不可，只是一想到漫長未來的人生，這種可能性一旦不存在了，非常絕望。

所以，要想有外遇，還得先外遇一種老婆所沒有的香水？

A沉吟著，終於飲盡幾度舉杯、卻又保留著以備不時嗅嗅的冰茶。

——這，還不能算是一場災難嗎？

我無法及時否認，一陣濃烈的異味霎時密密的籠罩住我們，我發現來源是前來收空杯換菸皿的妹妹，我們所處的高度恰及於她的腋下。

我和A螞蟻一樣的交換了一眼，也不說話，直至動作俐落的妹妹離去。

——你想到什麼？A問。

……咖哩飯。小學考完月考放半天假的中午回家，我媽會做番茄汁炒飯或咖哩飯，用飯碗裝好倒扣在平盤子上，圓圓的，像蛋糕一樣，用調羹挖著吃，我和我妹邊吃邊學美國人說話，天啊那時候可眞熱，走在路上都得小心別被柏油黏住鞋子……，再多幾秒那個氣味，我一定能想起更多……，你呢？

——裁縫店。梅ちゃん的裁縫店，那時候叫洋裁店，我大舅媽常帶我去，我外婆偶爾也會去，因爲大多是梅ちゃん來替外婆量身的，外婆只要有日本人送的或比較年輕花色或進口的料子，她會親自去店裏，因爲梅ちゃん有最新的服裝雜誌。奇怪梅ちゃん店裏的布料應該都是全新的，爲什麼會有那麼強烈、簡直好像蒸餾濃縮了幾百個狐臭人的汗液的那種氣味，你知道，她有一個廢料籠，所有裁剩的零碎布頭都堆在那裏面，我那時五六歲，准我窩在裏面玩，有時玩玩就睡著，那些所有沒用的新布匯合起來就是這個味道，我外婆還和我舅媽玩間諜戰，外婆會假裝不經意的問梅ちゃん我舅媽這個夏天做了幾套新衣，我舅媽也常去架上好好摸一摸外婆那些待裁的衣料，大部分都是日本人送的，有錢都買不到，我舅媽羨慕得很，外婆從來沒轉送過她一塊衣料……

她怎麼死的？什麼病？

A眼神茫茫然，顯然還待在洋裁店。

你大舅媽，怎麼死的？

——沒問。她很瘦，很緊張，我想不是癌症就一定是心臟方面的。……我永遠也不懂死，就像這一刻，現在，我還可以栩栩如生描述出她三十幾歲某一段時間的所有細節，這樣到底有沒有意義呢？之於她的死亡，之於她的不在。我記得國外有個作家說過：死亡，就是我加上這個世界再減去我。有一個時期，這個說法可以說服我，因爲我對死始終耿耿於懷，有一個猶太人、可能是先知之類的說過：死亡不過是推一扇門，從現在的世界通往另一個世界，不過唯一擔心被卡在那兒……，我害怕又好奇有關死的每一個細節，例如我這樣清楚記得我舅媽是什麼意思呢？跟器官捐贈、好比她的眼角膜或腎臟仍活在某個活人的體內是同一個意思嗎？若是同個意思，那麼她的死，不就不再是她加上這個世界再減去她了嗎——

我並無言以對，距離上一次聽人談及類似的這種話題，大概是大學時期一個好讀書的女朋友吧……，年過四十，當下想不起的事情，給再多的時間也不會想起，我承認，我想不起那個女孩兒的名字了，雖然我們的戀愛不成功，但也應該不致如此。我迷信的想，給我一種氣味吧，我一定可以想起她，起碼想起名字和長相。

——所以，死到底是什麼意思呢？要是有比器官捐贈還能生動的留在這活人的世界上的東西的話——

但是，要尋找一種與她相關的氣味，可能比尋找她的名字和長相要渺茫得多，畢竟，想辦法找到那年的畢業紀念冊也就做得到。

——就好比我剛剛說的那種活生生的記憶，甚至非常官能的、氣味的，與藝術家文學家身後遺下的抽象的文字、作品什麼的完完全全不同的——

什麼樣的氣味可以讓我重新想起她呢？活生生的、官能的、比文字圖像、紀念册完完全全不同的，如同A所說的。

——你呢？你怎麼看待死這件事？

不會是香水，那個年代台灣鮮少香水。那麼學校外的自助餐店？有一個時期，我們常一起約了共進午餐；要不，去一趟圖書館前的草坪，如果碰巧校工在修剪草坪，那割過的草鮮綠味兒也許可以雷擊醒我的記憶；不然去淋一次夏日午後的雷陣雨吧，我們共打一把雨傘卻全身濕透的在她家附近走過不知有多少圈。

她叫什麼呀……？

那日，在濃郁自然的咖啡香中與A分手後，這個簡單的問題不時嗡嗡在腦中。我嘗試著摘一片桌上觀葉盆景的葉子，揉捏出汁，湊在鼻下玩味，但並無任何可資記憶的相關事物。偶爾假日在家開伙的日子，我也會順便在菜蔬中找尋可有解謎的線索，只可惜妻正迷著做各式義大利通心粉和湯，我在一瓶瓶標示著荷蘭芹、鼠尾草、百里香、羅勒草……中，收集了不少完全陌生的元素，勉強熟悉的是它們的名字，令我想起一首老歌，考完聯考的那年暑假正流行的，還特爲了這些個陌生怪異的字查了字典，好記憶力的年紀，從此牢牢記住。

我百無聊賴的到陽台上探訪妻的那些盆栽們。全都是觀葉植物，沒有花，沒有果，儘管有二三十盆二三十種，之於我，就全都一樣了，……她叫什麼名字呢？

下一次的見面裏，我有些不好意思的告訴了A我簡單的問題，因爲較之他的死亡大問題，我的僅僅無法想起一個昔日女友的名字顯得太不努力了。

於是他邀我一起離開小咖啡店。

夏日晚上的七點，什麼都還看得清清楚楚。

我們像電影裏的一對智者與徒弟、或福爾摩斯與助手華生似的走在一條停滿了車的巷道裏，沒有停車的地方也擺滿了用來占車位的盆栽，A順手連葉帶花摘了某盆栽上一朵肥白的花，手臂伸得長長的遠遠示我，不讓我嗅到，問，會想到什麼？它的葉子綠得黑亮，妻那二三十盆裏彷彿有它……。我遲疑的描述著。

A把它遞到我鼻下，晃動出香味。

不等他問，啊，小學一年級的教室隔座共桌的女生朱梅君鉛筆盒裏每天都放一朵這種花（A插嘴說是梔子花），因爲朱梅君人長得漂亮功課又很好，很快的全班起而仿傚她，想辦法上學途中這家那家偷一朵梔子花來放在鉛筆盒裏，而且朱梅君還把月光牌香水鉛筆刨下來又香又美麗的木皮也放在鉛筆盒裏，同學有這種鉛筆的也照著學，總之什麼寶貝都放筆盒裏，人人桌上一個寶藏盒，時而祕密不准看時而開放任人自由參觀。除了栀子花和香水鉛筆皮，有一個時期放的第三多的是牙齒，剛脫落的奶牙，小孩以爲洗得再乾淨的蛀奶牙其實臭烘烘的，與花香筆香混合在一起好令人神往呀……，朱梅君，三十年來想都沒想過的名字，後來唯一一次是聯考看榜單，她好像是考上東吳。

花香味兒支持到此，我回過神來，非常不好意思，彷彿面對的是催眠師或心理醫生。

——所以其實我並不怕老年癡呆症或萬一有個意外變成植物人什麼的，我相信到時候光從護士小姐們身上的香味，我就都可以不花力氣、看電影似的看盡自己的過去，而且這個過去非常誠實，絕對沒有被長大以後的我們給狡猾的修改過。我建議，要是你太太沒有用香水的習慣，你可以刻意的一段時間用一種香水，有人說這是一種液體的記憶，當然不一定用在身上，如果你介意的話，反正你可以想辦法讓它在生活裏自然的出現，好比你的衣服放在香茅衣櫃裏就不壞……，一段時間，刻意用一種香水，便於保存記憶、或保存記憶中的女人，若是你覺得記得過去對你來說是有趣、是有意義的——

眷念過去、眷念記憶，與眷念現在、未來、生命應該沒有不同吧？是因爲眷念生命，使得A害怕死亡在意死亡嗎？

A雖然沒能幫我想起昔日女友的名字，但他畢竟居然讓我更不可能的想起小學一年級時偷偷喜歡的朱梅君。我不免有義務說說看上次他問我的問題。

我想，我勉爲其難的想，反正人都一定會死，不只是人，我們看看四周，什麼都會死，你手上的這朵花、白蟻、烏龜、抹香鯨、青苔、阿里山紅檜、病菌……，其實我不知道科學家們是怎麼想的，若是醫學、生物學上的一切努力是爲了讓我們晚年好過點、死得平緩不痛苦點，邏輯上是通的，但要是他們以爲阻止了所有疾病的發生，死亡就因此可以避免，我們就可以一直這樣活下去，就未免天眞得有點恐怖，我記得有個唸醫學的科學家說過，昆蟲不會對造成它們死亡的疾病一一發展防衛，它們就是它們，老了便死去。

我說不下去了，一來是向來我對死亡關心太少，二來怎麼會用昆蟲來說明人與死亡，感覺怪怪的。

——我眞高興聽到你說人是一定會死的，也許這是常識，可是聽起來滿新鮮的，你說昆蟲，眞是非常好的例子，我們地球上隨時少說有超過所有人口幾億倍的昆蟲，它們的生命又大多短暫過我們，簡單說，它們發生死亡的次數密度幾乎可說是無時無刻不在死，可也沒見它們因此發展出什麼哲學，我是說好比有例外的掙扎偷生，你知道十七年蟬，我小時候常愛聞聲找尋它們所停的枝椏，看看罷了，不捕，隔幾日看它們仰臉躺在地上，要不是有時是螞蟻爲了搬運方便在肢解它們，它們簡直完好無缺到你不明白爲什麼它們肯於就死，以前我總是大惑不解，現在呢，我眞打從心底羨慕它們的肯於乖乖就死——

也不是肯不肯乖乖就死的問題，那也許是一種死亡機制吧，我記得有人說過，動物身上就具有一種保護性的生理機構，在瀕臨死亡時才會瞬間打開開關，帶領他們在沒有痛苦的平靜中通過死亡，有宗教信仰的人可能就把它具象成各自信仰的神明或神的使者對他們的擁抱接引，不是有那種心臟病死了幾小時的人，救回來以後說，曾經過一個隧道，看到非常和善、溫暖、慈悲的光亮嗎？

我想辦法安慰A，以爲他是我鮮少見過怕死之人。

——我是說，不管有沒有大型的戰爭或超級的天災，我們現存的五十幾億人都會在一百年內陸續自然死光，即使不跟昆蟲的無時無刻不在死相比，平均一年也有五千萬人次的死，可是我們一生可能並目睹不了幾次人的死亡，好比你（我插嘴承認，我唯一的一次是當兵時連上一個預官自殺，我甚至還沒有親人亡故），可是我們都會把這幾次的死亡與每一年必然會死的那五千萬人分隔開來，我們忍著傷痛去參加他們的喪禮、我們含淚低聲追思他們，好像他們的死是個非自然的例外，好像說，要不是因爲這場意外或這種病或這把年紀，不然其實他們可以免於一死的。這一切讓我非常害怕，更加深了死是災禍、是可恨、是可以避免的、是陌生怪異的事……

——所以與其說我在意死、害怕死，不如說是我在意、害怕人們對死的那種避而不談、諱莫如深的態度——

他未免太多事了，還有暇管人家怎麼看待死亡，不過這我也才發現世上有兩種人，一種是不怕死、或該說從來不去想與死有關的任何事，儘管他們通常規規矩矩的買保險，另一種，就是A這種了，不過他們奇怪的反倒是不投保的。

天暗了，我們走到巷子盡頭的社區小公園，公園裏坐著幾名發愣的精神病患（我這麼覺得），雖然公園入口的告示牌上很不人道的標示著禁止精神病患入內，禁止的對象另外還有腳踏車、攤販、小動物等。

我們選一段石磚花壇短緣坐下，我可能當場壓死了一簇花葉，我聞到蟛蜞菊的味道，小學三年級，親手在後院埋一隻痲疹死掉的小狗熊熊，掘破了蟛蜞菊的草坪，最後在土墳上放上一小束蟛蜞菊的小黃花……

不知道A可也有亟待想起而找尋不到的氣味，如同我肯定再也想不起名字的昔日女友。

黑暗裏，A也不回答我的問題，逕自哼唱起歌來，除了好幾段重複旋律的句首有「雷夢娜」三個字以外，他大概不記得歌詞，我也記不得，但是小時候好像聽過，被改成流行歌唱的，現在被A還其原貌的可能原來是一首外國民謠。

——我舅媽，大舅媽用唱機放給我聽過，說這是「倒楣歌」，我問她爲什麼，她老不肯說，有一次我威脅她不跟我說我就要自己去問大舅，她才簡單的說，大舅初中時有個好朋友，也住在鎮上，只要知道大舅又有新書新唱片就會上門來，在台中唸商專的大舅這位好友最愛聽的就是這首〈雷夢娜〉，後來，後來那同學就被槍斃了，不同的案件，大舅坐了六年牢，大舅坐過牢的事是我大了以後才知道，舅媽只說，那個同學被「乒」掉了，所以大舅每次聽到這首歌都會說這是一首倒楣歌……

晚風中，我嗅著周圍，找尋是什麼引起他回憶的。

——是樟腦樹落葉，被竹枝掃把刮著黃泥地給掃成一堆……

A主動解釋。

——我外公愛修樹，每年不分什麼樹都要修一番，很心狠手辣每種都給理了光頭一樣，那些鋸下來的樹，就全堆在後院楊桃樹和芒果樹間的空地上，曬到乾透了，再一把火給燒掉。我很喜歡每天在樹堆邊玩，頭幾天，我還會躺在上面，葉子綠綠的，很冰涼，像死掉的動物失了體溫，可是很香，各種，不過樟樹和油加利、玉蘭最多，玉蘭好香哪，比它的花要香得多，有時也不是一把火就給燒掉，早幾年外公家還沒接瓦斯管，除了買炭買柴，也用這些乾木頭，我陪我外公和燒飯的阿姨在楊桃樹下整理那些枯木。外公負責把枝幹部分剁下來，阿姨把枝葉綑紮成一小把一小把，做爲生灶火時點火用，那些乾樹枝子，死了那麼久，被劈、被撕、被折斷，還是香得很……，我外公那時候的年紀，不會比我現在大多少。

樟腦樹，油加利，玉蘭，芒果，楊桃，我會想起什麼呢？

荷蘭芹，鼠尾草，迷迭香，百里香。

紫羅蘭，洛神，桔橙，黃花……，彷彿，從字面上，我還比較可以嗅到氣味，勾起回憶，它們常常出現在我打發黃昏塞車時光的小咖啡館桌上的特別推薦菜單上，是一種取名爲「沙漠之星」的加味茶的成分標示，妹妹們調配並命名香水一樣的對待茶品們。

——我很想能想起我當兵時分手的女朋友，跟你一樣一看就是外省人，我們是臨畢業前才認識的，熱戀才開始我就當兵去了，哪個是因哪個是果我不知道，我的意思是，到底是因爲要去當兵的時日無多之感、才逼得我們加速熱戀——我當兵時她每天給我寄一封信，讓我在部隊裏有面子極了——還是本來那種缺乏基礎的激情，藉當兵的分隔正好下台階結束，我不知道，大概在我快退伍前幾個月，她出國唸書，把我寄放在她那裏的一些書、所有通信、所有我們不多的合照相片全都帶走了，也許是燒掉了也不一定……

所以想不起她了？

但是，應該可以有一種配方、好比樟腦落葉加上油加利加竹枝掃把刮過黃泥地給掃成一堆，可以想起〈雷夢娜〉……

——有的，我後來在龍泉、就是屏東內埔再鄉下一點的地方、我在那裏當兵時，她來看過我幾次，都住在營區對面最好的一家小旅舍。我晚上想辦法溜出營去陪她，怕她害怕，因爲對她那種台北女孩來說想起來是滿可怕的，你知道嗎，稱爲浴室的地方連個門都沒有，只有一掛花布跟房間隔著，很像我外公家山上佃農住的四合院外搭的柴房兼毛坑，我去吃拜拜時都不敢上的，沒有紗窗，鐵條窗外大概是菜園和豬舍，整晚聽到豬的騷動聲和水肥味。因爲日光燈管太醜了，她堅持只開小燈泡，就是那種三十年前農人家只捨得點的可能只有五燭光的黃燈泡；還有棉被花色連我們男生都看得出土得半死，潮乎乎的不知道積了多少人的汗水體液，她哪裏肯用。

——白天她都不肯出去，我怕她無聊，幫她租了幾十本日本小叮噹漫畫，有一次傍晚我提早去看她，不知道是不是太熱，她只穿了內衣內褲、紮著兩條麻花辮在床上看漫畫，那個畫面非常刺激我，有點像法國電影裏那些妖精型的小女孩，又有點像傳說裏金門八三么的味道，不是說她們常一面辦事一面看武俠小說解悶什麼的嗎，……那是我們第一次上床，我經驗不那麼豐富那時候，不知道是不是她的第一次，不過奇怪她也不怎麼在乎，後來，後來屋裏太熱，我牽著她去逛那個小鎮，那兩年我朝夕過活的小鎮，告訴她哪一家怎麼樣哪一家怎麼樣，像有一家西藥店在高雄唸商專的女兒週末會回來幫忙看店，長得滿清秀的，大家就把一星期以來好不容易努力想出來的小毛病請她判斷該買什麼藥，另外還有一家小吃店裏的價目表是我替老闆用毛筆寫的，也指給她看。

——雷雨過後的所有植物都生綠生綠的飽含著水，我心情好極了，都忘記她是怎麼樣的狀況，後來我們走到小鎮大路的盡頭，一家榮民醫院，它外頭的庭園全是芒果樹，她堅持想吃芒果青，要我替她偷摘小芒果，我摘了一堆，手被它乳汁給染得幾天都洗不掉，我們去雜貨店買了一斤砂糖，一把削鉛筆的小鋼刀，在旅舍房間做芒果青，洗淨、削皮、切片、放軟了去酸去水，最後再撒上糖，這樣忙一整黃昏晚上，被她一口氣吃個精光。後來我記得她回台北以後來信說起她上廁所時發現胃或腸出血，大概是芒果青吃的，我那時還突然神經很細的疑心，以爲她可能藉此婉轉暗示那流血是她的第一次……

豬肥的氣味，芒果青，五月的南方雷雨午後，潮乎乎租來的漫畫書，小鋼刀……，還得加上自己霉汗的軍服……，我們你一句我一句互相提醒補充著不可或缺的元素，如同配方著一種神祕的香水。

岩蘭草，橡樹苔，白松香，風信子，佛手柑，羅勒草……

據說，做爲人的我們，可以辨別一萬種以上的氣味，出乎意料的多？還是少？

牧羊犬有兩億兩千萬個嗅覺細胞，四十四倍於我們，我不免好奇，我們有沒有因此錯失掉了些什麼？或其實這根本就是我們有意錯失的？例如我在遇見A之前。我的意思是，會不會百萬年來我們的祖祖宗宗遺傳給我們的只是他們認爲有用的器官和功能，不多不少適度的記憶，只消提供何者於我們的生存有利何者不利，就夠用了。於是我們的嗅覺細胞只剩現今那麼多，就如同在遇見A之前，我從來沒要想起那些可謂永遠深藏或根本已逝去的記憶。

不只這樣，我們甚至隱隱害怕，儘管在那些記憶裏，我們啥個傷天害理的事也沒幹！

我依稀記得一位國外男小說家說過：文學無關乎教化，並非我主張文學是無關道德的，而是說，文學呈現的是個人的道德，任何人的個人道德和他身屬的團體道德很少是一致的。

把道德二字替換成記憶，我們會發現我們多麼害怕那些有意無意被喚醒的眞實的記憶，天啊它是與集體修改過並可示人的記憶是多麼扞格、扞格到彷彿自己是一個叛徒似的。最好，只留下有用的記憶，不然會很危險的。

第一次，我不再覺得與A的這場遊戲是好玩有趣的。

我換了一家小咖啡館打發塞車時光以等待老婆叩我。

我且在書店找了一本談及嗅覺的科普書，冀望它相對的理性，可以化解掉這陣子以來我與A相處的神祕氛圍。

——整體而言，氣味是一種微小的斯巴達式化合物。

——在一座玫瑰園裏，玫瑰之所以成其爲玫瑰，全是一種十個碳分子的化合物——香草醇的關係，而且它是由原子的幾何構成，和這些原子的鍵角來決定其獨特的芳香。原子或原子羣在氣味分子內的特殊振動，或整個分子的振動曲調，都曾被人拿來作爲幾種理論的基礎，此基礎即假定「鋨頻率」是氣味的來源。

——任何一組原子，如果排列的外形完全一樣，那麼不管稱爲什麼化學名稱，聞起來可能都是相同的。

——我們不知道氣味是怎麼刺激嗅覺細胞的，有個看法是：氣味在受體膜上刺個小洞，而產生去極化，但其他研究者卻相信，這個物質也許受了擁有特殊受體的細胞所約束，固定在那裏，用某種方法老遠地展示它的信號，就如同免疫細胞上的抗原那樣。

——葡萄、洛神、玫瑰、果肉……，是爲Martinique，咖啡館桌上當店店長特別推薦的加味花茶。

我笑起來。

豬肥、芒果青、五月的南方雷雨午後、租書店的漫畫書、小鋼刀……，不可能配方出來的氣味，註定再也想不起長相的A的法國小女友。

我不免好奇，這一段日子，非人力所能控制和選擇的，我將會以哪樣的氣味——生動的、官能的——記住A，如果有一天像他所說的，當他加上這世界再減去他的時候。

我獨自漫步在我們走過好幾回的巷道裏，摘了一朵開了八分的雪白梔子花，急欲知道它會使我想起什麼，——啊，還是朱梅君，中山國小一年孝班的教室，月光牌香水鉛筆皮，蛀奶牙……還有吳正英老師。

天啊，吳正英老師……，大概有近四十年了，我都沒再想起她來，美麗的吳正英老師，正在熱戀中的吳正英老師，每次男朋友來學校宿舍看她，她總是召喚我去，男朋友占坐她臨窗的書桌，我只好和老師坐床沿，她會拿男友帶來的吃食給我吃，我邊吃邊忍住敵意的看著他，他從來不察覺，因爲只管滿臉笑的盯著老師看，老師則全心全意看我、照顧我吃東西、誇獎我：「頭這麼大，聰明相。」我隱約覺得他們暫時把我當成未來理想中的小家庭裏的兒子角色，只好忍耐扮演，心裏同時痛惜不已分秒逝去的寶貴下課時光。

那樣甜蜜幸福氣氛中的年輕的、長髮披肩的吳正英老師，男友、或該說後來一定是她丈夫的那人、有善待她嗎？

我頓時熱淚盈眶，感傷得不得了。

最好，只留下有用的記憶，不然會好危險的。

………

但是大腦怎麼能辨別、並記錄下這麼多種氣味呢？

J. E. Amoore在一九四九年所提出的立體化學理論中說及：分子的幾何形狀與其產生之氣味有關聯，當正確形狀的分子出現時，能夠嵌入神經細胞的空格內，引發神經衝動，向大腦發出訊號——

麝香氣味的分子是圓盤形的，能嵌入神經細胞中橢圓如碗的空格內；

薄荷氣味有楔形分子，能嵌入V形空格內；

樟腦的氣味有球形分子，能嵌入比麝香分子更小的橢圓內；

醚類的氣味有桿狀分子，可吻合槽狀的空格；

花香味則有圓盤附尾狀的分子，配合碗及槽狀的空格；

腐敗的臭味有負電，會被吸引至帶正電的位置；

刺激性的氣味則帶有正電，會被吸引至帶負電之處；

有些氣味同時能配合數個缺口，因此有多種氣味或是呈現其混合味道；……

似讖似詩，當然也很像一首古怪的饒舌歌歌詞。

我揀出妻規定我吃的一串葡萄中的一粒未長成的生綠幼果，不知它的分子該如何歸類，肯定不是圓盤形，不是球形，不是桿狀，不是圓盤附尾，儘管即將死亡卻來不及長大的生幼果是不可能帶有腐敗的負電，那麼它將嵌入我的大腦皺褶中的哪一道缺口呢？

我參禪似的面對它良久，確定可以管理的意識部分確實沒有與它相關的資料，我掐破它，擠壓搓揉它，像阿拉丁摩挲神燈以企待燈奴現身。

煙霧果然隨之瀰漫，婦聯一村……，我一嗅再嗅，唸出幾名好幾百年前的玩伴——這我也才懂A在飲啜一口長島冰茶時不由自主吐露的、可能對他而言也如密碼一樣的符號——，水災過後的大遷村，我們日日處在無政府狀態的快樂裏，每天一覺醒來又有消息傳來哪幾家搬了，偌大院子的花木搬不走，以前每被我們得冒生命危險去打劫的誰家葡萄誰家桂圓，現在可大大方方的任我們悠閒的蹂躪終日。但我們也不因此就願意等它成熟，還是老樣子生綠生綠才豌豆一樣大就摘了吃，酸得口水掉的比呑入肚裏的還多。

寶心她哥個兒小靈巧，攀上竹籬笆牆摘得快又多，跳下地時一支裂開的竹片倒插進小腿，他齜牙咧嘴的使力拔出來，腳下抓把灰土摀在傷口上阻止血流，看得人頭皮發麻，但都沒人怕他會死掉。

我們一家一家的去探險，偶爾撞到疑似鬼的誰家大哥誰家大姊在幹炮（我們這麼修辭，現在想想不過是擁抱親吻之類），悠長沒底的夏天，夥伴一日少過一日，遷往的新村子不盡相同，有的道別：「我們家去ㄋㄢˋ ㄕ ㄐㄧㄠˇ。」有的炫耀：「我家去ㄕㄢ ㄗㄤ ㄌㄧˊ，有墳墓山喔。」都不知道是哪裏吔，都沒有離愁，也不約定寫信，好像四海兄弟以後理當會再相聚，例如廖霸就坐在搬家的軍用大卡車前座上，威風豪氣的對我們揮手大喊：「反攻大陸以後，南京再見！」

沒有一個我再見到或想起，……只除了幾年前報紙社會版上看到綁架日僑小孩失風被處死刑的劉××。

劉××與我一樣是最後離村的幾家，有次我們逮到搬走的誰家遺棄下的小狗，宰殺烤了吃，劉××負責操刀，小胖狗見人就搖尾巴猛笑，天啊我和毛五本來還打算瞞著家裏偷偷養下牠的。劉××不會宰，弄得到處鮮血狼藉很可怕，而且狗血來得個腥，我和毛五怕被笑膽小沒種不敢不吃，像在參加什麼祕密入會儀式似的被劉××瞪著吃，一嘴血。我好希望不會和劉××遷往同個村子。

劉××除了殺狗，還殺老鼠，殺蛇，殺貓……，各種蟲子早殺光了，夏天就要過完了，一到夜晚，幾百戶的大村子只剩十來點分不清遠近人家的燈火；遠遠沿半個村子外緣的縱貫公路久久才會有車燈無聲的閃一下而過，是我們唯一知道外頭世界還在著的證明。我不知道爸爸到底在猶疑什麼，爲什麼遲遲決定不了要搬去ㄋㄢˊ ㄕˋ ㄐㄧㄠˇ、ㄕㄢ ㄗㄤ ㄌㄧˊ、還是ㄉㄚˋ ㄊㄧㄥˊ新村或ㄋㄟˋ ㄏㄨˊ？我害怕來不及轉學沒學校可讀，雖然天知道我眞希望暑假永遠放下去不必上學，可是這樣早晚下去，劉××會弄個人來殺殺並且烤了一定會逼我和毛五吃他的雞巴。

最好，只留下有用的記憶，不然會好危險的……

我丟掉被揉捏得稀爛的生綠葡萄，唯不知爲何它帶有正電的氣味牢牢吸附不肯離開，……到底，我們殺了人沒？

逃難一樣的大遷村中，丟失了一些人口。有七個兄弟姊妹的孫家，搬到新家安頓好的晚上才發現不見倒數第二的囡囡，連夜回村找一夜，不死心，又回新家整村搜巡，好幾天以後村外的公廁死老鼠臭翻天，孫囡囡被鬼給抓走好幾天了，因爲公廁鬼故事太多，我們不大意外；也有盼盼的哥哥沒上搬家車，第二天在大漢溪浮出來，雞巴耳朵都給魚咬光了，就是劉××說的，他有跑去看；還有單身負責掏垃圾箱的老士官ㄅㄟˇ ㄅㄟˊ，幾年後有聯絡的大人們才確定他也遺失了，原先互相都以爲他遷往對方的村子；當然還有常出沒在廣場邊和公廁旁的荒草場的流浪漢，也沒人知道下落，……我看過劉××奉母命拿剩飯菜給流浪漢時趁機捉弄他，……難不成，他是被我們給宰殺了？流浪漢？老士官ㄅㄟˇ ㄅㄟˊ？孫囡囡？……

我趕忙在葡萄串中重新找尋一顆早衰不長的生綠果粒，認爲它一定能夠解開我的宇宙大祕密，我摩挲它，煙霧再度瀰漫，……但它只肯給我一陣微風就足以吹斷的線索：我必須回到一個夕陽裏的荒草場上，圍繞公廁三方、比我們三年級個兒高的草叢，可能是蓬類的長草齊齊放出一種強烈的攻擊味兒，抵禦我們地毯式的蹂躪摧折，常常，我們只是在其中比賽捕捉七星瓢蟲，好多隻小瓢蟲給握攏在汗濕的髒手心，它們因恐懼而一起拉的屎也有一種氣味；有時我們發了瘋找寶藏，因爲總有大一點的哥哥們會發誓誰誰誰前天在其中出野恭時拾獲了一枚金戒指，我們相信透了，因爲包括我們父母都警告我們少去荒草場裏野，常有偷兒們在那兒聚賭分贓，撞到的話會給殺了滅口很危險的。

會給殺了滅口很危險的……

正電帶一些圓盤附尾狀的分子不肯再多告訴我什麼，除非回到那樣一個荒草野地的晚風中——晚風中，有你我的夢，夢中借來一點時間緊緊擁，擁的那個夢，像一陣風，像一陣風——夢中借來一點時間……，我一定被催眠了，無法醒來，我很想再見到A，相信他能像催眠大師那樣輕鬆一彈指，就可以把我自不醒之夢中給喚醒。

下班後，我重新再去原先我們常去的那家小咖啡店，那自動門一開、所有匯集湧上的味道，好像我從來不曾離開過似的。

但不見A來……

我連他的名字都不知道……

等待他的時日，我像一個不問目的在讀經的信徒，靜靜不疑的攤一本科普書唸。

——氣味，人與人之間非本願的信號交換——

——據說，精神分裂病患因爲錯解了他自己和別人的信號，所以才會不辨人我和眞實——

——傳說精神分裂病患的身上有一種常人所沒有的氣味，最近科學才證實他們的汗液中含有逆3—甲基己酸——

——作爲各種生物之間的溝通之用的嗅覺受體，對於建立共生的關係非常重要，如螃蟹和海葵——

如A和我。

A說過，雖然香水廣告大多把香水的調製過程譬喻成作曲，例如某些香料、某組香料等於音符、和弦或樂器：前味如同易聽到的高音部，酒精散盡後，便可以察覺中音部的香料，通常是花類：最後才是低音部，有時它們釘著肌膚能長達兩三天之久。

A於是說，其實香水更像性愛過程，前戲、過程、高潮、撫慰，最終釘著肌膚久久不散能達兩三天之久的，幾乎總是源自動物——可不是指歡愛的對方——，通常是龍涎香、海貍香、麝貓香、麝香……，古老的氣味使者，伴我們越過林地與大草原，有人詩意的如此描述過。

更有人說，如果我們把香水給某人，就等於給了他液體的記憶。

拉丁文中的 Perfumum 明白的告訴我們它的由來，per（透過）fumum（冒煙），焚燒動物屍體以獻祭給諸神的貢品，就像聖經創世紀第四章所描述夏娃亞當之次子亞伯：亞伯是牧羊的，亞伯將他羊羣中頭生的羊的脂油獻上，耶和華看中了亞伯和他的貢物……。此外它也用在驅魔儀式中，也用來治療病人，也在性交後使用。

薰香在古埃及、美索不達米亞、印度、中國的古文或遺物中都有記載，起初只限諸神使用，後來允許祭司使用，再後來及於神聖的領袖、世俗一般的領袖……，香水起初以薰香、膏油的形式存在，一三七〇年代，香水加入酒精，當時稱爲「匈牙利之水」，十字軍東征，帶回東方香料和阿拉伯人煉金蒸餾的化學知識技術，香水於路易十四時代大爲流行。

路易十四自己雇用大批僕人專司四處噴灑玫瑰露和薄荷，並以丁香、豆蔻、蘆薈、橙水、麝香清洗其衣物，他且堅持要求香水師每天爲他發明一種新香水。

路易十五，僕役常奉命把鴿子浸在不同的香味中，在晚宴時放出來，讓牠們飛到賓客四周。

王朝末代的拿破崙三世，以皮耶・GUERLAIN調製的香水成功追求到西班牙美女尤琴妮。GUERLAIN一族從此獲頒詔被册封爲皇家香水化妝品專家。

——儘管我們不需像動物用氣味標記領土範圍、建立階級、辨識個體、或者知道女性何時發情，但只要看看我們大量的使用香水，以及它在我們心理上產生的效果，就可以淸楚的看出，氣味其實是進化中的老戰馬，我們梳理它，餵飼它，就是不能放它走——

我梳理著我的老戰馬，餵飼它，不肯放它走，以待A的出現。

我點了A常飲的長島冰茶，冀能想起他、或想起其實初識時他可能曾向我介紹過的名字，我一再梳理它，想起的卻是有一年獨自出國旅遊回來的妻那時所用的一種冰清味兒的香皀，忘了我們爲了什麼事情冷戰兩三個月，日日，我嗅著浴罷的她只能遠觀不能近玩。

我刻意在那位腋下有著濃郁體味的妹妹來換菸碟時深吸一口大氣，仍然想起小學考完月考的中午回家所吃的咖哩飯。

究竟我想藉A幫我喚起或遮蓋住什麼呢？

我深深想著那位我和劉××可能殺掉了的流浪漢，伴隨一種暴力美學似的詭異幻變的晚霞中繼續反覆那首歌——今夜的風，和明天的夢，到底在你心裏有多少影蹤，可否這個晚上，借來時間，借來晚風，把我的愛傳到你心中——長久以來第一次，終於未藉鼻子，想起這是電影《上海之夜》裏的主題曲，電影裏，窮困不得意的青年作曲家在樓頂用小提琴拉他新作的歌曲，琴聲隨著晚風遊走整個城市，老遠橋下紛紛驚起一掛破衣爛帽的乞丐傷兵遊民，聞風而出引頸遠望，其後一兩年，大約他們其中甚多人隨國府渡台，莫名其妙在ㄋㄢˊㄕˋㄐㄧㄠˇ、ㄕㄢㄗㄤㄉㄧˊ、ㄋㄟˋㄏㄨˊ落腳，並被宰食告終？

今夜的風，和明天的夢，到底在你心裏有多少影蹤？……天啊多少年來第一次我多麼想念那些媽媽們，那些哼唱著類似此等白光周璇小曲的各省媽媽們，你相信嗎，她們連下廚、做家務也穿著旗袍（想想我們那些一身休閒短打卻花費不貲的妻子們），有一陣子，小妹爲了要收集金銀財寶，一定要我帶她去玩伴家串門子，那時候家家的媽媽們都在做繡珠繡線的女紅，有人定期來發材料和工錢，貼補家用。她們很多人連我那時都看得出根本不會繡，幾個大小姐似的在努力模仿記憶中老家的女紅丫頭老媽子的嫺熟樣子吧，珠子亮片因此常常散落地上，我妹就不動聲色的撿拾它們，充滿了耐心，她完全相信有一天聚攏到某個數量，我們家就會「發財嘍」！

那些媽媽們，有時吹起鳥窩頭來，美過《南國電影》畫報裏邵氏、國泰公司的女明星，她們叫來三輪車，盛妝進城參加丈夫們單位裏的勞軍晚會，我們路邊不禁玩得歇手，看得呆呆的。

第三段歌詞是：我心的愛，是否你心的夢，可否借一條橋讓我倆相通？在這借來的橋中，明天的我，明天的你，會不會像今夜再相擁。

有些媽媽苦練著歌，希望因此能得到晚會的第一大獎，大同風扇或美軍毛毯，我清楚記得她們垂著眼睫邊繡邊唱、一心二用的樣子，那時散落在地上的碎布料、廢線頭裏，彷彿混著很多口水味和最小的小孩的尿騷味，我無法想像她們曾經更年輕過，也無法想像她們後來曾經老過，她們早已不被家鄉的親人記得，她們也不被在此落地生根的後代所了解並感同其情⋯⋯，借來的時間，借來的晚風，她們至今應該死了大半了吧。

A說過，大約二千五百年前的希臘作家曾如此推薦：用薄荷塗在手背上，迷迭香用在膝蓋，肉桂、玫瑰或棕櫚油則用於下顎和胸部，杏仁油用在手和腳，墨角蘭用在髮和眉上⋯⋯，不厭其煩以之擴大他們的存在，伸張他們的勢力範圍⋯⋯，然而A自己始終不來這些，以致我無法藉由任何（例如我身上自己始終嗅不到的香茅油味兒）味道記得他——原來這麼簡單！一團溫暖讓人立時好心情的咖啡濃霧中、如絲如縷的——A在身後喊我：「哈囉香茅油。」

因爲發現原來他也是有氣味的，我急得不得了的質問他，從頭就一直有在用這種東方調的香水嗎，我邊思索邊追問：「有胡椒、蜂蜜、安息香、東加豆、肉桂、杉木……，沒有動物香。」

——是樟木，我老婆喜歡把衣服放在樟木箱裏。

我們沒來得及追問並交代彼此這一陣子以來各自的失蹤原由。

——我去了一趟龍泉——

雄劍掛壁，時時龍吟。

或許，我該去一趟ㄈㄨˊ ㄓㄡ ㄌㄧˇ（我仍然不知道是哪幾個字，三十年來我從來沒在任何文字上再看過有關它的回憶或報導），如果我眞的想破案我們有沒有宰食劉××、不、流浪漢……

——我故意選了差不多的季節，故意不開車，跟那時一樣從屏東火車站前搭客運經過內埔到龍泉，當兵時幾乎每星期都要來回一次的路，有一半以上的景色不認得了，蓋滿了醜得很完蛋的新房子，可是只要閉上眼，車窗完全打開，那種所有植物匯集著夏天夜晚的各種蟲鳴，有沒有，就像颱風過後第二天的空氣味，被吹折的枝葉香、乾淨的水氣……，潮水一樣全湧上來，濃得快變成固體，堵著你的眼耳鼻口不能呼吸，會窒息的——

我怎麼會不知道那種夏日深夜的風，就是那種和女友在校園或電影院纏綿得一身大汗一身慾念、數度勃起數度掩熄，而後得趕女孩宿舍或家裏門禁前的最末一班公車送她回去，幾乎只有你們兩人的公車上，車窗開得大大的，吹乾了褲襠的黏膩，吹跑了慾望，吹醒了感情，你忍不住喃喃在她耳邊說著眞心的誓言，只是那誓言也被同樣的那風給吹走個精光，不能怪我們。

但是終於該想起了那個法國小女友了吧？我問A。

——我甚至勉爲其難去住了那家旅社，老闆很防備我，一直叫老闆娘一會兒來送衛生紙、點蚊香什麼的，以爲我可能要服毒自殺，旅社變不多，只除了多裝了電視，一堆第四台可看，所以不會有人再去租漫畫書來看了吧……，香茅油啊我想不起她了——

他媽的因爲少了又濕又髒的漫畫書嘛！我近乎指責的怨怪他，比他還怕會想不起那個法國小女友。

——怎麼沒有，我當然還是想辦法去找了一疊，我還去摘了幾顆芒果，老天那家榮民醫院生意比以前還好，樹下坐一堆老年癡呆的，我還去買了黃砂糖、小鋼刀，都齊了，你記得那個藥店西施——

可是旅社房間外還有菜園還養豬嗎？這個年頭我不相信還有人會做這種蠢事！

——是沒有了，起了一棟三四層的透天厝，整晚都在唱卡拉OK男女老小一家子。可是空氣裏一樣還都是農村味，菜園水肥味，我想是軍隊阿兵哥在養豬種菜，我們那時就是這樣，可以加菜，而且眞的太無聊，你知不知道，那時在我們營房旁看守彈藥庫的憲兵連弟兄最常和我們電話聯絡的內容就是：喂喂喂搜索連，你們的豬又跳牆出來啦——

那是哪兒出錯了？我分神想著那好令人懷念、充滿著春情騷動的年少時的夏日晚風，十幾二十年不曾有了吧，一來難得再有機會搭公車客運什麼的，二來改成冷氣車後的車窗完全被禁開，此外，現在的台北，怎麼可能還有可以車行時速七八十公里的時候？……借我一樣的晚風，也許我會多想起兩三個我曾經爲之瘋狂的女孩兒。

——香茅油，我前不久讀到一個很恐怖的資料，研究報告說，阿滋海默症患者通常在失去記憶時，同時也失去嗅覺——

天啊，那不是表示……

——是的，那表示死亡會提早到來——

而且不只是我們自己的死，那些藏著的、眠著的、未及發現的、將會如蜜蜂一樣的嗡嗡飛湧而去，當他們不再被記得，就眞的得沉酣不醒的永遠不在了。

我爲了他們早晚將面臨的再次的、正式的死亡而感到不安。我眞不知道是他們棄我們而去，還是我們徹底的棄絕了他們。

——我已經想了好一陣子，包括其實老年人並非不怕死，你以前不是說過那是因爲開動了死亡機制嗎，我想，他們不怕死，不怕一年以後的死、五年以後的死、猝不及防夜晚隨時可能到訪的死……，他們不怕，是因爲在那一邊，死人的世界裏，熟人、親人比較多，甚至遠遠多過現存的親友，你不覺得，那樣未知卻熟人較多的死掉以後的世界，可能反而充滿著吸引力，搞不好他們捫心頗暗自歡迎呢——

畢竟，死，除了沒有生命又怎麼樣？它至多不過如此。

——香茅油，要是死前還有一點點時間，還有一點點嗅覺，自然也還有一點點記憶，你最想做的事是什麼？

我最想做的是……

——我是說第一感，不是出於理性的交代遺囑處理財產什麼的——

我最想，我最想集合我們那羣最後一個夏天一起玩的夥伴，不計前嫌，不好奇敍舊，不批評彼此的老相，回到我們那塊祕密荒草場，你不知道，我們除了找野番茄吃、找金銀財寶之外，我們還挖地道，我們相信只要方向正確無誤，只要大家別裝病偷懶，很快我們可以在遷村之前挖成功一條通到美國的快速通道……，我好想他們，不騙你，我好想能再見到廖霸、毛五、劉××……

我竟像一名老酒鬼似的嗚咽起來。

我不知道大家為什麼一心想去美國，那時候。

——龍泉回來以後，我順道回外公家了一趟，因為有好幾年的暑假我多少都會回去住一段時間。我外公有收藏癖，所有我們孫輩的任何信件、畢業證書、獎狀、學費單據有用沒用的、包括二十幾年前的郵局包裹回單，他都收得很好。……我找到了當兵時寫回去的幾封信，還有當時的應該也不算日記的筆記本，記朋友地址，記人家欠我我欠人家的錢數，偶爾記一點想法，你知道我發現了什麼嗎？

毫無疑問！發現了法國小女友的相片或信件！

——筆記本上我寫著：A好香（記東西時我都習慣給女朋友用個代號以防後患），我寫，A好香，問她用什麼洗頭或洗澡，她說她擦了j'aiosé香水，A家眞的大概很有錢——

不用說了，那麼只要趕緊找到j'aiosé就成了，畢竟那時A那個占有慾太強的瘋狂老婆還沒出現，這個叫什麼的j'aiosé香水攜帶的純純粹粹就該是法國小女生的記憶，也就是說，只要掀開或噴抹一點j'aiosé香水，簡直、簡直就像阿拉丁神燈一樣，法國小女生必將乖乖聽命、燈奴一樣的不能不現身了。

——問題是，我找遍了台北的香水店、百貨公司、眞品平行輸入店、精品店、委託行……，沒聽過這牌子的沒聽過，好些年沒賣過的沒賣，香茅油，它可能絕版了。

………

多日後的今天，九月四日，我和A如常在腋下散發著濃郁咖哩味兒的妹妹的咖啡店裏見面，我們一齊細細讀著兩大日報的分類廣告版上的一方文字：「誠徵j'aiosé香水一瓶，拆封與否均可，如有仁人君子肯予割愛，必定重金酬謝，請電話聯絡(02)9321832」。

確定並無一字再需校正或更動，我們打算一直刊登下去，不用說，直到j'aiosé出現。

等待的時日，我們並不虛度，每天一人準備至少三件不同的東西，例如我閉上眼，A將今日的第一件在我鼻前一晃，「任文蔚老師，」眼睛睜開，是一條小學生寫毛筆字用的墨條，五年級的書法課堂上，高大、美麗、獨身、那時我們覺得很老，現在想來至多四十歲的瀋陽籍的任文蔚老師。

A闔上眼，我把一朵妻昨晚置在水晶碗裏清水養著的夜合花擱在A面前，半天，A睜開泛著水光的眼睛：「阿婆，」「黃昏廚房阿姨在生火做飯時，我外婆總喜歡到庭園裏摘一朵夜合花或含笑，插在上衣鈕扣眼裏。」

輪到我。墳墓山，釣魚，鯰魚，可憐的蚯蚓。是月桃花薑科辛怪的葉子。

——玫瑰，茉莉……，Joy香水，××酒店，維多利亞港——，A有些不好意思，但準確無比的說出想必是他老婆精心炮製的一次十年一度。

「辦公室，」我歎口氣，很疲憊的感覺，張開眼睛，是傳眞紙。

當然也有並無記憶可資陪伴的氣味。

我把一粒又硬又綠的果子給刮破，A半天只說得出「反正是植物就對了」。

是一粒苦楝樹子，夏天的時候，村中大路兩旁的苦楝樹會開滿一整樹的雪青紫花，花多到一種地步，就可以有一種毒毒的氣味，我們在樹蔭下看流浪漢在吃一小盞天霸王冰淇淋，羨慕透頂。其時，我們以苦楝樹子當子彈，人人腰上各插一把自製彈弓，正打算出發前往隔一條縱貫公路的婦聯二村探險。

我們另外準備了一式二份的分類廣告稿各自小心收藏，以防我有不測時能及時刊登，上書：「葛樂禮颱風時住在婦聯一村的中山國小男生們，請於□月□日□時在ㄈㄨˊ ㄓㄡ ㄌㄧˇ公車站牌集合，不見不散。仔仔。」

自然，我其實很想能在屬於我的這份分類廣告稿上加進一段〈晚風〉的歌詞，歌詞是：

我心的愛，是否你心的夢，
可否借一條橋讓我們相通，
在這借來的橋中，
明天的我，明天的你，
能不能像今天再相擁——

有此萬全之準備，我和A可以放心等待，結伴以終，等到地老天荒，等到天下黃雨，直到不見不散。

一九九五・九月

古都

✲我在聖馬可廣場，看到天使飛翔的特技，摩爾人跳舞，但沒有你，親愛的，我孤獨難耐。

——I. V. Foscarini

難道，你的記憶都不算數……

那時候的天空藍多了，藍得讓人老念著那大海就在不遠處好想去，因此夏天的積亂雲堡雪砌成般的顯得格外白，陽光穿過未有阻攔的乾淨空氣特強烈，奇怪並不覺其熱，起碼傻傻的站在無遮蔭處，不知何去何從一下午，也從沒半點中暑跡象。

那時候的體液和淚水清新如花露，人們比較願意隨它要落就落。

那時候的人們非常單純天真，不分黨派的往往爲了單一的信念或愛人，肯於捨身或赴死。

那時候的樹，也因土地尚未商品化，沒大肆開路競建炒地皮，而得以存活得特別高大特別綠，像赤道雨林的國家。

那時候鮮有公共場所，咖啡館非常少，速食店泡沫紅茶KTV、PUB更是不用說，少年的只好四處遊盪猛走，但路上也不見人潮洶湧白老鼠一般。

那時候的夏天夜晚通常都看得到銀河和流星，望之久久便會生出人世存亡朝代興衰之感，其中比較傻的就有立誓將來要做番大事絕不虛度此生。

那時候的背景音樂，若你有個唸大學的哥哥或姊姊，你可能多少還在聽披頭四。要是七〇年代的第一年，那麼不分時地得聽Candida，以及第二年同一個合唱團的敲三下，若是六九年末，你就一定聽過Aquarius,電視節目《歡樂宮》裏每播三次準會出現一次的那個黑人合唱團The 5th Dimension。再早一點的話，你一定聽過學士合唱團的Can't take my eyes off you，錯過這首的人，十年之後可以再在《越戰獵鹿人》裏的那場酒吧戲聽到。

雖然你喜歡的是Don McLean的Vincent和American Pie,為此我們只好把時間延後兩年——且讓我確定一下資料，Vincent是七二年五月十三日登上排行榜，那麼，這就是七二年的夏天吧，你充耳不聞舞會裏的熱場第一名三犬夜的Joy to the world，自然也不理夏天過後三犬夜會更紅的Black & White，你專心一意的翻查剛買不久的東華英文字典，找尋歌詞中的生字意義。

Starry starry night……，同樣一個星星的夜晚，你和A躺在一張木床上，你還記得月光透過窗上的藤花、窗紗、連光帶影落在你們身上，前文忘了，只記得自己說：「反正將來我是不結婚的。」A黑裏笑起來：「那×××不慘了。」×××是那時正勤寫信給你的男校同年級男生，一張大鼻大眼溫和的臉浮在你眼前，半天，A說：「不知道同性戀好不好玩。」你沒回答，可能白天玩得太瘋了，沒再來得及交換一句話就沉沉睡去，貓咪打呼一般，兩具十七歲年輕的身體。

✲咸豐七年春正月、淡水大雪

你們從來沒機會知道同性戀好不好玩，太忙了，一兩年間的事兒，所動用的情感和不一定是傷心才掉的眼淚遠遠超過其後二十年的總和。

你們總是說出城就出城，坐那世紀第一年就完工的鐵路的話，有座位不坐的一定坐在車門階梯上，迎風高唱剛又背好歌詞的歌，次年夏天的話，你們一定會唱繫條黃絲帶在老橡樹上。有時搭客運，那時的北門尚未被任何高架路凌虐，你們輕鬆行經它旁邊，便像百年前的先民一般有出城的感覺，經鐵道部門口，在泉町一丁目搭車，一刻鐘不到就到差不多十五年後飆車揚名的大度路。

車速以時速一百公里衝越關渡宮隘口，大江就橫現眼前，每次你們都會非常感動或深深吸口河海空氣對初次來的遊伴說：「看像不像長江？」

車過竹圍，若值黃昏，落日從觀音山那頭連著江面波光直射照眼，那長滿了黃槿和紅樹林的沙洲，以及棲於其間的小白鷺牛背鷺夜鷺，便就讓人想起晴川歷歷漢陽樹，芳草萋萋鸚鵡洲。

你們並不每一次都是去找A的男孩子朋友們。儘管那些男生為數不少，但都頗難找到，他們有些人民公社似的同寢同飲在田野間的四合院農舍，只差沒有自耕自食。也有一人住在鎮郊的油車口，就理直氣壯不用去上課，但因此更難找，據說大部分時間他都在山服社，有空的時候就在興化店一帶寫生梯田或在重建街上素描一間間的老街屋。也有一人住在鎮裏尋常的彈子房樓上，晝伏夜出邋遢得費解，他屋裏的四牆掛滿了他拍的照片，大部分是風霜的沒有性別的老人的臉，但你也看過A裸著肩，胸前只圍了什麼織品的相片，不知道A什麼時候給拍的等等……

不管找不找得到他們，你們最終一定會走到清水街，穿越你們那時非常害怕的傳統市場，不去龍山寺，儘管A的其中一名建築系男友最喜歡請你們在廟前廊柱下邊吃鹽水帶殼花生邊講該廟的歷史和建築給你們聽；既好奇又同情的走過老鴇們坐鎮的小旅社，就是清水巖了。你們從不求籤，也對廟裏的善男信女毫無興趣，你們只管走過終年白煙瀰漫的金爐，橫過山丘腰的窄窄小徑，右手邊是生滿了野草青苔的石壁或民房的磚牆，另一邊，就又是大江海口了，你們都故意忽視腳下單脊兩屋坡的閩南式斜屋頂不看，彼此一致同意眼前景色很像舊金山，雖然你們誰也沒去過。

山腰小路的盡頭，得穿過別人家的廚房，回到重建街，然而你們走避不及離開這條最老的街道，忍受著重回現實穿過魚鮮攤豬肉鋪、終年炸魚酥的大油鍋、雍正年間建廟的福佑宮，小心別被客運撞到的走在窄小的中正路上，不會太遠，你們像回到家似的熟門熟路拾級而上渡船口正對的窄巷，石階縫裏永遠長著潤靑應時的野草，只差沒向二號和四號的人家喊一聲：「タダイマ！」

回來啦。

你們回家的紅樓的圍牆和鐵柵門時鎖時開，不管如何你們都進得去，兩人在庭前臨江的短垣坐定，頭上有一株苦楝、鳳凰、一叢亂竹，都擋不了任何陽光海風，有時那鳳凰像著了火一樣爆開一樹花海，你們又覺得像在西班牙或某些地中海小鎮了。

紅樓是幢米白色殖民風的建築，是上個世紀末的某名大船商的宅邸，後人不知如何處理的，其中也像人民公社似的住有一窩男生，都是附近大學和工專的，有些不去上課睡到下午才起床，裸著上身站在陽台上愣愣的看著你們，有剛做完春夢的就向你們吹聲口哨或語帶威脅：「喂你們沒看到大門上的牌子閒人勿進！」

你冷冷的看回那男生，陽台上曬晾著他們的內衣褲，迎風獵獵作響旗幟一樣。

你們坐在短牆上，像坐在一艘即將出航的船，你彷彿看到船長在航海日誌上寫道：AM6:30，N34°26′E117°28′，二十節強勁西風，抓三三〇度航向……

同樣心情的A永遠比手劃腳講著話，你多想和A一樣的身裁，高一米七，游泳選手的平肩，長手長腳，雖然也有胸脯，但更像運動員的結實胸肌，你不滿意自己，窄窄的腰，如何都藏不住的圓潤的胸，女孩子氣極了的手腳……，很矛盾的你有時又更想像宋，A口裏常常提到國中時期最要好的宋，宋最愛哪本書、哪科老師、哪部電影，宋最怕什麼食物、最討厭哪種男生，宋是獨生女，宋和A約定了一起得考上同一個高中，宋考前病了整個月，只考上城南的女中……，沒見過宋，卻沒有一人比她還清楚分明的存在這世上。

一次你和A蹺課去青康看二十元兩部的電影，因其中一部是A那時最迷的喬治卻克里斯。散場時你聽到有人喊A的名字，聲音很小卻異常清晰，你直覺是宋，果然是宋，穿著萊姆黃的學校制服，個子纖小到A可以很戲劇化的輕易一把抱起凌空轉兩圈。A向宋介紹你的時候，你只覺得宋的眼睛正注視著你，好大好黑好空洞。

A隨後毫不猶豫的便陪宋去搭車送她回家。

你不能獨自一人走在沒有球賽又寂靜又灰色的棒球場外，怕會想到啊那些與你年紀相仿的球員英雄們都老了，便只好穿過馬路到對岸，對岸不料也荒草長長，五年後這裏會豎立起巨大廣告看板，號稱將在此建蓋全東南亞最大的旅館商場，鬼才相信。再五年後旅館商場建成，你隨後的婚禮竟就在那鬼才相信的五星級旅館某宴會廳舉行的。

你一人走在荒草長長的路上，看著通紅的晚霞，心裏寧靜的微小聲音唱著學校合唱團正練習的〈當晚霞滿天〉，唱到我愛、我愛，讓我祝福你……，眼前嘩嘩嘩的降起漫天大雪。

✲可憎的綠，濕滑的城，總督垂垂老矣，有著遠古的雙眼。

——D・H・勞倫斯

然而百花曆裏言及農曆七月是這樣：七月葵傾赤、玉簪搔頭、紫薇浸月、木槿朝榮、蓼花紅、菱花乃實。

總之爲了襯那陽曆九月格外才有的 Wedgwood 藍的天空，所有紅色系的花都開了，南美紫茉莉、珊瑚刺桐、大花紫薇、仙丹、鳳仙、朱槿、美人蕉……，尤其那總從牆頭簷角探出頭來的朱槿，四九年來的那批青壯漢子和三百多年前爲了解救靈魂和取得胡椒而來的葡萄牙人西班牙人，都因此印象良深，尤以離鄉多時的後者，忍著發狂的回想眞是何其相似的藍天、白牆、綠樹、紅花、黑髮、黑眉睫、以及類此情歌：讓我注視著你，利馬來的女孩，讓我向你敍述夢的榮耀，那些喚醒古老橋梁、河流與樹林記憶的夢……，歌名很可能叫〈肉桂花〉之類。

其實也有並非紅色的白瓣黃心俗名雞蛋花的緬梔花盛開（例如四條通基督長老教會庭院和泰安街三巷二號……），那略帶藥味兒的幽甜，屢屢勾起好多清晨匆匆趕著通勤和送小孩上學的媽媽們的惆悵，好想能像曾經的好些年的九月一樣有學可上噯，新制服、新同學、新教室、新老師……，一切都是新的未知的因此充滿了無限可能，儘管有人規定你必須這樣不許那樣，但是規定之外卻全都可以全都自由，眞正的自由，不是你目前以爲的可以選擇月薪四萬二或四萬五的工作的那種自由，也絕非是替孩子選擇蒙特梭利或福祿貝爾幼稚園或奧福美式學園的那種自由。

你們就充分使用著這種自由——二十年後有政治正確意識的作者若言及此段時日，必得讓你們加入釣運及退出聯合國後續發展的百萬小時奉獻運動或山服社，要不，得爲你安排有個當年事變受難者的父祖輩、或去偷偷幫康寧祥發傳單、或認眞閱讀《自由中國》、《大學雜誌》並因而啓蒙、或至不濟該爲年底即將登場的中日斷交而摩拳擦掌——，你們與周遭大多數的人一樣對上述種種一無所知，西元四百年左右，人們停止信仰宙斯，一六五〇年左右，不再相信巫師術士，一七〇〇年，始對神的啓示產生普遍的懷疑，不也如此嗎，每一個時代的光彩和苦難老是只屬於那少數幾名先知先覺、巫師術士。

才不管開學了，你們像每一代死愛玩的那些個一樣，總有辦法離開上學中的學校，學校在文武町，出門就是總督府，總督府大你們不到四十歲，卻給人垂垂老矣之感，你們從不考慮的以爲它起碼有一兩百年歷史，有時又以爲它是父輩隨來的國府蓋的。

走過時而停滿了交通車黑頭車、時而空曠的府前廣場，就是本町書街了，通常你們都無暇一顧，尤其幽黯陰涼如中藥行的老書局毋寧更像你們才逃脫的國文課、歷史課。

你們通常坐火車，坐在門口梯階上，毫無所覺的擋人路，上上下下的怎麼那麼多買菜的婦人。火車走的是城市最醜陋的一面，家家都說好了似的賭氣把後門、違建、公廁、菜圃、垃圾堆面朝它，起著濃濃的農村味，儘管行經的是舊日最繁華的建成町、御成町、蓬萊町。

你們有時在宮ノ下下車，話若說過頭了便在士林下，宮ノ下駅的小車站類同於沿線的其他小站。十年後沒拆建的大約都多少被用來拍過咖啡廣告和政府宣揚經濟成果的短片，它們通常在月台和站房前的空地上鋪滿有異香的朝鮮草坪，其上植著南國印象的冶豔小花，例如各種顏色的馬齒莧、馬纓丹、有毒的射干和長春花，有時還試圖種著根本不可能開花的芍藥、牡丹，同樣勉強的還有南洋杉、羅漢松，當這類溫帶植物被襯著粉白牆和上了瀝青的杉木站房時，便能撫慰很多想念故國的征人。

爲了同樣的理由，他們曾在戰爭期間發起種植一萬棵櫻花運動，希望島國人民能跟他們一樣愛上那花特有的絕美慘烈，他們在草山、霧社、南方澳大量種植吉野櫻、大島櫻、八重櫻、緋寒櫻，這車站照例便有一棵緋寒櫻，除了農曆年左右草草開花一星期，平日都蒼白瑟索缺乏自信的自閉在一排船桅似的檳榔樹下，是的，一定有檳榔樹，如同征人們上個世紀末的一幀照片：幾株剪影般迎風招搖的樹姿間，一輛緩緩行經的牛車，照片角上的題字是「南國の印象」，叫人好想黃昏浴罷穿著浴衣木屐納涼其中。

不能不有檳榔，凡是在大正、昭和初期建造的公學校、郵局、公家機關、教會都有檳榔，或起碼也有樹態風情相近的蒲葵、大王椰、海棗類，不是嗎，你曾唸過的世紀初第五年就建校的小學，危樓教室前就種著十來棵蒲葵，你隱約也感覺學校的古老，不然何以一下課就跑到榕樹下憑靈感擇一空地挖掘，相信挖到古物寶藏後一定能讓避難海隅家無長物的父母發財。你非常有毅力的持續挖掘整個三年級，成果卻不怎麼令你滿意，只有幾片看不出年代的青花陶碗碎片，你陸續交給母親央她保管——那被幾十年的光腳丫踩磨出的黃泥土地好冰涼結實、那看來再美麗飽滿的榕樹子剝開都有蟲，你只得用舌尖小心舔舔它無蟲部位的甜味、那用來做蒲扇的蒲葵樹刷刷刷的湧動聲好睏人、那亮綠光硬的蒲葵子太結實了，你用瓦片切它、用磚頭砸它、用牙齒啃它，急欲知道它珍藏著什麼——也不能不有海棗、台灣海棗，否則三百多年前那些漢子們如何得以遙望著長滿台灣海棗的海岸而喊出：「Ilha Formosa！」雖然據說這是他們東行以來所命名的第十二個美麗之島。

婆娑之洋，美麗之島。

你多麼想念在那即將待拆的幽黯紅磚大禮堂裏，數百名小學生大聲喊唱校歌「白露山、內湖陂是我們的好屏壁！」因爲用喊的，失去旋律，那時你並不知道大正七年歐戰告終後，接任的第七任校長小堀吉平對這個七星郡內湖陂的公學校除了白露山以外一無所知，你也不知道更早的校長赤羽操後來如此描述過「山紫水明の內湖」，你只耿耿在意最要好的班上兩個朋友放學都不跟你同路隊，沒辦法走出糾察隊的勢力範圍就一路玩回家，冬天出太陽的下午，比賽從田埂躍身縱入農人堆妥的稻草堆裏。你的一個好朋友在港墘路隊，一個在十四分，十四分路隊本來有差不多十個人，可是隨著高年級得留下課後補習，低年級中午就走人，十四分路隊竟只剩她一人！她告訴你從家到學校要走兩小時的山路，冬天時，天沒亮就得出門，兩小時，不都可以走到台北城了嗎？

後來你漸會看大人報紙，她晚來的日子，你都無心聽課，好害怕她是在白露山裏遇到壞人被強姦了，天啊十四分是哪裏！同樣天啊的還有東湖，聽說東湖走來也要兩小時以上，還有東湖的都是班上最晚繳學費的，往往學期一半了，每天因此被老師一頓好打的才繳，但是校慶運動大會時便不能沒有東湖的，你讀過的班級不時就有東湖的男生，他們都牛似的又黑又沉默，被老師大力打時都不流淚不叫痛，早晚會被老師這樣罵：「你吃啞巴藥了！」你同情極了他們，卻從沒跟其中一人戀愛過。

二十年內他們的田地沒賣掉的話，現在大約都是億萬富翁了。

✲穿過林投與黃槿，便是海

二十幾年後的一場忘了原因的大醉裏，你趴在黑暗無聲的臥室裏，兩眼失焦卻神志再不可能清明的看著你們十七歲、穿著校服背著書包的身影，驚險的橫過一個農家養滿了雞鴨的後院絲瓜棚（因爲都不會說台語，害怕屆時無法向屋主辯解你們的瓜田李下只是借路），腳下這時已是黃軟的細沙地，緩坡顯得難走，開滿了大花的髒兮兮黃槿擋掉了飄了一會兒的冷毛雨，還沒換季的短袖校服也不覺冷，那時候不都是這樣嗎，也不覺冷，也不覺熱，也不覺餓，也不覺累，只要心滿滿的。

你們便心滿滿的穿過黃槿，行過林投與瓊麻間，有時被它們鋸子一樣的刃葉給劃傷，也不覺痛，其中的瓊麻有的從心中抽出一柱高有兩三公尺、綴滿大白咕嘟花的花柱，海平面隱約不遠，因此那花柱也給襯得船桅一樣，與整整一百年前的加拿大安大略省人馬偕初抵此時所看到的情景無異。

穿過林投與黃槿便是海，你們謹記著A的某名男友第一次帶你們走那祕密通道時再三重複的口訣，只因夏日結束的海邊重又被海防駐軍管制，只有那麼走才能躲過守軍碉堡的瞭望，你們並不知道八十八年前的同一天同一個時辰、法軍在同一地點發動攻擊，以船砲掩護八百名陸戰隊登陸沙崙，守軍在沿岸臨時堆砌的城岸上以射擊誘敵深入，法軍果然進入長滿林投與黃槿的密林，無法施展機槍火炮的優勢，只得與守軍揮刀白刃。你們熟讀有淸歷史爲了考試，你們知道道光年間開始的每一大小戰役和條約，唯不記得這場林投黃槿密林的生死惡鬥及輸贏。

並不像八十八年前的法軍亡魂們迷失於此，你們在他們充滿羨慕的注視下輕易的穿過林投與黃槿。

大多時候只有你們兩人同來，開著紫花平鋪於地的馬鞍藤盡頭便是海，明灰色的海，海天交接處因水氣顯得迷離，你們早已淋濕透了，並肩走在沙灘上，心裏各唱著心愛的歌，各自跌入喜愛的某部電影中的類似場景，因此你們言語激楚全無交集，誰叫你們一直以爲眼前的大海是全世界第一大洋，因此和數百年前那些海寇冒險家一樣對之充滿無限想像。

壓到眉睫的雲天通常讓人想到《雷恩的女兒》，再晚十年，就得想的是《法國中尉的女人》，是沉鬱、壓抑、內裏卻波濤洶湧的英國，與夏天的海灘完全不同。

夏天的海灘，尤其是日落之後，充滿了鹽分的海風吹得人著魔似的無法離開，餘熱的沙地溫存著你，四周流盪著樂聲，有時是眞的，是尙未離去的遊人帶著手提錄音機的樂聲被海風吹得有一下沒一下懶極了，若不巧放的是Frankie Avalon唱的Why就再好不過，當年錯過的人二十年後可以在電影《牯嶺街少年殺人事件》中反覆聽到，總之，這些個因素加一起，若再有勤快的拾了浮木生了野火一堆，便好叫人想有個男孩在身邊，兩人不顧形跡的躺在沙灘上，他把你擁抱得好溫暖好安全，於是你甘心如此甜蜜的變成一個女人，不管他是誰。

你看看身畔的A，奇怪這一類的幻想對象從來沒有過是她。

海天一色的讓你們不辨方向的往往不知不覺就走到公司田溪口，被阻攔了，才回頭，於是照眼便會看到觀音山了。天氣再好時，山頂常常有雲霧，風強的時候，雲走得疾，就很像觀音靜靜的在練吐納。那時的山上沒什麼人家，只山腰上一戶農家夜黯了上燈，像觀音盈盈的一滴珠淚寂寞的流至腮頰，如同你忘了原因的一場大醉的那個夜晚。

你冷靜自持的聽A說這說那，說她那些男孩子們，毫不在意，只除了宋，不能說宋，一說你就立時感覺到那濕冷的衣衫直透脊梁，然後一顆心，小拳頭似的緊縮成小小小小一顆孤懸在那兒，誰也解救不了。

秋天的海灘上一個人影也沒有，你對往來絡繹的亡魂們都視而不見，包括早一兩年冬泳被鯊魚吞噬的，包括幾年後在興化店救人喪生的，包括你自己的。

✲清人得台、廷議欲墟其地

感覺有一點秋天味道的時候，你們便只乘到宮ノ下駅下車，搭公車的話便到劍潭——劍潭在北淡大浪泵社二里許，番划艋舺以入，水甚闊，有樹名茄冬，高聳障天，大可數抱，崎於潭岸，相傳荷蘭人插劍於樹，生皮合劍在其內，因以爲名——

當然你對劍潭所知全非如此，你五歲時，穿戴整齊的由父母第一次帶你去動物園兒童樂園，下了公共汽車，你哪兒都不想去，眼前現成一個又大又繁華的嘉年華廣場，其歡樂氣氛勝過三十年後你帶女兒去過的迪斯耐樂園所全力營造的，只覺滿天都是五彩氣球和吹泡泡和音樂，各式各樣小吃攤的香味和叫賣，幾個大看板遮住了整個圓山山頭，看板想來挺素樸，沒什麼圖案只有大字幾枚，做廣告的是當時僅有的幾家民族工業如大同電扇或白花油或達新牌雨衣或政府的一些砥礪口號之類，幾個票亭似的小屋掛滿了現在想來廉價難看的玩具，難怪當時父母不願意買給你。

其後兩三年，山上清除神社遺跡，建起中國宮殿飯店，專門用來接待國賓，山下的違建因此被清除一空，好像馬戲團班子表演結束一夕遷移他地，要到二十年後你旅行開羅，坐在冷氣充足的觀光巴士裏，發現塞車的街頭有好多販賣醜透了的零食、塑膠玩具、不明物、簡直不知什麼人會去買的亭子，你看到一對深膚巨眼的年輕父母牽著小孩在認眞的喂老闆這個多少錢，你又駭異又恍然大悟，原來他們遷徙到這兒來了，你臉貼在窗玻璃上，流戀不已。

一點點秋天的味道，你們那時誰也沒離開過這冬天也不肯下雪的小島，如何知道秋天該是什麼味道。

農曆九月菊有英、芙蓉冷、漢宮秋毛、菱荷化爲衣、橙橘登、山藥乳，不，不，絕不是菊花木樨（如果你父親是外省人），不是芙蓉樹蘭（如果你父親是本省人），不是紫藤羅漢松（若你祖上是國語家庭），不是油加利麵包樹（若祖上曾代表皇軍出征南洋甚至澳洲）……秋天的時候，你們一站在十川嘉太郎設計的明治橋上就知道，只覺那風從很遠很遠不知哪裏長長的吹過來，眞眞愁煞人也，晴天的話，天就顯得格外曠遠，灰色的時候，便有人會想起日前剛讀過的詩句或某個哲人的聰明語，你們便因此言語鑿空，足可證明海島確有秋天。

此外還能證明的便是夾道而去的楓香，儘管它們只肯焦黃絕不嫣紅，可以了，你們走在世紀初便建成的勅使街道上，幻想置身在新英格蘭十三州，誰叫前行不遠便是美軍顧問團宿舍，五〇年代好萊塢電影裏典型的白牆大窗煙囪綠草坪，誰叫路上三不五時就有休假中的美軍，看到你們還會紳士風度的寒暄兩句，誰叫你們有幾人正著迷於電視影集《*Peyton Place*》小城風雨，不閒盪的放學日子，回家準時可以收看得到，漏看幾集也不打緊，因爲已經播了兩年多，劇情毫無進展的你從十四五歲都長到十七歲了，你並不著迷稍後才走紅的雷恩歐尼爾，你隱約覺得自己比較像劇中那個一心想離開小城到波士頓、到紐約去圓作家夢的米亞法蘿所飾名叫艾莉的女孩，你覺得自己毫無道理一意想離開生長地方的心情與她像透了。

儘管楓香不紅，你們依然懷著秋天的心情走到樂馬飯店，就得過對角線的街了，樂馬飯店門前往往站著好多在等計程車的美國大兵，你不好多看飯店的立面為什麼浮雕著兩個小貝比在吃狗奶，差不多要到二十年後，你唸希臘羅馬神話給女兒聽時，才恍然那是羅馬城源起的神話故事，所以樂馬的原名是羅馬，樂馬的對角線是敦煌書店，你們都不進去，不僅僅它，另還有金山書店、林口圖書公司也都是只賣原文書，你們只覺那是租借區，華人與狗不得進入，租借區還有聖多福教堂旁的那幾家明顯專賣給老外的東方藝品店，租借區還有晴光市場，還有福利麵包，還有美而廉，還有美琪飯店，還有夢咖啡，還有飛虎遺孀陳香梅的CAT，還有圓桌，還有嘉新大樓前的噴水池。

有次A為了買一條據說是PX流出的眞正的Levis牛仔褲而進過晴光市場，裏面迷宮一樣，你覺得所見到的每一個女人都是酒吧女，便來不及賦予同情的睜大眼睛研究她們，吃驚她們長得如此平凡，而且都好愛吃米粉湯和大腸肝連肉。你們也一定進福利麵包店，翻譯小說裏才能看到的糕點糖果，讓你們有置身異國之感，例如年末時的聖誕布丁、加了奇怪香料的麵包、豐盛的肉類製品和牛油、各種果醬、紅茶……，足供你們幻想一種十倍於你們國民所得的生活，雖然你們的零用錢往往在買了一顆含堅果的巧克力便告傾家蕩產，難怪你們其中一人會說，發誓我將來賺了第一筆薪水要來買個狗。

奇怪這一切，完全無涉於民族主義。

該年底，日本就快與你們斷交了，政府各種爲圖安定人心的口號紛紛出籠，你們被說動了，決定在一次班會上發起捐獻，你捐出了一顆巧克力糖的錢，你們還發動捐血寫血書，做公共服務例如從學校門口起掃街並協助指揮交通，不過後兩樣都被導師阻止打消了。

只捐出了一顆巧克力著實讓你們的精力和愛國心無處發洩，於是你隨A去大學裏找她的男朋友們，輕易的也割破手指頭貢獻了一大幅白布血書中的某個字的一勾，你們且熱血澎湃的隨他們聚集在學校的福利社，那老舊陰涼可能是日治時代留下的倉庫建築給你一種好想趕快長大的感覺，可能是窗上爬滿了你以爲叫長春藤的爬牆虎，可能是四周高大似溫帶國家的白千層樹，空氣也溫帶國家似的又涼又乾，你注意到其中一名有點像雷恩歐尼爾的男生不時偷偷打量你，你靜靜的一笑，沒來由的同情他。

但奇怪這些與眞實的生活全不衝突，你們仍然走在租借區，看著白膚高鼻的人繼續以鴉片戰爭之後的列強姿態抄著一名你們的女同胞，邊走邊搔得她怪叫連連，你們未有異樣之感，似乎忘了曾貢獻一些血的那幅血書上所控訴抗議的。

不衝突的大大不只這些。

二十年後，同一個日子同一個晚上，你和丈夫參加一個號稱十萬人的聚會，你完全想不起來這麼好大一個足球場是哪來的，未建之前原是哪裏？困惑的不只這些，你本來只是想去捐些款，略盡能否把執政黨藉此拉下台的棉薄之力，像血書上的那一字的那一勾，後來當然你們出不去了，最重要的，你結婚近二十年的丈夫決計不會走了，你看到他與周遭幾萬張模糊但表情一致的羣衆的臉，隨著聚光燈下的演說者一陣呼喊一陣鼓掌，陌生極了，終於有名助講員說了類似你這種省籍的人應該趕快離開這裏去中國之類的話，你丈夫亂中匆忙望你一眼，好像擔心你會被周圍的人認出並被驅離似的。

當晚，你丈夫亢奮未歇的積極向你，用異於平常的動作和節奏，你被撥弄著，黑裏仍然不肯掉眼淚，好多年了你都不肯掉眼淚，因爲眼淚太鹹了，汗也好鹹，從什麼時候開始，身上逐漸釀成一股陌生但不好聞的氣味，起初以爲是生過小孩的緣故，從醫院住了一星期回家，帶著醫院裏清爽乾淨的消毒水、Baby oil、藥香、奶香混成的好味道，好味道沒多久就不再有了，初次你發現了陌生的味道緊釘你不去，你趕忙努力重拾以前的洗髮精、香皀、洗衣粉……，二十幾年的味道再也沒有了，跟了二十幾年你不知道的體味卻在消失之後你才知道，只剩下可以輕易結晶成鹽的鹹味，肯定與海的鹽分不同分子結構的髒兮兮鹹味，別的無法避免無法改變例如體液和汗水，但淚，是絕不肯流了。

不得不令人想到天人五衰，耳不聰，目不明，嗅覺不靈，神色枯槁，連華美的衣裳也蒙塵埃。因爲不肯承認耳不聰目不明，於是投票日次日的那個額外假日，你決定獨自去一趟白天的足球場，因爲非常驚慟如何可能想不起原先那是哪裏，儘管你長年居住城東，二十年來未曾須臾離開過此海島。

你像十七歲時的尋常一個冬日下午在劍潭下車，除了缺了一起蹺課的友伴，不然那撲面而來的空氣和深秋的味道真動人呢，你幾乎對那更高更綠的樹們說，好久不見，隨即忍住驚駭不去看那醜怪龐大到極點的捷運車站，它徹底破壞了天際線！你十七歲時的天空，與四千多年前沿著淡水河來此漁獵農耕的先民所看到的相去不大，與三百三十年前某暗夜溯河而上並首次發現凱達格蘭人的西班牙人所見無異。它和它新建好的鐵路們破壞了所有可能的想像，原址那條世紀初建妥的鐵路，好一長段與紅磚人行道平行不遠，你做行人時，老忍著想揮手的衝動目送火車而去，羨慕其中的旅人好像他們正要遠行，沒車時，寂靜的鐵軌也好平易近人，隨時可跨越，隨時可臥軌，鐵道那一頭平疇四野，與一百二十年前郊拚落敗逃來的同安人所見差不多，雖然看不到河，但知道河就在那不遠處，隨時可以順流出海，叫人心生遠意。

你簡直不明白為什麼打那時候起就從不停止的老有遠意、老想遠行、遠走高飛，其實你不曾有超過一個月以上時間的離開過這海島，像島夷海寇們常幹的事。好些年了，你甚至得時時把這個城市的某一部分、某一段路、某一街景幻想成某些個你去過或從未去過的城市，你才過得下去，就像很多男人，必須把不管感情好壞的妻子幻想成某個女人，才能做得了男女之事。

你從未試圖整理過這種感覺，你也不敢對任何人說，尤其在這動不動老有人要檢查你們愛不愛這裏，甚至要你們不喜歡這裏的就要走快走的時候。

要走快走，或滾回哪哪哪，彷彿你們大有地方可去大有地方可住，只是死皮賴臉不去似的。

……有那樣一個地方嗎？

✽不必登岸，不必薙髮，不必易衣冠，稱臣入貢可也

——秀男曾在四條大橋上見過不知是「千重子化身的苗子」，還是「苗子化身的千重子」，因此他想到四條大橋走走，於是就朝那邊走去。烈日當頭，十分炎熱，秀男憑依在橋欄杆上，閉上眼睛，想傾聽那幾乎聽不見的潺潺流水聲，而不是人潮或電車的轟轟作響——

與秀男不同的，你站在附近大樓頂電子螢幕顯示4°C寒風中的四條橋上，俯望著鴨川畔一對對不怕凍的情侶，彷彿從未離開過。

唯令人難以決定的是，你的下午茶要到高島屋地下一樓的Fauchon，還是高台寺參道口旁的洛匠。Fauchon的午茶，一塊英式鬆餅和一盅當店的熱咖啡或紅茶，五百yen，其間無論日圓暴走或暴跌，數年不變，你非常想念那沒幾個座位因此常得排長龍的咖啡座，常有穿戴考究少說七十歲以上的老夫妻在那兒進行某種儀式般的莊嚴用餐，低聲交談，表情舉止不像一般日本老人，你幾乎肯定他們大約是青年鄧小平的留法同學們。

但你更想念洛匠的蕨涼糕，只好往祇園走去。橋頭化緣的行腳僧仍凝立著，不知是不是同一

人，穿得與夏天時的裝束一樣，你都不給他錢，從來不。

南座的戲碼仍是坂東玉三郎，因此不用看，綠燈已閃了幾下，你突然決定趕過街，看看上回正鋪石板路的白川南通。白川南通平行四條，是你和女兒一次尾隨出客的藝妓時行過，白川流過家家戶戶的後門，在台灣的話，一定正好用來傾倒垃圾廢水，眼前寬不過兩公尺深不及半尺的川裏卻養著錦鯉，兩岸植柳和垂櫻，店家於是把景觀調到這一頭，隨陽光強弱打起或放下竹簾，你告訴女兒，江南就是這個樣子。你哪兒去過江南。

石板路鋪好了，要不是上次你親眼見它正施工中，會以為這條路與東山那些清水坂三年坂二年坂一樣有百年歷史。你曾經把與女兒在白川某小橋上的合照寄給A，回應她幾年前給你而你未回的聖誕卡。

和很多人一樣，發誓永不分開永不嫁娶的你和A，離開大學再沒見過，最後一次見到A是在大學畢業典禮結束後的遊園，你們身邊各有家人和男伴，A向男伴介紹你，邊匆匆掃過你男伴一眼，你不知A想的和你一不一樣：噢，原來你離開了就是為了這麼一個人。

寄行李的時候，旅店經理曾告訴你今年反常的冷，花期可能會延後一星期，難怪石板小路顯得如此淒冷，垂櫻楊柳礦灰色的枝條毫無生意，儘管如此，社區店家已獻了燈獻了大甕的酒，路燈桿上也斜插了桃紅柳綠，幾株較老較大的垂櫻下也已牽來了電線照明燈且擺妥了角度。

你不知A在想什麼，二十年沒回過台灣，研究的卻是台灣，這回為了交一篇論文要跑一趟日本，輾轉聽人說起你此段時間會來，便託人傳眞給你，簡單交代要你替她訂旅館，而且頂好能與高中時一樣共寢一室抵足而眠，其餘見面再聊。

爲此，你沒帶女兒，也未邀丈夫同行。

走在通往清本町的巽橋上，馬上你就後悔了，因爲陰冷而提早上燈的地燈把清澈的水面照得極清楚，魚們逆水停著，一動都不動，愛魚的女兒在的話，一定會細心的掏出早餐預留的麵包餵魚吧。你清楚記得第一次帶女兒來此時，女兒才會說話不久，不解魚事，看到魚兒爭食便大爲緊張的搖著手掌大聲喝止：「魚兒，ㄅㄞˋㄅㄞˋ打架！」ㄅㄞˋㄅㄞˋ本是台語「不要」的發音，丈夫教她的台語只剩這一句。洗把臉吧，「ㄅㄞˋㄅㄞˋ！」強迫她孔融讓梨，「ㄅㄞˋㄅㄞˋ！」該睡覺了，「ㄅㄞˋㄅㄞˋ！」女兒就要小學畢業了，這些年與洛匠庭園裏的數隻大錦鯉們結成好友，要你這次代她摸摸日本國旗那隻，日本國旗錦鯉通身雪白，只大頭上一丸紅，爭食特慢，女兒注意到，每想辦法把其他魚用手撥開，另手餵它，摸摸魚頭，它也不走。

你好幾次坐在室內喝咖啡，隔窗看她蹲踞在池邊，因太過熱心餵魚，整個人俯身水面只剩個穿著小花內褲的屁股蹶朝天。

你不由加緊腳步並決定走捷徑，彷彿只要夜黯前趕到洛匠，你仍可以看到五歲時、蹲踞池邊餵魚摸魚的女兒。

拾級上八坂神社，神社境內幽黯無人，樹潮森森湧動，你提醒自己並非在台灣，便放心穿越，不忘神前匆匆參拜祈福，擲一枚銅板，拍拍手，神明請醒來聽你心事，你合掌閉目，但願此行不致是一場災難。

——春天和煦的斜陽柔和的照在古老招牌的舊金字上，反而給人一種寂寞的感覺，店鋪那幅厚布門帘，也已經褪色發白，露出了粗縫線。唉，平安神宮的緋色垂櫻正競相吐豔，我的心卻如此寂寞……千重子暗想。——

爲什麼會想到「災難」這個詞呢？

除了魯莽和以往一樣，你簡直不知A在想什麼，最後一次接到A的信息是她寄來的一張西式婚禮卡，上印著與某某某（你試圖拼出可能的中文名字）於某月某日在新澤西州的某郡某教堂結婚，那是A在法律上的第一次與人共同生活。你甚至不知道她目前是否還在婚姻狀態，當然這些都與隱約的災難感無關。

那不然是什麼呢？你把咖啡趁涼前喝完，仍打呵欠，早上的一場折騰、中午三小時的飛行、傍晚低溫加上低血壓，不須照鏡子，你清楚看到自己的模樣，冰風造出的細紋在原本上妝甚佳的白瓷臉上冰紋一樣的展開，髮絲瑟乾蓬亂，眼下暈黑，嘴唇發白或發紺，你沒有精力再瘋狂，你每天得睡飽九小時，服三種維他命丸和深海魚油和貝塔胡蘿蔔素，你且勤於洗澡洗頭，害怕日復一日加深的鹹味被人嗅出，你不知道A變成什麼模樣，她足有發胖的條件，一米七平肩的骨架加上二十年的美式飲食習慣，可以掛上好多斤肉。

你無法再如十七歲時一樣，結伴出遊外宿數日甚至可以不帶任何行李盥洗用具，你們常常約了在公路局東站或西站見，兩手空空只拿一本詩集或其實讀不懂的叔本華，少少的盤纏塞在牛仔褲臀袋裏。奇怪那時好像不用洗臉刷牙，甚至不用洗澡，一覺起來好漢一條，眼睛發亮，口氣清新，如何亂吃都無法長肉。

儘管因此你猶豫了好久該不該照A要求的共寢一室預訂一間twin，你不能想像必須在僅容旋馬的狹小日式商務旅館裏與A相對好些個夜晚，你不能面對必定會留在浴室裏的鹹味和毛髮，當然更沒辦法接受肯定A也已出現的體味，你一定會背對著她睡，夢裏也要小心睡著，不可囈語不可亂作夢，以往的貓咪呼嚕也許不見增大，但比較像是鬆了某顆螺絲釘零件欠修理的機器，鬆鬆的震動，內含金屬聲。

A的鼾聲一定變得好大。

你從來沒再存念頭與A還有見面的一天。A出國之後的讀書就業一直不脫Peyton Place艾莉來來去去的那些小城，頭幾年，她給你寄過楓葉，辣椒紅玫瑰紅的美麗楓葉，可是眞大，大到必須用十六開的封套郵寄，你竟有些失望，因爲眞的太大了，與你曾隨意的幻想非常不同，但你仍收藏好，一直到女兒上小學有收集標本的功課時，你大方的全捐給她，十年了，鮮麗依舊，塑料或緞帶做的一樣。女兒也很驚訝怎麼葉子那麼大，可以遮住她整個臉，和她好些個秋天來此撿拾收藏的纖緻的高雄楓不同，也和她在島上撿過的楓香不同。

女兒忽大忽小、殘疾之姿的字跡在標本下寫著，楓香，金鏤梅科……

你懊悔非常，爲什麼會在寶貴的假期選擇與A見面而捨棄女兒？

——路程很遠，但是千重子和眞一決定躲開電車道，從南禪寺那邊繞遠路走，穿越知恩院後面，通過圓山公園，踏著幽雅的小路，來到淸水寺前，這時，恰好天空披上了一層春天的晚霞——

你結了帳，老闆娘姊妹倆提醒你穿妥外套再出門，好冷呀，親切得不知道是否記得你。你都沒有替女兒摸國旗魚，因爲門窗緊闔且下了厚帘子。斜對不遠的文の助茶屋的大黑天燈籠已上燈，門前仍有幾名不怕冷的遊人在排隊待位。你從沒進去過，可能因爲每次行此都必定想起蹲踞洛匠池畔熱心餵魚餵得屁股朝天的五歲女兒吧，儘管每思念女兒的同時，女兒根本就在身邊。

你決定與眞一和千重子逆向而行，從西行庵、菊溪亭的巷子左轉東大谷祖廟前攔腰進圓山公園，那條路上的大貓咪最多。

與女兒不同的是，你第一次來圓山公園時很驚訝他們怎麼公然用了你們圓山的名字。女兒卻在一次幼稚園戶外教學去圓山河濱公園回家後問你，奇怪怎麼學人家日本人的地名呢。你突然迷惑起來不能回答，丈夫笑女兒數典忘祖。

公園中心的那百年枝垂櫻仍在蓓蕾堅硬的階段，因此你像很多不死心的夜遊人一樣，買了一罐滾燙的飲料握著取暖，不忍離去。

大垂櫻像一株未抽芽的垂柳，聚光燈早已打好，只等它醒來。曾經某一年春天，你和女兒在靠坂本龍馬和中岡愼太郎雕像那隅的櫻花樹下席地讌飲，那盛開的百年老垂櫻遠遠仍望得見，被聚光燈烘托得浮在高空中、煙火停格一般，也像劇毒美麗的水母，不敢多看，害怕成精怪的它會攝人魂魄。

你邊吃喝邊講坂本龍馬和中岡愼太郎的事蹟給女兒聽，白日裏，你們且曾尋著龍馬在京城裏的活動路線例如三年坂近淸水坂巷口的茶屋，龍馬與幕末志士們祕密開會的地點，高居東山三十六峯之一，可遙望二條的將軍幕府城門一開警備組要來逮人了，志士們情急常翻窗跳走；行經三條河原町，路邊有石碑上刻字：坂本龍馬、中岡愼太郎遭難之地；而龍馬的墓在二年坂臨靈山觀音上坡不遠處，女兒在那兒撿拾過一枚摩斯拉也似的大蟲繭，印象太深了，後來每回走在三年二年坂就開始催促你要去龍馬墓前看看可有大蟲繭，因爲你老愛立在二年坂口竹久夢二寓居舊跡門前眺望腳下的市井閭弄，遲遲不捨離開。

其實你對坂本龍馬哪有什麼特殊情感，就如同有次要回那政爭慘烈醜陋的海島的前一天，你有感而發跟女兒講起西鄉隆盛的事蹟，明治天皇與西鄉隆盛，政敵可如此相待，像康熙皇帝的理解鄭成功：明室遺臣，非朕之亂臣賊子。

小學二年級的女兒，聽了好動容。

……

土番狉榛，未知耕稼，射飛逐走，以養以生，猶是圖騰之人爾。

首先西班牙人荷蘭人如此描述台北：草莽瘴濃，居者多病。

康熙台北湖。

其後，來採硫磺的郁永河在《稗海紀遊》形容台北：非人所居。但那早在一六九七年，不能怪它，同時期的嘉南平原乘牛車行經其間，如在地底（多令人神往！）。

康熙末年，隨軍來台平朱一貴亂的藍鼎元說：台人平居好亂，既平復起。

連沈葆楨也說：台北瘴癘地。

李鴻章：鳥不語，花不香，男無情，女無義。

不滿那地方的，不自你始。

你眞不想回去呀。

——「千重子，咱們乾脆把這家批發店賣掉，搬到西陣去好啦，再不然，就到寂靜的南禪寺或岡崎一帶找間小屋住下，咱倆設計一張和服和腰帶圖案好不好？」——

你想起那趟大選日後的未竟之旅，你走到圓山，只見空中地底條條是路，你迷失其間，不知該如何走到你十七歲時走過百遍的路。明治橋——你後來知道它原來叫明治橋，橋上的銅燈早在一場拆建時給李梅樹買了放置在三峽的祖師廟了。平直美麗的橋被一座新橋壓著待拆毀，批評以往是外來政權的新統治者人馬已執政四年，所作所爲與外來政權一樣，只打算暫時落腳隨時走人似的，不然他們何以去掉那兩排在你們所有現存的人出生前就已在著的楓香呢？難怪你幾乎忘了原本濃蔭中若隱若現的招牌：Fortune Teller，那是當時初中學生的你所學會二十六個字母後所學的第一個長單字，你曾經立過小小的心願，長大的有一天要去那兒算命，從不加思索的固執以爲圍牆裏是個神祕美豔的吉甫賽女人，會用水晶球爲你解開宇宙大祕密。

兒童樂園居然還在，深秋的蕭條之感不知尙有營運否，你很想入園，假使那充滿了尿騷和腐爛朽木的龍船還在，你一定能看到船上那一個爲了傾身觸水而內褲朝天的五歲時的自己，你不知道去過多次迪斯耐樂園的女兒肯不肯跟你來這裏，來這個你與她同樣年紀時的樂園，你試著告訴她，在你們幼年的時代裏，它眞的和迪斯耐樂園一樣好玩，不只如此，你曾經帶她試圖搜尋你小時候住過的村子，不遠，在城北郊區，結果你在連幢的改建國宅中依遠遠的山勢定位，大約估算出原先的家可能在哪兒，在一家便利超店的門前花壇；你帶女兒去你們童年瘋野的山裏，吃驚它被連綿的五六幢醜公寓給呑噬到僅剩一小山巓，幾步路就可輕易跨越它；你站在山丘崗徑上，指著高速公路的涵洞告訴女兒那是你們的埋狗之地。你想辦法重建那個秋日裏五節芒淹沒的原野和農人們焚草木的荒煙直上，和你惆悵極了的心境，奇怪狗都死在秋天。

消逝了的不只這些……

有一次你和友伴們在秋收後的田裏烤地瓜，地瓜偷挖自農家，引火的火柴輪流每人不辭勞苦的跑回村子偷自家裏，技術太差了，五、六盒自由牌火柴點光了，只燒掉一堆枯草，紅爍爍的地瓜仍好好的在坑底，百無聊賴起來，長日漫漫，你們決定往村子反方向無目的的亂走，越走發現凌空而過的飛機異常的大，你們興奮極了，判斷田野盡頭應該是飛機場，一致決定要走去那裏，走到那一百零一個飛機場，就等於出國了。出國，什麼意思？那隱約表示比起你們不時想挖條地道到美國去，飛機場是條捷徑多了。

你們走到後來都不再說話了，因爲怎麼會那麼遠，有時要經過個大糞坑，有時得穿過有狗鬼叫的農家，有時甚至必須走鋼索似的通過絲瓜棚旁的半朽獨木橋……，要不是久久一架簡直快壓到你們頭上的飛機飛過因而鼓舞你們，你們簡直要放棄了，這時有那最小的跟屁蟲從說話發出哭包聲，你們不准他哭，害怕士氣從此瓦解，哭聲到底引來遠處幾名小孩，其中有一人竟是你的同班同學，坐倒數第二排，你們從沒說過一句話，路隊排在什麼鬼地方的北勢湖——天啊，難道走到北勢湖了？

同學家及其親族們家都開磚窯廠，野風曠地裏一堵堵已燒未燒的蟹紅灰青的磚牆堆，大好現成的殺手刀場地，你們當場兵分兩國，北勢湖國和精忠新村國，殺到天黑北勢湖國被罵回去吃飯才散。

你們回村後異口同聲向父母和大孩子說你們走到飛機場邊了。描述所看到的龐然大物，要不是基隆河的阻斷，你們就都出國了，眞的，就差一米米，就差一滴滴，反覆強調，因爲猜想他們可能都不相信。

北勢湖其後三十年，你在協助小學三年級的女兒做鄉土報告時，才又見到這個地名，北勢湖事關清末台北建城的材料，有說石材部分採掘大直北勢湖山的岩塊，磚瓦係北勢湖和枋寮庄的磚窯，石灰來自大稻埕河溝頭的石灰窯；但另一說是石材來自唭哩岸的安山岩，磚向廈門採購，黏石用紅毛土，就是糯米蒸混紅糖石灰，如同赤崁和其他古城的構成。

其後十年，日人拆城。

夢境一樣的北勢湖，再也沒去過的北勢湖。

日人跟清人一樣，不是「廷議欲墟其地」就是「一億元台灣賣卻論」。他們拆了北勢湖辛苦燒成的磚瓦，闢成三線道路，植上一五〇株（愛國西路）一〇〇株（信義路）南島遍見的茄冬和代表南國風情的檳榔樹。

茄冬半世紀後長成綠色城牆，是你們女校與男校最常議和的楚河漢界，你和A就常跟他們約在那裏見，開闊的安全島上鋪著紅磚，有繞樹一匝的白鐵椅，再亮的路燈也穿透不了濃密的樹蔭，便於男生們抽菸，便於你們躲過跟蹤而來的好事教官，大多時候是男生拿書或新出的校刊給你們或相反，你們以高出對待教科書數倍的熱情背誦著艱澀的句子並甘之如飴，告別時候不忘敲定該月末的班與班的郊遊。

那時候的車眞少，整個晚上男孩把你熱情擁抱並試著探索你的身體都不虞被車燈曝光，你沒意見的合作著，希望男孩趕快告一段落恢復正常，你好回夜讀教室把第二天要考的歷史給背完。汗水體熱和茄冬樹的樹味兒鮮烈一致，當場你不知神遊到哪兒去，男孩整好你的衣衫，替你肩起書包，眼裏閃著星芒，這一場，一定會被傳到A那裏，於是你放心了。

——千重子受到莫大的衝擊。她那麼喜歡到村子去，又那麼喜歡仰望那美麗的杉山。說不定是被父親的靈魂召喚的吧。另外據這位山村姑娘說，她是孿生兒。那麼，難道這位親生父親在杉樹梢上還牽掛著被遺棄的雙生兒千重子，才不愼摔下來的？——

動過一億元賣台念頭的日人不只在北杉山植滿了樹，在南島上也努力遍植，不只是一年生的小花小草，還安然篤定的植下註定一世紀以後才會有點樣子的樹種，奇怪他們並沒打算吃乾抹淨就走人的樣子。

吃乾抹淨，你想起那個因反抗集權政府去國海外三十年不能回來的異議人士，時移勢易，他一旦當上縣長以後，照樣把南島最後一塊濕地挪做高污染高耗能源的重工業用地。

他跟他以往批判甚而欲推翻的的外來政權做的一模一樣。不然何以他們敢如此做呢，當有一日你路過你們的綠色城牆，發現天啊那些百年茄冬又因爲理直氣壯的開路理由一夕不見，你忽然大慟沮喪如同失了好友。

你簡直無法告訴女兒你們曾經在這城市生活過的痕跡，你住過的村子、你的埋狗之地、你練舞的舞蹈社、充滿了無限記憶的那些一票兩片的郊區電影院們、你和她爸爸第一次約會的地方、你和好友最喜歡去的咖啡館、你學生時常出沒的書店、你們剛結婚時租賃的新家……，甚至才不久前，女兒先後唸過的兩家幼稚園（園址易主頻頻，目前是「鵝之鄉小吃店」），都不存在了……

這一切，一定和進步有勢不兩立的關係嗎？

太冷了，你回旅館正式辦check in手續，當下決定先住進單人房，等A眞到了，再決定一起遷入雙人房或她另住單人房。

這個極其簡單的決定一掃你幾日來的猶豫焦慮，行李放進住房裏，餓意立時湧上。

你依往常的習慣，先到新京極通的錦天滿宮合掌祈福，宮前掛滿了酒缸大的燈籠，不知供的什麼神。循宮正對著的錦小路，此時的錦小路，九成的店家都打烊了，尙亮燈的幾家魚鋪子正忙沖洗枱面走廊，見你行經仍口上響亮的喊聲「イラッシャイ！イラッシャイ！」招呼著。

你握緊錢夾加緊腳步顯得行色匆匆，彷彿是商社下班趕回家做晚餐的職業婦女。一直走到武田市小店，買兩雙過季名牌厚襪，天氣比往常冷，店裏仍點著煤油暖爐，漫著柴魚湯的香味。老闆夫婦的孫女好大了，擠在收銀台邊看電視邊做功課。當然令你想到女兒。

後半段的錦市場此時已寂靜無聲，你只好從柳馬場通穿回四條大街。很多地方可以吃飯，但你選了對街通常用來吃早餐的Doutor咖啡。

你點了一杯當日熱咖啡和一份高原熱狗三明治，臨窗的位置給占滿了，你只好到裏間的大圓桌去。暖氣和菸霧使你心跳加快，不過也可能是以爲會看到女兒做功課的背影。

女兒學期裏來的時候得帶功課以保持進度。旅館裏太擠了，常到這裏的大圓桌寫功課，你教她算術，教到三年級就不會了。你們不同的語言並沒引起同圓桌人的注意，或該說，並未引起他們任何異樣的表情，他們都練就一副見怪不怪、不動聲色的面膜，因爲人太多，空間太小，擠通勤電車，擠百貨公司，擠咖啡館，時時超過人與人之間堪忍受的距離界限，便都得練就漠無表情的面膜，面膜出門時與衣帽一起穿戴上，不然何以自處？

但你十分喜歡這種人不理我我不理人的狀態，其中想必有不少的精神病患也不讓你覺得危險，你技巧的打量衣冠楚楚的中年歐幾桑，嚴重菸癮一身香奈兒的兩名年輕女子，金城武兄弟的上班族帥哥……，你啜口熱咖啡，莫名所以的暗暗說聲：「タダイマ。」回來啦。

✻那兒有像樹一樣高大的亞述國王、色彩鮮麗的埃及浮雕、巨大的國王雕像、眞正的獅身人面像，就像個夢幻世界。

——佛洛伊德

有一種天氣是你喜歡的，草木鮮烈，天空蔚藍，陽光眩目，而你恰巧在空調涼颼颼的室內、車內或咖啡館或臨窗的屋裏，便容易讓人失去現實感，以爲外面也是如此的氣溫，冷，再加上反差極大的光影，就以爲自己置身在某個你想去或曾去過的國度。

例如搭乘你曾誓死不搭的捷運，三層樓的車行高度，所有醜怪的五樓老舊公寓當場被削去大半，立時變回了平房的那個時代，天空因此大量的露出來，竟有曠遠之意，令你好久不曾有的想起原來這是一個海洋國家，而海就在那天際不遠處令人神往；有時車行攔腰穿過幾座盆地邊緣的小丘陵，你若成功的沒被其下的廢料場亂葬崗干擾，而只管被陽光翻飛的相思樹林，會叫你立時想起深秋時的某地中海植滿橄欖樹的小島；有時車停某站，正淩駕於某失勢權貴但仍占住不走的深宅大院，想辦法忽視赤道雨林味道的第倫桃叢不看，那襯著海洋色天空的小笠原松會召喚起好多人少年時必定有過的金山海濱露營；但十幾層的大廈仍舊擋去天空遮住你的視野，陰鬱的天氣，車行在更顯灰敗無色的大樓與低矮違建之間穿梭而過時，你心底、你甚至以為別人心底也都會自然響起一段小喇叭樂聲，伍迪艾倫在《安妮霍爾》中回憶他幼年住在高架橋下時的配樂，Sleeping Lagoon，情調相反於它的歌詞，赤道的月亮，沉睡的珊瑚礁，和你……，奇怪為什麼會是一首描述熱帶島嶼的歌？

這樣的經驗，愈來愈珍稀了，除了平日不得不的生活動線之外，你變得不願意亂跑，害怕發現類似整排百年茄冬不見的事，害怕發現一年到頭住滿了痲雀和綠繡眼的三十尺高的老械樹一夕不見，立了好大看板，賣起一坪六十萬以上的名門宅第，它正對的金華街二四三巷一列五十年以上的桉樹也給口口聲聲愛這島愛這城的市長大人給砍了，並很諷刺的當場建了個種滿小樹的社區小公園。

你再也不願走過這些陌生的街巷道，如此，你能走的路愈來愈少了。

你走過羅斯福路一銀背後的晉江街一四五號，木門上對聯般的寫著：公有土地、禁止占用。第一次，你希望這個政府繼續保持低落的行政效率，無能無暇處理公產，就讓鳥兒和豐沛生長的樟樹大王椰占用下去吧。類此的美麗廢墟還有浦城街二二巷一號和七號（它們共同的隔鄰三號是國大圖書館書庫，但意義上並無不同）、中山北路一段八三巷三十弄五條通華懋飯店的對門，占住者是香樟怪、九重葛精、芒果婆婆……，長春路二四九號，雀榕趴在牆頭，桑和大桉杵門前，隔鄰的二五一和二五三倒是被人占住，二五五號的絲瓜正黃花大開，此外尚有臨沂街六三巷十八號斜對門，構樹、榕、麵包樹三國鼎立，謙卑向隅的羅漢松，可以想像種植者寓居南國的曾經一個秋日的心情。

也有屋子一角被做違建好久了，羅斯福路三段一四〇巷二號；也有被野貓仔們盤據，泰順街二六巷三號，三毛貓和花狸貓敢出來接受你的餵食，小黑貓咪貓頭鷹似的坐在暗處；也有房屋已塌了一半的剖面屋，可清楚看出昭和型家屋的建材和構成，如和平東路一段二四四號和潮州街一四三、一四五號；也有一整條巷子數十年如一日不變、護城河功能的用來隔離國民黨宣傳機關中廣中視，建國南路一段二二二巷，五九號住著一家狗，狗媽媽機警膽小，典型的雜種狗，但笑容可掬十分親人的麥色白色等五隻小奶狗卻照眼就知爸爸一定有秋田血統（此段文字絕無任何寓意）；四九號住一羣鬼，五三號一家人，三七號一園小孩，再過去一家的占住者是你見過最技巧的占住者，無門牌無信箱，人耶狐耶？庭園裏修剪整齊的梔子柚子枇杷烏桕告訴你，種植花木者定是外省人狐。

也有屋子早荒朽成齏粉遭風吹眇只存庭園和圍牆門台，門台上，小型森林似的長著不灰不綠從恐龍時代就有的木賊，如師大路九二巷古莊公園正對的七號。

當然也有保存完好、至今仍有人居，可能是官家或傭人，或二者的後人居住著的，例如長安東路一段二十號，位在主後一九三七年奠基的基督長老教會後門的小蔣故居，圍牆外的牆根散發著夜夜在×條通飲讌的日人所遺的尿騷味；圍牆頭防盜鐵絲網上纏滿粉紅的珊瑚藤和川七的杭州南路一段七五號；有未戰死未失蹤的男主人在終戰回來第一年種的巨大麵包樹如臨沂街六一巷九號；也有男主人種的是肯氏南洋杉的臨沂街四四巷一號；也有一樣從南洋回來卻選擇緬梔的泰安街三巷二號之一；也有一家你無從猜測身分、幅員面抵整排公寓的泰安街二巷三號，與它平行隔巷的銅山街六巷一號探出含笑和芒果好像你外公家；但更像外公家的應該是浦城街二四巷十一號，很多人的老相簿裏都有那麼一張站在平戶杜鵑和桂圓樹前的小塊水泥地上騎三輪腳踏車載妹妹弟弟的黑白發黃照片；也有像瑞安街二六四巷二三號、七號和一號，你幼時看國聯電影公司拍的瓊瑤電影《菟絲花》裏女主角循址找尋位於羅斯福路的深宅大院應該是這裏比較對，要不唯一有可能的也該是青田街一一巷十號或九巷的四號和對門一號。

也有住者認眞維護其原貌，沒用水泥糊了山牆上的牛眼窗或屋頂的老虎窗的，如仁愛路二段九一巷七號和九號、濟南路二段六二巷四號、仁愛路三段二四巷一弄七一號，他們甚至連植物都嚴格護持住，只種櫻和羅漢松和南洋杉，不讓鳥兒們四處播種的雀榕和大小葉桑衍生，有些完好如新生南路一段九七巷三四號，煉瓦、黑杉木壁襯一株羅漢松，活活一項某某流的插花作品，也像你在東山五條慣見的町屋，再大一些的話，就可用來做社區小型博物館如信濃大町的鹽の博物館。

但無論牛眼窗糊不糊掉、大葉桑小葉桑種或不種、川七摘是不摘來吃……，這些人家都有一個共通點，漆或不漆的木質大門上都用粉筆寫著：聯、央、聯央、聯國或國民，從來不見自、不見台，整條巷子無一例外，不得不令人想到阿里巴巴四十大盜以門上記號做為日後殺或不殺與否的故事，有朝一日。

有朝一日，這些人家巷弄將被也愛台灣的新朝政府給有效率的收回產權並建成偷工減料的郵政宿舍、海關宿舍、××大學教師宿舍、首長官舍……，就如同除了五二巷之外的溫州街曾經的每一條巷弄，屆時你將再無路可走，無回憶可依憑，你何止不再走過而已，你記得一名與你身分相同的小說作者這樣寫過，「原來沒有親人死去的地方，是無法叫做故鄉的。」你並不像他如此苛求，你只謙畏的想問，一個不管以何爲名（通常是繁榮進步偶或間以希望快樂）不打算保存人們生活痕跡的地方，不就等於一個陌生的城市？一個陌生的城市，何須特別叫人珍視、愛惜、維護、認同……？

——除了如意峯外，還有金閣寺附近大北山的「左大文字」，松崎山的「妙法」、西賀茂明見山的「船形」、上嵯峨山的「牌坊形」等五座山相繼焚起火來。在約莫四十分鐘的焚火時間裏，市內的霓虹燈、廣告燈都一起熄滅了。千重子看見火光映照的山色和夜空，不由得感受到這是初秋了。——

一覺起來，大廈間振翼穿梭的烏鴉的啊啊喊聲，使你恍若在深山古剎，你的旅館房間臨窗正可遠眺東山，八月裏來的話，不需到鴨川的納涼床，晚上依窗喝著涼清酒就可看到如意峯上燃點的大文字送鬼篝火吧。

水沸了，你沖了一杯旅館供應的宇治綠茶袋，按開電視，一句也不懂的語言，混著茶香，是你深濃記憶裏氣味的一部分，有時還有百貨公司匯集的所有名牌香水味，有時是冷清沒有半點食物跡象的和果子老鋪所點的京香和煎茶香，有時是密閉空間如車廂咖啡館裏酷愛乾淨的男人女人身上所散發的皀香乳液古龍水，或甚至就是中央空調裏放置的芳香劑……，整個城市上空盤桓不去的氣味，也許還得加上不能缺少的烏鴉味，令你，死前一定會想念吧，最熟悉的氣味。

你站在御旅所左轉寺町通口的丹波屋，猶豫不決該買哪一種糰糬，外裏滿小倉豆、滾滿黃豆粉的或餡子是小倉豆的綠色草餅？以往你都買六個一盒的，和女兒各吃三枚，走到哪兒吃到哪兒，伏見稻荷大社前的、七條京阪驛的、祇園繩手通口的……，女兒不在，一定吃不完，只好等A來再買了分食吧。

麩屋町通口，你決定過街去ALBA買幾把咖啡匙叉，盤算曾經讚美過你那彎刀造形的刀叉匙的有哪幾個人，此外，你終於決定買那一張義大利Taitu的大碟子，上面布滿了各式各樣落葉喬木秋天的葉子，圖鑑的畫法，你曾在志賀直哉故居巷口的茶論咖啡館見老闆用同樣花色的小碟盛手工製餅乾，你看了好幾年，因爲有點貴，回島上去時，島上難有秋天，那幾片秋色十足的葉子老會鮮明的浮在你眼前。

店員聽出你是異國人，格外仔細的替你包紮以免飛行途中打破。好久以來你沒這麼快樂過，有了這幾片不會改變、快樂的青剛櫟葉、毛栗葉、山毛櫸、橡樹葉、白楊赤楊葉……，回去以後的很多個冬天你都敢過了。

島上的冬天據描述是這般：十二月臘梅坼、茗花發、水仙負冰、梅青綻、山茶灼、雪花大出。

然而事實是，那日，省市長選後的次日，你徘徊在蕭條的舊日兒童樂園前決定不了進不進園，倒發現榕鬚、薜荔、紗草夾纏下有一石碑，上刻大字：太古巢舊址。太古巢，台灣名儒陳維英頤神養生之地也。碑上大意說，陳維英（一八一一—一八六九），清嘉慶年間生，大龍峒港仔墘人。博通羣史，廣涉百家。咸豐九年中了舉人，做過閩縣教諭、內閣中書，歸台後主持仰山、學海兩所書院，弟子千餘人。五十歲時，陳維英遷入依山傍水的太古巢隱居。日據時代相傳，這是取「山靜如太古」之意。也有人說，太古巢最早是原住民的一個發源地名。較可信的說法則是，嘉慶、道光年間，該處原爲「台哥寮」，也就是痲瘋病患的集中所，「台哥」台語發音正近似「太古」。陳維英死後，太古巢逐漸傾圮沒落。一九〇六年，日人自其北端開山架橋，太古巢首當其衝，遂難逃坼毀的命運。

你望望身旁並肩在讀碑文的陳維英老鬼魂，說不出一句話。像是一則各種年老民族必定會有的那類寓言，你們曾經不具任何知識、歷史知識，與它愉悅自然的相處過活，待有一天你具備了了解它的知識，並略覺愧疚的重新善待它（雖然你以往對它也傾心相待），但它再也不一樣了，與過往不一樣了，這，難道又只是人或民族必定會有的中年懷舊？你不願意承認，相信陳維英也一樣，更相信此刻在你們腳底十八層地獄不見天日的明治橋也一樣，因爲與勅使街道同年歲的楓香不見了大半，美麗的宮ノ下參道變成長了無數腫瘤羣醫束手的景象，醜透了，你帶著哀悼的心情走避，死去的，當然包括你的一部分。

同樣討厭的知識告訴你，原來憑空多出的那大足球場原址是一九二三年建的運動場，爲了做歡迎還是太子的昭和南巡之用，國府初期給第七艦隊美軍顧問團使用，剛當選的市長在足球之夜繪過未來市政藍圖，足球場也許做爲巨蛋球場用地，屆時，你與更多的老年楓香都將加入陳維英隊伍了。

美琪飯店什麼時候成了上海商銀？

城市，銀行和嫖妓的基地，摩天大樓雜草式的亂長。設計帝國飯店的萊特(Frank Lloyd Wright)早說過。

你像一個去國多年的人一樣，由衷的喟歎著，奇怪想不起那一家接一家的婚紗攝影禮服公司原來是些什麼地方，卻見聖多福教堂老樣子的在那裏，鐵欄杆圍牆上掛著同樣匠氣的外銷油畫，老樣子的透過路樹的冬天光影仍把油畫染得變成風景不可少的部分，那曾是你們幻想走天涯的一部分，在路邊賣畫或演奏擅長的樂器。

這裏賣畫的人都是啞巴聽障（你們到很後來才想到可能他們僅只是賣畫人）。當初那些發誓與你要浪跡天涯賣藝過活的好友們倒都全在國外，有的做賢妻良母，有的在電腦公司做高級主管，也有隨名廚老公一州一州的中國餐館過吉普賽人的生活，也有像A一去從沒回過國，另有每年暑假回國的，帶著的孩子與你女兒的語言不通，無法像上一代一樣變成好友很令你們失望。

你們吃頓飯，喝個下午茶，聊遍眼前事，獨獨不再提過往，過往很像那些被移植或砍掉的茄冬和楓香。

因此你都不願意和別人回憶過往，並非因爲新的事情太多，新的店、新的偶像、新的醜聞、新的賺錢機會、新的誰誰誰老公的情人、新朝新貴……，你猜想他們正因爲能夠不記得曾經存在的，才能迅速與新的好壞事物相處無間吧。這你無法做到，你甚至半點不肯感慨「舊情綿綿」變成那樣，誠品變成芝蔴婚紗，它們相較於過往對你來說都曾是太新的東西，你不願與它有任何關係，哪怕只是買本雜誌喝杯咖啡，因爲那又將種下一場流逝的開端，否則你如何能全心慨歎奇怪晴光市場要如何才能進入，你依稀記得的位置如今布滿了麥當勞佐丹奴三商巧福尼采精品或溫蒂7—11米雪兒服飾HANG—TEN，你彷佛晉太元中武陵人捕魚爲業……

——千重子一邊回想這些往事，一邊漫步在通往野野宮的小路上。這條小路有塊不太舊的路牌，上面寫著「通往竹林深處」幾個字。原來比較幽暗的地方如今明亮多了。門前的小賣店也揚起吆喝聲。然而，這《源氏物語》提到過的小小神社如今依然如故——

不僅依然如故，自從幾年前明仁天皇次子禮宮夫妻來植過樹後，香火更加鼎盛，全是祈良緣，你並無良緣可祈。過了鐵道，人跡仍少，可能太冷了，你早上看NHK的氣象報告，日中也只有攝氏五六度，因此櫻花祭可能會破往年紀錄的延後一星期，你不禁擔心A短短的假期會等不到櫻花正唉——天啊你晚上回旅館可能就會看到A，你但願她不會像很多去國多年的人一樣滿口英文，那樣會增加你們溝通的緊張度，你也希望A不要像美國人那樣不修邊幅引人注目，當然你不能想像A穿得規規矩矩例如西裝式外套繫絲巾什麼的，你不知道她是短髮還長髮，你們這個年紀，頭髮如何精心整理通常只有兩種款式，短髮歐巴桑頭和長髮歐巴桑頭。天啊你們眞是好些年沒見了，A後來也不再寄相片給你，你最後一次寄給她就是與女兒坐在祇園白川巽橋上的。你不免害怕，你們會坐在旅館大廳各一隅，互瞄個半天然後心裏喊著：老天難道我也像她一樣如此難認了嗎！

出了竹林，只是平常住家，向陽的庭園裏勉強有開拆之意的是很像梨花的透白的大島櫻。太冷了，料想沒有遊客，近落柿舍的人形藝品小賣店閉門未開，只店前鋪著紅氈的長木板凳未收，你決定從「去來之墓」那條路走去，記憶中，四月的某一個土曜或日曜日，清涼寺會有嵯峨大念佛狂言上演。

去來之墓在一片年紀至多八九十年的小杉林中，女兒常在林間摘採不知有毒沒毒的菇和野莓，也常有不怕人的野斑鳩，女兒就更不肯走了。

杉林前的田裏有時長滿了鵝黃色的油菜花，那種時候連田畔的桃花都開了；有時農人在焚草葉，焚草時落柿舍院裏的柿子樹通常葉已落盡，墨黑的枝幹上星星點點懸著落日紅的柿子，應該跟數百年前詩人芭蕉所見的景色無異吧……。你每次都忍不住立誓，若你家附近也有那麼一小片五十年不會改變的杉樹林，那麼女兒一輩子在其中終日廝混、不識字、不事生產……，你都絕對支持。

這會是一個非常嚴苛的心願嗎？

二尊院門前的竹器店倒是營業中，密閉玻璃屋裏生著暖暖的煤油爐，你不忘記替討厭日本人但覺得小耙子實在便利爬梳園藝的父親買了一隻，店主可能見你嘴唇凍得紺青，禮貌的說聲好冷呀，你聽得懂，但答不出，只好朝他傻笑。

二尊院到清涼寺的橫巷是你最喜歡的一條路，你且用拉鍊式走法，不放過繞進每一更小的巷弄。

除了四時的色調不同，每一戶人家都是恆久記憶中的那個樣子，泡沫經濟那幾年曾有比較大的變化，有些人家買了車，便把庭院一部分挪做車位，還好僅止於此。砌石牆的人家高處爬滿豐沛的長春藤、近山溝處則鋪滿了馬齒莧，你忍不住摘一瓣泛著瀏瀏霧光的肉質葉莖，冰涼肥厚的觸感很像女兒最愛跟你手牽手年紀時候的手指頭；院子大的人家，有在焚燒修斫下的杉樹枝葉，馨烈的魔煙險些把你催眠不去，你仍得保持步履，不願前面不遠兩名雙頰凍紅各懷一孫在聊天的歐巴桑認出你只是遊客；臨著竹林土塀牆上長年懸飾著幾把乾蘆葦的大戶人家的秋田犬，老樣子只望著你，不吠；沒有一家的櫻花在堅硬蓓蕾以上的狀態，有花的話，也都只是海碗大的白木蓮和血紅的椿花，椿花往往開至盛極，整朵花連蒂栽倒於茸綠苔地，慘麗非常。

古都的大小寺廟神社不知多少，每個人獨鍾某寺某院都有不同的理由，你喜歡來這個有些旅遊書上甚至沒提及推介的清涼寺。

起先是同情的理由，這清涼寺如同它的名一般不分四季都好蕭條冷清，此外它本堂旁有一「秀賴首塚碑」，當日火燒大阪城，豐臣秀賴在天守閣自盡，遺體失蹤成謎，而今數十年前，附近女子學校興建宿舍，挖到愼重包裹良好的人首，根據包巾上的家徽圖樣判斷是秀賴首，便重新葬在清涼寺。清涼寺除了本堂和靈寶館參拜須付費外，境內自由無料，便見居民大門側門穿進穿出走捷徑，當然你也看過趕上課的大學男生持一盒鮮奶專程來餵境內的一隻大貓，也看過上班族中年男人下班途中匆匆拐進來合掌參拜，不過騎單車來此的嵯峨野小學校的學生比較多，他們寒天也穿著短褲短裙，兩頰又紅又鼓像富士蘋果，搶著大聲說話吹牛爭論，很像藤子不二雄手下那幾名小鬼，此外尚有穿蕾絲邊圍裙來遛狗的少婦以及大量的老人們。

久了，你比較是感同其情，你常坐在簡陋的木條凳上，任女兒放野小狗四下跑，來的時節若是梅雨剛過，古鐘樓旁潦草的梅樹林便可摘到熟透的黃梅，梅子在樹上熟透時，向陽的那面會泛著很美的嫣紅，但仍舊酸透了，你難卻女兒盛情，吃得牙都倒了。

是這樣吧，在死之前，若還有一點點時間，還有一點點記憶，你還可以選擇去哪裏，就像很多人急著無論如何要離開醫院而回到他熟悉之地通常是所謂的家，你，會選擇這裏吧，因爲，因爲唯有在你曾經留下點點滴滴生活痕跡的地方，所有與你有關的都在著，那不定它們就會一直一直那樣在下去，那麼你的即將不在的意義，不就被稀釋掉了嗎？

你曾讀過某人記憶他在死牢裏的自傳，他說，看到窗外如常的陽光，聽到警衛在聽收音機傳出的熟悉小調，只要這些明天如常在著，他的死，就顯不出來了。

爲什麼不是選擇你出生、成長、生育子女並初老的城市呢？

爲什麼不是你來自的城市？……你坐在木條凳上，冰得像坐在水裏。

告示木牌上寫著，四月的第二個日曜日和第三個土曜日才有嵯峨大念佛狂言。

大概，那個城市所有你曾熟悉、有記憶的東西都已先你而死了。

此刻隔著大洋想起來，它更像一條陌生、沒有航標的大河，你生活其上，時不時做些妄想撈月或做些刻舟求劍之類的傻事。例如你來的前一個月，某鄰國在你們島的南北海域連續飛彈演習，整個島便有很多人搗了蜂巢似的衆聲嘈雜沸騰。你是屬於相信或會戰起但並不害怕的那類人，緣此，當然另外尚有相信會戰並且很怕、不相信會有戰爭因此不怕、不相信會戰但還是很怕的……幾類人。

你不怕，是不過因爲早早發現面臨重大、尤其生死存亡時，人所能做的實在不多，例如某國火山爆發，方圓好危險範圍內的居民奇怪怎麼都不跑人；你早弄不清的中非或巴爾幹半島現在到底是誰打誰，但那些戰區百姓怎麼傻傻的不趕快去國；登革熱發生率如此高的高雄，怎麼還有幾百萬人面不改色的照住不誤；一年有一半時間泡在水裏的東石鄉民怎如此認命？……

你終於明白，其實你們啥事也無法做，你們二十四小時的生活規律如常，無房地可變賣，無餘錢去銀行排長龍擠兌美金，你只得和很多人一樣首度希望某國國防的科技水準能和山姆大叔在波灣戰役表現的同樣好，射得準一點，準準的把飛彈定點射到他們認爲是禍首的那人家裏就好，千萬別殃及無辜。眞的有人這樣相信，起碼你丈夫一個賃屋的同事便因此遷出離官邸五百公尺方圓的租住。

那些充滿了笑話和聰明主意多空交戰的日子裏，有時你站在街口等紅燈（有一次等好久，因爲閣揆要回家吃晚餐），看著街景，忍不住想，這，會是最後一眼嗎？那就記下它吧……，發覺好難記，不特別提醒自己的話，向左望向右望，無一例外被各種醜怪市招包裹著、住商不分的五層七層十三層樓幢，騎樓人行道擠滿了摩托車檳榔攤消防栓垃圾桶，天啊老年癡呆提早病發這是哪裏!?三重？中永和？新莊？台中重劃區？台南重劃區？……

是一條沒有航標的大河，偏你不信，老想不止兩次插足同一條河流，三千年了，不改。

✲當我死時，你會發現白橡樹印在我的心版上。

——梭羅

白橡樹最高可達三十五公尺，葉子呈裂齒狀，美極了的溫帶喬木，季節正巧的時候，樹下常落一地造型可愛的橡子，女兒在迷トトロ龍貓的年紀，每天撿拾一衣口袋把它當作ドングリ栗子，旅館桌子堆不下了掉在地氈上，清潔工倒也從未把它們當垃圾清掉。

誠實的說，印在你死前心版上的，當然不會是白橡樹。

會是什麼呢？

走過尋常的燒烤店，你被薰得熱淚盈眶，或許，或許是那××食堂吧。××有時是老闆的名字，阿水，阿旺，有時是小鎮的鎮名，銅鑼食堂什麼的，食堂的看板店招從南到北一律漆著原意可能是海洋的褪色的藍，四周畫著紅色的魚、彎曲身軀的蝦，一絲不差的好像現在遍見的各種加盟店。食堂大多位於小鎮熱鬧的中心，通常在縱貫線火車站旁，你外公去遠處出診或北上開帝大醫學專科同學會的日子，外婆就拋開先生娘的身分，揣著私房錢，挑一個最疼的第三代，很長一段時間是你，去食堂切半隻白斬黃油雞和痲油腰花，這些都是外公平日嚴格控制外婆的高血壓不准多吃的。你哪愛吃這些，一心只想吃金剛糖球或是醃芭樂，因此火車站廊下的小簸仔店才是你的聖地。你掙脫外婆，口裏含著嚥不下的肥油皮，溜到火車站廊下玩耍，你抱著它光滑檜香的廊柱，臉頰親愛的偎著它，很小時候就感覺出火車站的莊嚴和那單調不興旺的小鎮不成比例。

同樣不成比例的還有郵局，你有時跟屁蟲必定要隨你外公的司藥去郵局辦事，郵局特高的屋頂、陰涼森嚴如故事裏官府的氣氛叫你自動收了哭鬧，你的直覺眞是半點沒錯，百年前治台的第三任民政長官後藤新平引唐詩「不睹皇居壯，安知天子尊」，說到做到，此後十年，你們或親愛或畏懼的駅站郵便局在全島陸續完工。儘管你外公家不在舊日的府州廳，車站仍有個文藝復興式的三角形山頭，駅站內有著具體而微光滑無槽的托次坎柱子，不看廊下和式的木柱和木窗和粉彩藍的窗櫺的話，是典型的樣式建築。

本質上，它們混亂的風格，和你分不出是三重永和桃園的那些非洋非閩非台非違建的混亂樣貌有很大的差別嗎？爲何前者的拆毀重建會令人如此驚慟，難道只因爲附加了記憶嗎？那麼女兒的時代，必定也有屬於她充滿溫暖回憶的事物了，難道你只是像很多初老的人一樣，不知不覺掉進懷舊的陷阱罷了？

……應該還是不一樣吧，你隔著大洋，化繁爲簡的淸楚看著女兒的生活動線，學校（校齡六年的學校只因更換兩位校長而徹底動工兩次，毫無必要的玄關挪這兒銅像移那兒，可憐的校樹非戰之罪的被掘起來改植他種）、家（附近的山坡被財團建成十來幢大廈空屋）、朋友家（玩電腦）、同學家（玩電腦）、堂哥家（玩電腦）、速食店、百貨公司……，當你們在鳥不生蛋的國家都可以在布置、色調、空調溫度一樣的速食店裏輕易點到口味價位一樣的速食時，女兒會對這家麥當勞移到隔條街口或那家31冰淇淋關門有若何不可取代的記憶嗎？

當這塊土地沒有了無可取代的東西能夠黏住人民時，人民只能無可奈何而非心甘情願的留下……，新的統治者一定也察覺這一點了吧，難怪把社區主義高喊入雲，希望藉此人民能夠不看佛面（國家機器、統治者）看僧面（鄉土、同胞），後者的政治正確性哪兒有人敢挑戰，你何曾見過無所不批判的反對黨敢對土地人民有過任何微詞。

屬於女兒的時代，她會記得的，或她會爲它的不在而驚慟的，會是什麼？會是什麼印在她的心版上？

美麗的白橡樹？嫣紅熟透的黃梅？龍馬墓前的金龜子幼蟲繭？上廁所時懸夾在褲腰上的計步器掉進便池因而哇哇大哭的知恩院？哲學の道琵琶湖疏水道裏的野蛤？洛匠庭園池裏的太陽旗錦鯉？醍醐寺院牆口那株奧村土牛畫過的大垂櫻？河原町三條寶塚五樓每年一部的小叮噹長篇映畫？聖護院八橋的和餅？東大寺境內的鴿羣和拾銀杏葉？做功課的 Doutor 咖啡？還是嵯峨駅對面的和紙店？……她都好放心，每次還在前去的車上就盤算著，這次可以買些什麼什麼紙，街角轉個彎就到，永遠在那兒開著，從來不曾讓她失望，和紙店隔幾家有家叫廣瀨的小咖啡館，家庭式的不超過十五個人座位，咖啡菸霧中到處散置著報紙雜誌比誰家都亂，女兒總在那裏迫不及待的打開新買的和紙摺起來，你透著米色蕾絲窗紗的窗口望望街景，覺得從未離開過，不論這次距上次已過了一年或好幾季，無論你已經從二十歲到四十一歲。

大概是這個原因吧，清涼寺永遠會在那裏，世界文化遺產十七社寺的天龍寺清水寺延曆寺永遠會在那兒，有著多種文化指定財和國寶的東本願寺南禪寺東福寺永遠會在那兒，二條城野野宮永遠會在那兒……，但凡在有一點點人活過的地方，這，稀奇嗎？

島內這些年不也有許多一級二級三級古蹟嗎，例如你和A曾流連不去建於咸豐八年的龍山寺、以落鼻示警幫過淡水人打贏過法國人的清水祖師廟、眞理街淡江中學對面的傳教士宿舍洋樓……，有一年夏天，A穿著削肩T恤牛仔褲，你穿著涼鞋白短裙，兩人坐在雪白洋樓的陽台短垣上不知說什麼說得那樣開心，不察A的某名建築系男朋友拍下照片。

很長一段時間的每一個夏天，你總要抽空去一趟，清水街英專路口吃一碗石花冰或綠豆湯，好像你今天走到三年坂一定會到聖護院總鋪去吃碗拉麵和店家免費供應的和餅抹茶；有時你在渡船口下車，擠在一堆買魚網釣具魚丸鐵蛋的觀光客中，不過你一點也不煩躁，拾級而上到山腰的白屋去，苦楝樹下一個人都沒有，你坐在那裏一下午就像你坐在冰如水裏的清涼寺一樣，眼下是靜靜躺著的觀音山、右邊是長老會教堂尖頂和微露屋頂的偕醫館、一八八〇年建的偕醫館旁的大榕樹和緬梔花，與呂基正、楊三郎數十年前寫生時所見無異，你又覺得你好像從未離開過一樣。

一直到某一年，你帶著確定要結婚的丈夫拜訪你的祕密花園。如同往常一樣，熟門熟路逕穿過偕醫館旁的大榕樹下，你拉著他的手，邊提醒他注意腳下綠苔的濕滑，穿過斜坡濃蔭，豁然開朗，眼前的眞理街，不是了，是一條所有城鎮縣市都有的八線道寬的中山路，剎那間你竟然也想不起來原來該是什麼，你像個發現屍體報了警回現場卻見屍體也沒了血跡也沒了一切完好如常的目擊者，你哽咽的告訴未來的丈夫，這裏原來不是如此如此，應該好像是那樣那樣，慌張的漫空指東指西，總之，你迷路了。

晉太元中，武陵人捕魚爲業，緣溪行，忘路之遠近……

你再也沒去了。

大概是這樣吧，你跨出這個管它什麼兩顆星或一級古蹟或指定文化財什麼的清涼寺古山門，不會令你失望駭異的，再冷的天，老鋪森嘉的門口仍羣聚著幾名買豆腐的附近居民。有一天，當你死後，他們一定還是一樣傍晚在這兒排隊買豆腐，死後的活人世界是如此的可預期，好令人放心呀。並不是只有你這麼想，一個自傳寫在死前兩三年的老導演說，對於所有老年人天天都得眞實面對的死亡問題，他唯一的心願只想能每十年從棺材裏坐起來讀讀報紙，知道這個世界仍運行如昔就足矣。

不是只有冰冷冷不染塵埃保存良好的古蹟就足矣……

你忽然很想見A，單單純純的想見她，忘情的想著眞的是親愛的十五歲時候比父母比什麼都與你要親的朋友呀。

天黯欲雪，平日擠滿了觀光客的渡月橋，現下一個人影都沒，橋顯得好長好遠，你把圍巾重新圍攏，瑟縮趨步的身姿令你想起好些年前電影《阿寒》裏吉永小百合走在同樣的渡月橋的一張劇照，但平闊的溪山和夾岸的人家燈火和燈籠式的路燈和橋上特有的又長又冷的風，好像五歲之前的某一刻，外公外婆牽著你站在一條同樣空氣的大橋上，原先你睡熟的，被喊醒下車，外公指著要你看中部最大的河流大甲溪，你們立在大甲溪上新建好的大橋上，外婆用日語向外公感歎著什麼，可能是好大呀或好美呀或好冷呀，你全身罩著外婆剛剛懷抱過你暖暖的粉香，不知在憂傷什麼，可能是怕黑、怕外公。

果然飄雪了，你慢慢走在渡月橋上，戀戀憂傷的心情與近四十年沒再想起過的五歲前的某一刻一模一樣。

旅館會英語的辦事人員回答你，並沒有任何給你的留言、電話或傳眞。

你回房間看了一會兒新聞，並無任何空難的快報，不怪你神經質，像A她們美國人，應該是很守時守信的。

第一次你才覺得你們這種約法十分奇怪，農業社會式的，甚至尾生時代的，首先，你連她打算飛來的航空公司班次都不知道，全憑那一紙傳眞，A也沒問你從關西空港到旅館大致該如何接駁，只留了你傳給她的旅館址，大概，她也以爲這只是個小小的古城，比起她這些年待過的大都會，這確實比你們少年時愛跑的小鎭大不了太多。

這你才想，這一切，可是A在一時興起下的邀約罷了？例如工作上不愉快，或與丈夫同居者的一次嚴重爭吵……，這些都非常可能，不過一兩小時前你不是才忘情的極想見A，以爲她親愛過你的父母、丈夫、女兒？

你穿上最暖的裝備，臉上厚厚的敷一層防風的隔離霜，決定去吃寺町通和六角通交口的道樂螃蟹拉麵，儘管五點早已過了，五點之前，一大碗螃蟹拉麵加一盅鮭魚親子丼的套餐，只要八百九十圓。

吃完麵，飽了，暖了，整個黃昏的戀戀憂傷遙遠極了，原來是血壓低的關係，傍晚時，血醣血壓低，身體感到危險，就逼人去想生死大問題。

走到本能寺，才折回頭，燈火輝煌的三條通，好多國內各地來春季旅遊的高校生在買土產。女孩子們制服裙穿得短短的都不怕冷，擠在大西京扇堂店裏大概打算替母親挑一把美麗的京扇子吧，像很多年前你做的一樣。

你已經過門不入好多回了，但它總是在那兒，眞叫人放心。

三條穿到木屋町通了，你猶疑該走進去，還是走下一條平行臨鴨川的先斗町。木屋町的楊柳已抽芽飛綠了，讓路燈照得翠生生的。如此叫人愛不釋手難以抉擇的町路在你生長的城市曾經也不少，你們就往往走在最老的重建街上，邊下石階邊左顧右盼，每一條交叉而去的渺遠小巷都讓你們覺得錯失了不知會是多大的遺憾，還有A住過的雲和街、潮州街、廈門街、杭州南路等，A家在中部，中學大學就都在外租屋，房東常是已出國的政府退休官員所遺下專門負責收租的副官或傭人夫婦，依住所大小有時同時分租給好幾個學生。你偶爾留宿A的住處，有時一起聽也出去唸書的房東子女留下的老你們少說十年以上的唱片，那時候的歌好像喜歡在一間空洞洞的大空房裏的錄音效果，好比 Nat King Cole 唱的 Too Young 和 When I fall in Love，錯過後者的四十年後可以在《西雅圖夜未眠》裏再度聽到，眞的是空空的房間，連 Paul Anka 唱 Dance on Little Girl 都顯得好生淒涼，你們坐在老傭人太太擦得冰亮的檜木地板上跟著唱片套上的歌詞唱，庭院的樹太密了，帶著蟬聲的夏天陽光都照不進來，木屋子有些部分快朽了，冒著微甜的香菇木耳味，混合著窗前的青苔地和鳳凰木彷彿有毒的刀形豆莢味，你和A交換過的一閃即逝不結婚的誓言，哪一樣，A可能不會忘記？

大學時，A雖在學校登記到宿舍，可是仍然保留最後在金華街的租處，正好堆放她過多的衣物和書籍，不過更重要的是，很快的那裏彷彿成了你們好幾個正戀愛昏頭的約會處。你在文學院某教室前等到A，問她今天回不回金華街，不回的話就鑰匙借你，A說鑰匙在誰誰誰另一名女孩那裏，並說誰誰誰老不摺被子、吃個東西也不收拾招一堆螞蟻，你回答A，你和×××一定會收拾好再離開，×××是你當時的男朋友，A看你一眼，咸豐七年春正月，大雪。

你和×××心存僥倖並且不大熟悉避孕的技術，×××體外射精在木質地板上，你拭了又拭，它融入木縫裏去，×××亂翻著A的書，沒興趣，遂放起房東子女的唱片，是坂本久的 Sukiyaki，又是在一間空盪盪的大房子錄的，二十歲的坂本久吹著悠揚的口哨，都不知道他會在二十三年後的八月十二日的國內空難裏死掉。

✽台民喜亂，如撲燈之蛾，死者在前，投者不已。

——仍是藍鼎元

A不借你鑰匙的話，你們就沒地方可去，煎熬不已的徘徊在街角，只好假裝去看電影，假裝去公園散步，假裝談點童年或哲學。

也曾經本來在等公車，後來情不自禁交纏到一間老公寓昏闇的樓梯間，結果被一住戶老頭打一對野狗似的趕出來。

後來眞的有點愛上其中一個男孩子了，就想過著想像中的夫妻生活，希望A能讓你住一段時間，你告訴父母你在學校抽到宿舍，至於原本只肯租給女生住的老傭人夫婦，錯覺你是主人驕橫的女兒，只得莫可奈何的忍耐著。

十年後再經過它，門上釘著寫有字的木牌，它變成某個泡沫政黨的島內支黨部，與你的愛情命運差不多。再十年後，它的命運遠不如泰順街五十巷五號的被做爲原住民旅北同鄉會，已經看不出有沒人住，門封死了，鳳凰木、芒果、後來追上的桐類密密遮了它的黑色煉瓦。前年，路拓寬，削掉一半，鄰人們的廢料垃圾得以堆棧。年初，夷爲平地，圈起工程圍籬。

淸人得台，廷議欲墟其地。

——千重子：「養父母既然那麼疼愛我，我就不想我親生父母了。他們大概早已成了化野附近無人憑弔的遊魂了吧？那塊石碑都已經破舊不堪了……」春天，溪山柔和的暮色，幾乎把京都的半邊天染上了一層淡淡的霞光——

祇園街上卻滿滿都是人，全往八坂神社走，花見小路口的一力亭茶屋門前站著好些等看藝妓的日本觀光客，好幾年前，你也曾和女兒坐在對門的科羅拉多咖啡館，隔著透明大窗等待藝妓。一力亭長年垂著布帘，隔著庭園可以見到空曠無人無擺設無聲響的玄關廣間，彷彿正待演出的舞台。

你也隨著人潮走，從神社到圓山公園夾道擺滿了小攤，有吃有玩的，小時候過年的氣氛，人潮流到大垂櫻前的廣場就滯淤了，儘管每天新聞都報了花訊，大家還是照來，這個季節不來也不好去哪兒。店家也一樣，每棵櫻樹下都早鋪了紅氈，隔段距離就燃起一竿庭燎，隔一會兒不知燃到什麼，爆起星散的火光，路人就又驚險又興奮的推擠鬼叫一陣，廣場邊，多了幾攤平日沒見過的街頭表演，可能都是外籍學生，有拉小提琴的，有穿燕尾服表演吞劍的，還有一名高個子金髮女子，希臘女神打扮，露著雪白的手膀演奏豎琴，冰藍色的眼珠凍得又結了一層薄冰。有電視公司正打強光照著大垂櫻，無非爲了再次說明今年眞是冷得還沒半點開花的跡象呢。

我在聖馬可廣場，看到天使飛翔的特技，摩爾人跳舞，但沒有你，親愛的，我孤獨難耐。

你邊走邊欣賞著樹下一攤攤的醉態，有上班族男生扯鬆了領帶，對女同事忽然操著蠻橫的口氣，女同事們奇怪都不生氣，像媽媽一樣的微笑忍受，老先生們喝得比較徹底，早就衣冠不整，汗巾綁在額頭上唱起演歌來，很像你的外公，其中一人亂中見到你，醉態可掬的喊住你：「ネエサン！」叫你大姊，也很像你外公，喝了些酒時會這樣喊你外婆。那時被喊「ネエサン」的外婆是什麼樣子？傻笑著？在外公面前永遠傻笑著但同時不忘帶領傭人和你的舅媽她的媳婦們在搓湯圓，做綠色的蟻粄，若第二天是上元節，次日你們得去公太的墓前掛紙的話。你最怕吃蟻粄，綠綠冰冰黏黏的用一截月桃葉片托著，天知道月桃最愛長在墳地，辛烈的氣味根本就是長年吸食死人骨髓的結果。

因爲害怕吃沾了死人氣的蟻粄就不上墳，因爲逃上墳就要求在上元節前回父母家……，好些年後，成了忘記自己原先也是有墳可上的人。

粵人祀三山國王，漳人祀開漳聖王，泉人祀保生大帝。

依歲時，大晦日除夜，你於清水寺前靜穆心情聆聽僧侶們撞那一四七八年造迄今的古鐘；次日，平安神宮初詣，神宮境內前日的篝火餘煙給凍得直直的；七日內還沒離去的話，便去上賀茂神社觀看單調的白蒼馬奏覽神事，神前供養著七草和七草粥；花祭第二個日曜日，醍醐寺的太閤花見行列，重現慶長三年暮年的豐臣秀吉最後一次偕妻北政所、妾淀君和百官在醍醐寺的賞花大會；月末，伏見稻荷大社的稻荷祭，朱塗飛簷梁柱襯著墨綠的黑松，鼓笛尺八終日不歇；五月葵祭，爲了躲梅雨季，你從未參加過；夏末，愛宕山下化野念佛寺的千燈供養；九月杪，本能寺僧在大堰川施餓鬼法會；十月終，北野天滿宮余香祭；二十二日，A的生日。

二十二日，時代祭，你尾隨人潮和鼓笛音從御所、烏丸通、三條、到神宮道，遊行列皆做著名朝代人物的服飾妝扮，古都秋天一幅優雅的歷史風俗繪卷，向你緩緩展開……，有幕末志士桂小五郎、坂本龍馬，江戶時代名女人吉野太夫、出雲阿國，桃山時代的秀賴和織田信長，鎌倉時代的大原女、桂女、淀君、靜御前，藤原時代的紫式部、清少納言，殿後的是延曆時代公卿諸臣的上朝情景與平安神宮遷都時警護的丹波弓箭組。

至於島上的歲時節慶，三月十五迎保生大帝，三月二十三媽祖生，五月十三霞海城隍祭，五月六日清水祖師得道升天之日，十月十日水仙尊王祭……，你常常被迫參加的是金母娘娘的婚喪喜慶，眞的是婚喪喜慶，不然何以一年裏那麼好些次，巷口的慈惠宮鋪天蓋地一夕間搭起醜怪的鐵棚架，當路口好大一尊汽油桶，上漆著要求車輛改道的小學三年級字跡，然後就連擺至少三日的十幾桌信衆們，嚼蠟似的無甚表情在看改黃版的歌仔戲或朱延平電影。平日，廟祝及其執迷者都在門首勤練乩童技藝，它是六合彩組頭收放彩金處，也是該里大小選舉的投開票點，和某某農會來推銷花粉蒜精的說明會場所。

你每走過九十分貝誦經聲和金爐紙煙繚裊的宮前，見廟祝穿件印著××金獅團汗衫和街坊幾個有名的遊民一起泡茶摳癢看豬哥亮錄影帶，迷惑它在本質上與同樣被町民們充分使用的清涼寺眞的有天差地別嗎？不然爲什麼你會願意在清涼寺無所事事坐一下午，而走避不及的逃離你天天得行經的慈惠宮？

——舍祖宗之丘墓、族黨之團圓，隔重洋而渡險，竄處於天盡海飛之地——

近三百年前的《諸羅縣志》曾經如此描述你的母系祖先。

你的祖先在「片板不許下水，粒貨不許越疆」的年代，僅攜著一根扁擔就渡海，扁擔至今供在祠堂。關於這名祖先的傳奇，版本很多，有成功有失敗，端視後代子孫教訓子女時所需。你比較喜歡的是矢內原忠雄的說法：青年爲土匪、壯年成富豪（與現今多麼的一模一樣）。

扛根扁擔、羅漢腳的祖先，曾經一心想，甚至眞的成功當過土匪……，這樣想著，你不禁從心底一路笑到嘴角……

夠了，你覺得夠了，今晚足夠了，可以回旅館，不管A在不在、來不來。

四條大橋頭的巡旅僧仍杵著，不知是否是同一人。鴨川畔，規定似的每隔五公尺就一對緊緊相擁的戀人。氣溫只有攝氏兩度。

木屋町通的阪急電車地下道口圍著一大羣人，是一名一人樂隊演唱的老外，短袖T恤仍唱得渾身大汗，歌是你年輕時的流行歌繫條黃絲帶在老橡樹上，點歌的日本女孩拉著女伴很樂的就地隨意起舞，桃精柳鬼一般。你也駐足在人羣裏，高瀨川畔的楊柳美透了，記憶中，只有詩詞描述的蘇州和大學時學校側門瑠公圳畔的情景可比。

樂聲結束，圍觀的年輕人一陣鼓掌口哨騷動，有人遞了張鈔票，又點了一首你年輕時流行過的歌，有意讓唱者歇息似的，是節奏較慢的 Alone Again，你喜歡得不得了的，因此不忍卒聽，漸行漸遠。

晉太原中，武陵人捕魚爲業，緣溪行，忘路之遠近，忽逢桃花林——

應該是，清康熙年間，漳州南靖人郭錫瑠自大坪林引水做灌溉渠道，造木筧引青潭溪水橫過景美溪，經公館折向大加蚋堡，自乾隆五年到二十五年，是爲瑠公圳。

你打算好好睡一場覺，放棄了四條街上一家家美麗咖啡館的又濃又香的熱咖啡。

——千重子抓住紅格子門，目送孿生姊妹苗子遠去。苗子始終沒有回頭。千重子的額髮上飄落了少許細雪，很快就消融了。整個市街也還在沉睡著。（全文完）——《古都》

飛機是上午十點起飛，因此你離開旅館時仍是清晨，整個市街也還在沉睡著。你回頭望望，目送你的只有早起的旅館經理，你無法向他解釋爲何不等花祭，並且取消原先預訂的一星期的住房。

你直覺A不會來了——自始至終你都沒相信她會來對不對？——她比較像三線道的那些茄冬，比較像坂本久悠揚的口哨，比較像曾經的很多個夏天，你們相約在火車站前，你等她的時候多，烈日當空照得你一無所覺，心臟太新，血管夠韌，汗水濕透前胸後背都未有任何異味，那時天人還未五衰，你是四條大橋橋頭四時不動如清涼地的巡旅僧，心如止水。

不知打從什麼時候開始，飛機著陸島上震動的那一剎那，你都會默唸「土番所處，海鬼所踞，未有先王之制」，咒語似的唸一次以後，就比較能接受一出機場的黏熱和逃難一般的混亂瘋狂場面。

果然便有個開九人巴的中年司機用日語向你遊說招攬，並頻頻催促你決定。你猜想他是在推銷他的車位和旅館。你不開口，決定當一名異國人，便頷首答應，於是你被俘虜似的掠上車，車裏的標幟告訴你，原來是火車站附近的旅館，記得以前一個住南部的好友北上考聯考時就是住在那一家。

旅館應該距本町書街不遠，你掏出在祇園書坊買的一本介紹島國的旅遊書，書內且附有殖民地時代的地圖和景點。司機先生臨闔上車門際瞄到了，指戳著你手上的地圖忽然啞巴一樣急切熱心的示意你將住的旅館坐落位置，表情十足是書裏描述島民的「笑顏、親切」，你禮貌的向他微笑點頭，新奇的打量車內和車外的一切。

不急，你的假期還有一星期。才開始。

在時時擔心會失火的淺眠中醒來，你帶著地圖，穿上行囊中最薄的衣衫，乖乖依旅遊書的建議，從旅館不遠的摩天大樓展望台開始當日的散策路徑。

摩天大樓高二四四公尺，台灣第一高，與東京都廳足可匹敵。

你從來沒有過這個角度看你生長三十多年的地方，大概老天爺城隍爺就差不多這種距離看吧，不太遠也不太近，如此那些前日你曾在高速公路九人巴上感歎「天啊要醜到這種地步也眞不容易……」的房子才不致那麼明顯，連每隔五分鐘就降落松山機場的航機們也大冠鷲似的優美的緩緩掠過劍潭山腰——啊找到台灣神社了，那麼接下去ビル建物谷間就應該是勅使街道，往南延伸，找到了台北州廳，東線的三線道路就清清楚楚了，書上說，常夏的台灣，夾道的並木大王椰充滿了南國風情，景觀之美有東洋小巴黎之稱。州廳旁羅列南去的是第二高等女學校、蒲葵海棗掩映的幸町教會、台灣總督府研究所、外公唸的帝大醫學專門部、帝大附屬醫院、赤十字本部（得把那棟醜怪特權破壞天際線的十幾層某黨部大樓抹掉）、小丑樣的可憐的景福門、東門町不介壽路不凱達格蘭大道上、台灣總督官邸，你總算看到它的後園了。

高中時，那是你們常流連晃盪的地方，總奇怪它占地如此大的石塀牆內是什麼，不須知道它是世紀第一年建的，你們就已很滿意它文藝復興的味道，穿著校服，坐在石塀牆外潔淨的紅磚道上，好幾人咧著嘴在笑什麼的留下過這樣一張相片。隔馬路是近藤十郎設計、也是文藝復興風格的帝大附屬病院，後來你在外公的大學畢業紀念册上也看過那麼一幀黑白相片，幾名五四青年打扮的大男生坐在常德街上，旁邊的日文望漢字生義大約說，這是朝朝暮暮他們最常行經、最將永遠思念的一條路。

相隔半世紀以上的這巧合，眞令人失去現實感。

日後，這些也會輕易成爲女兒牢牢不去白橡樹的印象吧，從這個角度俯看這城市。

如同高架捷運穿越過參差灰敗的大樓會如伍迪艾倫的電影一樣響以 Sleeping Lagoon 的小喇叭聲，你低眉俯看腳下的城市，不由響起的仍是常被拿做紐約襯景音樂的蓋希文的藍色狂想曲，不過你很快就想起你在哪兒，因爲身旁不時發出驚歎的遊人都操著日語，手持殖民地地圖。

你離開大樓，大樓原址是鐵道ホテル，你記得的是，原先在目前電扶梯出口處是你們每個月得來一次排長龍辨公車月票的地方。

你擇表町走，遙遙朝南可望見新公園的兒玉總督、後藤民政長官紀念博物館，書裏用了大量篇幅描述這幢樣式建築全盛期最典型的作品。公園你大概有一百年沒來了，才知道原先花鐘處是兒玉總督的銅像台座，二二八紀念碑建後給改種成樹，原來陳納德的銅像是後藤新平，當初協力出資的有辜顯榮李春生。

二二八紀念碑區弄亂了你記憶中的新公園，天啊難道那幾株橄欖又礙誰惹誰了！你尋它們不著，只得先走出林區，找到那幢美麗的西班牙房子。美麗的房子現在才知道是六十幾年前建妥的放送局，你們常在它旁邊的楓香林子拾落葉做大夢時，它是中廣舊舍，現在，是市政府工務局公園路燈管理處的辦公室。

楓香林子還在，你又懷疑它給裁截過，不然區區幾株樹如何可以讓你們藏身並擔負你們數人的傻話癡夢，你們仰著頭，藍色潔淨的天空襯著勉強斑黃的溫帶秋葉，看久了不知置身何處，就可以編織將來要去哪裏哪裏、大多是天涯海角之地的夢想，舍祖宗丘墓、族黨的團圓、隔重洋渡險、竄處於天盡海飛之地的哪裏只是一直被指摘的你這種父輩四九年來台的族輩。

從公園靠榮町的側門出去，書上向你推介新高堂書店，你還清楚記得陰涼如神仙洞府的一樓大廳，沿壁而上的弧形樓梯，磨石梯階給經年踏得光滑冰涼，隔壁「三六九」每有新蒸松糕出籠，那發酵的香味便穿牆過來，逼使你們棄書而去。神仙洞府一九八〇年拆毀重建成玻璃帷幕大樓至今。

台灣銀行，一九〇三年野村一郎設計的木造Mansard Style建築。一九三四嚴重蟻害，一九三八改建至今。你以前和A最喜歡大步走過這裏，奇怪從沒抬頭像你現在這樣細看它整個建築，那時候你們曾一致同意，這家銀行（你們甚至分不出它與其他銀行的不同）若肯把它的窗子全改成透明櫥窗，放上美麗的珠寶首飾什麼的，就非常像電影《第凡內早餐》裏奧德麗赫本心情不好時就會去流連的地方了。

台灣總督府，一九一九年依公開競圖獲勝者長野宇平治的設計建成，原設計圖中央塔較低，有圖爲證，眞的比較怪，後改爲九層，是你們記憶中絕無可能再更動的、什麼呢？

十月三十一日，忘了是否出於學校的規定，總督府優先開放給你們這些做鄰居的，你們大都好開心的排長龍進府，行禮祝壽完可得壽桃一，孫女似的天眞無邪，可能要到二十年後國際新聞報導裏你看到爲金日成衷心祝壽祈福的那些裝不來的人民的笑靨，才恍然並感歎不已。

你眞羨慕那些從來不曾去排隊領壽桃的（印象裏，班上確有那麼幾人），從來不會被統治者的愛國教育所感動所激勵所洗腦，甚至看一眼黨旗就會悚然驚懼，而非你們大多數的熱血沸騰當下想到陸皓東黃花崗……，同樣十幾歲的年紀，她們是如何做到的？以至在日後的啓蒙成長和獨立自主人格的養成上，省了好大一段冤枉路。二十年後政治正確的寫作者也許不難替她們安排一兩位二二八受難親族、或耕者有其田政策下被合法掠奪過家財的、或在牯嶺街買到《自由中國》或《大學雜誌》並因此啓蒙的，不然就有個替康寧祥郭雨新偷偷發宣傳單的姊姊或男友……，但是你的同學們，你試圖回憶著，她們是如何辦到的？你記得的幾名或頭腦清楚或凡事淡漠或眞可能有受難家屬的，其中一人二十幾年音信斷絕的在省市長選前與你聯絡，匆匆寒暄不及敍舊，便推介某政黨某候選人；也有父親是大稻埕的雜貨商，大學和出國後都是唸政治，她的獨立主張在你們學生時代是十分鮮明罕見的，她的曾經認眞考慮要不要應教官的邀約入國民黨和唸書回來即進政府機關工作也是極爲讓你吃驚的，你想她可能只是要去臥底或走體制內改革的路，可是同樣選前她約你喝下午茶，希望你投票支持她目前工作的老闆連任，你也吃驚不已。

——她們這些當年不肯領壽桃的，在想什麼？

繞過總督府，書院町上註明的景點有遞信部、台灣電力株式會社、總督府圖書館……，你站在書院町一丁目，左望桃源街，乾麵店羣給拆光了，圍上工程圍籬；右手邊，書上說是淡水館，之前是登瀛書院，一八九八年辜顯榮買了改爲台北新舞台，戰爭末期毀於美軍轟炸。屬於你的記憶是中華婦女反共聯合會，但凡名字長到這種地步，你們照例就搞不清那是幹什麼的，只每學期的其中一堂護理課全班會被帶到這裏替前方戰士做、不是征衣、是療傷的棉花球。棉花球在女工們談笑間或大或小或鬆或緊或歪扭或灰髒，將士們敢用才有鬼。

乃木町。被榕樹和楓香掩蓋的大戶人家門口停著一輛越野吉甫車，車身上貼滿軍國主義味道的貼紙，與隔巷的周至柔的西班牙式房子一般數十年來無任何改變。像這種從未有任何改變，只任憑庭園樹種肆意怒長（通常是原住者植的南國風情的、對、椰子檳榔芒果榕樹……）好遮掩住煉瓦屋頂和石塀牆，免遭人注意。如此的人家呼之欲出的還有好些，之所以不想惹人注意，大多是因爲前朝遺老退隱了還占住官舍之故，有那操守清廉的，更是謙抑難捱，惟恐子孫招搖惹事，子孫偏不少三更半夜開個越野吉甫或跑車在門口大按喇叭，要也退休的副官或傭人老夫婦來給開門。有二代子孫唸了書還肯回國的，便想法偷偷拓建施工，有貼了面磚如復興南路一段二九五巷子裏種了十四棵大王椰的、新生南路一段九七巷裏長滿玉蘭茄冬樟樹的人家，然後他們都會在八〇年代末的幾年間，應回國無聊過暑假的第三代要求，砍幾株樹，鋪塊水泥地，立個籃球架，肥滿的孫子們就都以爲自己是ＮＢＡ的英雄好漢們，不信的話，搭一趟捷運，復興南路大安路的兩岸官舍人家可資證明。

　　也有相形之下令人大爲不平的如瑞安街一三五巷長滿油加利和洋紫荊的大院落（整戶人家的幅員可抵正對門數十戶和平東村的一半），和信義路三段一四七巷師大附中旁的和安里……，上述可能住著的是資政和有給國策顧問級，因爲配有警衛崗哨，尤以後者，區區一四七巷之隔，大家約好了似的單數十七弄一、二、三、四號你做大官，雙數十二弄裏我做亂世小民一口氣擠了二三十家老眷區違建。和安里的布告欄上早先張貼的淨是激勵小民們的愛國標語口號，近年爲配合新統治者生命共同體的口號，較溫暖多了，舉辦種種尋求社區居民建立認同感的軟性活動……，你總好奇著，只要一四七巷這條楚河漢界一天如此清楚分明的在著，雙數小民們的生命和單數大官如何可能一同？

這些人家也有早早想法解決了土地產權問題的，便依二代子孫回國的年代、所學、駐外的地區而改建成不同風貌的房子，有宗法格羅培斯(Gropius)的哈佛箱型屋，有密斯(Mies)的玻璃鋼鐵風格，有貝聿銘成爲大師前在波士頓 Stone & Webster Engineer 公司設計的，有邁爾(Mier)的大框架玻璃牆，大師洛易斯・康、乃至另一位大師，蓋帝國飯店、和一九二三年關東大地震一起結束日本樣式建築時代、說過城市是銀行和嫖妓的基地和摩天大樓雜草式亂長的萊特，則無法在地窄人稠的基地有所施展。

這些改建的房子們，後來被未體原意的租房買賣人給改得讓人難以窺其原意，鐵窗、冷氣、甚至市招把立面徹底毀容，混凝土顯得髒兮兮的令人想到樓梯間一定有一堆吸毒針管；難得退縮設計所保留的空間，被停滿摩托車和黃昏水果攤和鹽酥雞；還剩一點點味道的，與濟南路平行的忠孝東路三段十巷，清水混凝土好佳在沒被貼馬賽克或二丁掛，並保留了會帶來光影變化的植物羣，只窗子換成透明櫥窗，開起一家家的 boutique，很像原宿表參道上的那一排老公寓；也有單純的十樓公寓如新生南路一段九七巷，兩株楓香與樓齊高，公寓信守 Brick is humanist，磚即人文，貼了赭紅色的溫暖的面磚，冷冷的天氣，下午提早上燈，Peyton 小鎮後來若是蓋了公寓，艾莉若是結果哪兒都沒去成，就像你一樣只乖乖的結了個婚，那大概就是在這樣的燈光下記記帳，讀一本小說，等女兒放學回家。

✽林中分歧爲兩條路，我選擇旅蹤較稀之徑，未來因而全然改觀。

——Robert Frost

西門町，日本人の歡樂街。殖民地圖上這麼說。

西門町，位於早拆掉的西門舊址，附近有末廣町、壽町、築地町、新起町、若竹町。

你上一次來，可能是大學畢業後與服兵役休假的男友約了看電影。男友告訴你，在他等候你的十分鐘裏，有兩批人馬分別來向他拉過客，其中一人見他穿軍裝，好心的安慰他：「嘿排仔無關係啦，樓底還一個中校仔。」要他這小小的少尉軍官放心。

你沒告訴男友，你晚到的十分鐘爲了要擺脫一個老頭的殷殷邀約，他不死心的從要收你做乾女兒到吃餐中飯到不然送你一雙鞋就好等等等。你覺得西門町可憐透了。不再是你們做學生時候的歡樂街，第一次，你才看到它的衰敗，髒兮兮、臭哄哄、小攤的零嘴看了就很難吃，滿街都是Bee Gees的週末狂熱，服飾店裏亮閃閃的劣質狄斯可舞衣更凸顯得它像個塗了濃妝看能不能拐兩個客人的老妓女，你同情極了，不願再去，這是你唯一能爲它做的。

你讀著書上的漢字，原來你從未進去過的萬國戲院是純日式的演劇館「昭日座」；台灣劇場是現在的中國戲院；芳之館光復後是美都麗戲院，後來是你們看了好幾遍《教父》的國賓戲院；新世界戲院原來就是新世界館，你記得外公外婆在那兒看過《大菩薩峠》、《愛染桂》，館後的片倉通橫町上有壽司屋、畑煮屋、蒲燒屋、燒鳥屋，你看不懂平假名部分，不知它是說以前或現在有這些店，你仍像最後一次來此一樣，不願涉足其中。像一名觀光客一樣，被太多新奇事物弄得神形疲乏，你擇一株路樹的花壇磚垣坐下，紙上神遊。

路樹是小葉欖仁，整條街都是，隔著透光效果甚好的樹影望去，起著綠煙似的，像剛剛抽芽時候的櫸樹或溫帶樹種，難以令人相信它是來自非洲。植有這種樹和黑板樹的行道和建物，年齡大約不超過十年，就如同種有木棉的地方大約發展近三十年，最顯見的是大量的國中校舍周遭（除非使用的校舍是以老校舍權充，那就是、對、榕樹、北部楓、南部鳳凰、和南國の風情的你也會背了的檳榔、蒲葵、大王椰）。選這樹種者的原意一定是希望長勢頗猛的木棉能讓那些大量興建的新樓新牆快快擺脫樹小牆新的印象，彷彿在此已落地生根好長好久了，同時期政治上蔣經國時代的大量起用台籍人士，不也是同樣的用意？

清康熙四十八年，泉州移民陳賴章墾號獲准開墾大加蚋堡之野，艋舺漸成村落……

晉太元中，武陵人捕魚爲業，緣溪行，忘路之遠近，忽逢桃花林，芳草鮮美，落英繽紛，漁人甚異之……

漁人甚異之，復前行，欲窮其林，林盡水源，便得一山，山有小口，髣髴若有光……，有一刻恍惚，你不知置身何處，阡陌交通，其中往來男女衣著悉如日人，黃髮垂髫，怡然自樂。

於是你擇末廣町走回西門市場，漢字告訴你，那一棟總是掛滿了色情電影看板和充滿同性戀故事的建築是一九〇八年建成，也是近藤十郎設計，之所以設計成八角形是取八卦意，望能鎮邪祟，因爲西門城郊原是台人墓地，時有山野小獸竄出嚇人，便遠從京都伏見四月杪你會去看稻荷祭的稻荷大社迎了狐仙神魂來鎮祟。髣髴一則寓言故事。寓言故事裏吸引你的是那與你一樣流落在此的狐仙神魂，避秦時亂，率妻子邑人來此絕境，不復出焉，遂與外人間隔，問今是何世，乃不知有漢，無論魏晉。

如此複雜混亂的心情，你不再循書上建議去尋訪公會堂或布政使司衙門舊跡，也過巡撫衙門跡、舊台灣總督府、南警察署不停。現在的警察局總局也有高達數層樓的小葉欖仁，一副也是落地生根很久的樣子。實則一定不超過十年。

南望京町，你猶疑要不要回旅館歇息——熟悉的麥田黃上巧克力的圓嘟嘟的字，Doutor。

Doutor，你的祕密花園，你的小小租界，你喝著連價位都差不多的咖啡，環顧四周，難以挑剔它有何不同，甚至店裏還有你和女兒說的大便燈，但凡店面大一點的Doutor，都會懸吊那樣一座主燈，透明和茶黃的不規則狀玻璃片堆砌成大蜂巢似的燈身，你和女兒曾看過一則國際新聞，某家航空公司正飛行中的航機艙儲出了問題，冰塊狀的排泄物從萬呎高空直墜進美國中西部某小鎮的一戶人家臥房，一對正熟睡的夫妻被破屋而降的不明物給驚醒的應該就是這個模樣吧，你們叫它大便燈，常常在大便燈下的大圓桌做算術，七八歲打兩隻毛辮子圓圓臉肯跟你手牽手的女兒，你兩眼熱熱的，太多人抽菸了。

旅館的人還沒發現你是哪裏人，說著腔調不標準但你依然聽不懂的日語，你猜想他是告訴你可以和他換比銀行划得來的匯率的台幣，你禮貌的含笑婉拒他，決定繼續做異國人。

他日禍台者，必倭也。

再次確定了逃生路線，包括窗口的緩降梯，你放心的憑窗佇立，腳下的商店人家早已上燈，城西的天空還亮得很，城西總是那樣，可能是臨河故。高中你們放學不想回家，又急著說話，往往順著學校門前的大路直直走，糊里糊塗穿過大馬路都不知覺，一直走到祖師廟一定不約而同回頭或右轉他去，因爲覺得前面是另一國，儘管盡頭不遠隱隱大河在望，都算了不去，後來讀到「夙盜藪也」四個字，也不論實際含義的就認爲是指近在咫尺從未去過的河碼頭那裏。

夙盜藪也。

不知櫻花進展如何，你打開旅館電視，不難找到NHK的新聞，一個字也不懂的熟悉語調好催眠人……，你好想念圓山公園大垂櫻廣場。

沒看到花訊，沒看到空難，你和衣睡倒，連隱形眼鏡都忘了摘。

農曆三月薔薇蔓、木筆書空、棣萼韡韡、楊入大水爲萍、海棠睡、繡球落。

南國假期第三天。你起得早，亟想融入你旅行的這個國度。你隨上班上學的人潮在本町一陣亂走，書店只剩三分之一，你想不起峨嵋餐廳、美心士多原來在哪兒？你也想不起聖瑪莉、肯德基炸雞原來是什麼?你只得退避租界三越百貨某一層的喫茶室,邊用洋式早餐set邊流覽早報。頭幾版看完,不想繼續,夙盜藪也。

拿出殖民地地圖,你考慮今日的行程。

中正第一分局,清代考棚,秀才考的隨意詩題「自來水與德律風」。一八九五年領有台灣改做步兵第二連隊醫局使用,其中相當於大佐的陸軍軍醫監森林太郎隨北白川宮親王自澳底登陸後,即隨軍駐此,森的從軍紀錄後由岩波書店發行,筆名森鷗外。

你尾隨森鷗外每日的散策步徑,……但願五號的老知事占住者請繼續,一號不知占住者誰,和你外公一樣未戰死未失蹤自南洋回來的屋主曾經植下的麵包樹,這曾被達爾文描述爲「由於它那闊大、光滑且掌痕深切的葉片,使得它格外搶眼」的麵包樹,嚴密的籠罩著美麗完好的煉瓦屋頂。不禁使你猜想,當年在此附近求學實習的外公,是否在此遊盪時見過同樣的景象,因此暗暗發誓日後也要建一幢一模一樣的家園。你外公家的東北角邊就也有好大的一株麵包樹,遮蔭整座蓮池、蘭花棚、葡萄架,唯蔭覆不過李子樹和樹下專看守側門的歷代狗狗。好大的麵包樹落葉你們撿拾來以芒草莖拴綁做靴,趁外公出診時下池塘摸魚,可防螞蝗吸附。麵包果從不吃,但鄰人會來討去燉肉湯用。

當然也可能外公立志模仿的是學校另一頭的徐州路五號,外公家門前也有一模一樣的玄關車寄,前有接應室,旁有書房作外公看病的診療間;廣間經廊下可通起居間與子供室,後有食堂和炊事間、女中室、風呂間……，很典型的具和洋混合風的昭和住宅。

你尾隨森鷗外和外公的散策路徑穿越三線道路的東線，一輛不耐煩等紅燈的髒舊客運車占了半道斑馬線，車首寫著開往淡海。你敲敲車門，他讓你上去。

大正町。左側是照安市場，詔安厝，漳州詔安人捕魚爲業——三橋町。仿文藝復興式的銀行，噴漿材料顯得髒兮兮的，它占著的位置原來是芳草鮮美落英繽紛的社區小公園，從你們喜歡而不在了的三家咖啡館（CAT、圓桌、夢咖啡）臨窗望街景，都得依靠它的綠意盎然。

宮前町。砌以紅磚的閩南式餐廳奇怪原先是哪裏？……沒什麼感情記憶但已習慣它的存在了的台泥大樓夷爲平地怎麼了？……聖多福教堂前羣聚著外勞和菲傭。

圓山町。車行橫跨基隆河仿皇居二重橋或一說宇治橋的明治橋上——大正十二年，皇太子參拜台灣神社時以「色美、青田續、白鷺の遊、風情」字眼讚歎過的明治橋——腥風一陣，尋向所誌，遂迷不復得路。

台灣神社，若非毀於戰爭末期日軍飛行機墜落所引發的大火，應該等同於你常參拜的八坂神社吧。乃木總督時代，帝國議會接受建議把神社設於台灣的統治中心台北，前此台南、基隆都曾經是考慮地點，最終決定的原因是，若把台北古城當作皇居御所，那基隆河便是鴨川，劍潭山是東山，整個台北盆地在地理位置上便與京都相髣髴了。

你不知道這客運會走哪條路，山腳下的唭哩岸、嗄嘮別？或從王家廟左轉大度路而去？

司機酒後駕車似的猛超車狂按喇叭，數十年如一日，似乎是這家客運公司招考駕駛的資格限定之一，你且見他一直吃票，頻頻催促上車投錢的乘客動作快些，並好心揮手叫他們趕快找座位坐穩且乾脆由他代爲投錢好了。他果然把銅板投入票箱擲地鏗鏘有聲，紙鈔卻給捲到手心裏，待車行某個紅燈，你見他摸摸鼻子搔個癢，就把紙鈔塞入襪子內了。年輕的時候，你一定會熱心腸冒著被扁的危險當場糾正揭發他，此刻你只別過頭去，窗外是被衆財團自耕農買光了的關渡平原，竊國者侯，竊鉤者誅，賊來迎賊，賊去迎官，稱大清良民村。

你希望走的路線會是大度路，因書上說三線道路西線的那些百年茄冬都移植到大度路了。

車飛過大度路口不入，平疇四野的路口幾家大展示場大市招 TOYOTA、SUBARU、CRYSLER……，很像美國的某些小鎭。

車飛過關渡隘口，眞眞是久違了。

司機又吃了三人份的票，夙盜藪也。你迷茫起來，路齡一百整歲的公路面貌竟像所有新市鎭的重劃區，夾道的油加利樹也移到大度路了嗎？捷運北淡線的水泥圍牆完全擋掉紅樹林和江面。主政的，無論中央或地方首長，無論是執政黨或在野黨，天天比賽誰才最愛這個島，把它愛到這種地步也眞不容易。

車速更加的瘋快，愈近目的你愈認不出路，儘管驚疑不定，也未曾想求助正專心吃票的司機大人，你眞正像一個異國人，料定別人無法聽懂你的問話。

慌亂中，你瞥見黃槿——穿過林投與黃槿便是海——便果決的在下一個停靠站下車。是油車口，一九三九年，日本神社在此完工。

你往回走，這段短短的河灣，你們最喜歡在這裏看人釣魚，看潮水漲落，看觀音吐納，看星星，看漁船進出海也好想出航。也偶有A的男生朋友拿到家教費或攝影作品被雜誌採用，就請你們去榕園喊瓶啤酒炒盤蚋仔，講不遠處的紅毛城國恥直到哽咽難言。

現在的榕園咖啡好貴，你在心底匯兌了一番，貴過你在其他國家所喝過的（只除了萊特蓋的帝國飯店的藍山），不過你需要坐一會兒以便整理你的殖民地地圖。

天氣仍很冷，只你一人坐在室外的大榕樹下，腳下的木頭地板架空於河面，好像夏天鴨川畔的納涼床。

眼前的景致，大河入海處，與十六歲的你初見時無異，與一九三九年那個十六歲的少年所見呢？你好奇著那十六歲的少年日復一日目睹神社的興建和完工是何等樣的心情？就如同他每天中學下課時遙望日籍高官貴族出入的高爾夫球場是何等樣的心情？……大概是大丈夫當如是耳吧，不然他日後何以以元首之尊對所有諍言充耳不聞並如此樂在其中。

你沿河堤岸走，料想十六歲少年岩里政男放了學也喜歡來此散策，黃槿掩抱著煉瓦屋頂的是清代的官有地租借區、日人領有後的行政機關和官舍。仍然是大丈夫當如是耳吧。

你居然尋到十一巷正對的巷子，你心跳加速的拾級而上，便被鐵栅門阻斷，你害怕記憶有誤，便退回中正路，從福佑宮旁的巷子上去，至重建街左轉，穿過人家前庭，來到山腰小徑，你見紅樓在你腳下，但實堵堵個灰牆把你又阻斷，莫非它現在成了幾級古蹟不能與你相濡了。苦楝樹還在，樹下坐著一架望著海的十六歲白髑髏你一點也不吃驚。

你只得循山腰小徑往記憶中的清水巖去，江面被正午太陽照得迷離難直視。「長崎の情調，鹿兒島の風光」，日人如此描述過你眼前的古城，那應該是岩里政男少年時代吧。

第一次看到沒有香煙瀰漫的金爐，原來清水祖師廟正整修中，鷹架擋住門面，老工人騎在屋脊上，你眞可憐它遭禁閉坐監，以前視野開闊的廟埕，現被左右兩棟醜陋的公寓擋得只剩峽谷一道得窺江上波光。你早已打定主意不去偕醫館、眞理街、頂埔一帶，不願面對註定的遂迷不復得路。

鑽過鷹架，進廟，座上的黑面祖師嘿無言，兩側分別陪坐著蕭府王爺和西秦王爺，你便拜拜他，求籤，一卜就得，是第四十六首，籤云：物態何曾改，江山一古今，欲求心下事，流水奏佳音。

他何能豁達如此？

你拾級敗走，渡船口遊人不多，你假意混跡其中不知何從何去，也想渡江到八里坌，江上時不時有金幣也似亮度大小的鯿魚羣凌空飛灑，甚令人想念。畢竟你決定搭乘另條路線渡輪逆流而上像昔年先民們像西班牙人荷蘭人到大稻埕，書上漢字目錄告訴你，大稻埕去完，你的古都巡禮便告完成。

你屢望渡輪，髣髴三百年前鄭成功登樓西望澎湖，「有糧船來否？」

你等待的糧船名摩訶薩，大菩薩。大菩薩卻不渡你，經驗豐富的打香腸小攤老闆見你徘徊良久怕要尋短，便好心搭訕，你告訴他你是在等候渡輪摩訶薩，他告訴你渡輪生意太差已停駛好久了。

不是說地獄不空、誓不成佛？

你只得覓回福佑宮前的市場等客運，市場收了早市，尚未處理的魚血魚鱗遭日頭曬得泛著冤魂味。擠在沸騰喧囂的魚魂們裏，料想對街高齡兩百多歲的福佑宮也不肯受理你們……，有一個剎那，你幾乎要捕捉到十六歲時的官能感覺，陽光熱水一樣當頭澆下，你衣服穿得過多，已經一身大汗，你在全心全意等待一個什麼，百毒不侵。

✲無主之地，無緣之島

你選了一輛直達客運，料想它可能會走大度路，你不死心的想看一看那些十六、七歲的好多夜晚曾蔭覆過你們、聽了無數傻言傻語卻都不偷笑的老茄冬，那些老樹們在著的話，很多東西就都還會在，見不見面也沒有關係，像A，像清涼寺門前的老森嘉豆腐鋪，像印在死前的梭羅心版上的白橡樹。

在另一名同樣專心吃票的司機的酒後駕車狀態中，車過大度路。大度路沒有站牌沒有紅綠燈，車速快得給插兩張翅膀就可以起飛了。那樣的速度裏，你看到那些老傷兵似的老樹們，裏綳帶般以稻草綑紮截肢後的枝幹，書上說它們是平成三年移來這裏的，如何沒有半點打算落地生根的樣子，除了少數還有小簇的綠葉，大多根本已經變成標本模型了，就像紅樓那株苦楝樹下的白髑髏。

司機發現你目擊他的吃票，幾度猛煞車，大概想把坐在前座的你給撞昏滅口——四月出太陽的暖和日子，古都的某些向陽角落會有雪白的銀籠草，雄日芝也會在路邊竄出；五月梅雨前，檸檬黃花的大待宵草將會怒放，陰涼的山壁石牆縫會不管有沒有人欣賞的暗自綻放羊齒大唐米；六月紫花禊萩，荒地上可遍見亞美利加根無葛，大阪自動車道畔則是整坡谷黃菊似的豚菜；七月，紫花軍配晝顏登場，其實就是穿過林投黃槿海濱沙地上常見的馬鞍藤——司機沒能撞昏你，放你跌跌撞撞在日新町近太平町下車。

結果你把殖民地地圖給忘在車上了，車早揚長跑掉，你清點一下，丟的還有那頂使你看起來很像異國人的帽子，在錦市場的武田市買的過季DAKS，便也罷了。

市街看起來像所有的重劃新興區，唯遠遠天際敞亮那方有橋，應該是淡水河上的台北橋，你依著腦裏重點地圖和一年三節會去辦南北貨的迪化街，緣街行。

甘州街上，紅磚洋樓夷爲平地，不管它前身是光復大陸設計委員會或領有時期給人戒鴉片煙毒的更生院。你只得從四九巷入，巷子單側全是小攤，坐滿了吃客，都一齊從四神湯蚵仔煎裏抬臉望你，眼神既漠然又好奇，大約像你坐在Doutor裏打量香奈兒女郎的眼神。你手既未持地圖，裝束也平常，何以他們見漁人乃大驚，你硬起頭皮，閱兵似的逃到慈聖宮，廟埕寬闊但仍有好多攤子都抬眼望你，你只好假意流覽此廟，天啊半點不想入內，覺得它太醜了，好大一塊壓克力黃底紅字招牌好像它是一家店，雖然你很同情它的命運坎坷，百年來從艋舺逃械鬥逃到永樂町，再被市區改正遷至此，廟前被鐵柵圈住唯恐遭竊的石柱上的捐贈日是同治六年丁卯端午日。

走回太平町上，二一〇巷口的大稻埕唱片行廢著，可能住著貓或鬼；第一劇場成了樓高十來層的大安銀行（城市，銀行嫖妓的基地，摩天大樓雜草式的亂長，萊特說）；你回頭去走北街，午後斜陽黃黃的漫進店裏，老闆假人似的坐著，賣著的無論農具、發粿、燈籠、金紙、菜籽也變得假假的，比較像什麼の博物館；虎標鼓亭前有人在洗刷好大的一頭古代英國牧羊犬，活的；三二一號大廢，被成了精怪的腎蕨雀榕牢牢吸附住；三四二巷過了的拱廊段，人去樓空，貼滿了痛罵新市長的標語，矢言「寧願任其倒塌，絕不配合保留」如三五八號。

回到熟悉的中街，你極力忍著不被騎樓下的南北貨干擾（除了在鴻川行買了半斤干貝和愛玉子，天啊隔壁的郭怡美難道又被搬去大度路了!?），努力欣賞瀏覽每家店面或巴洛可式或現代主義風格的立面設計，想辦法把整個市街看作六十多年前郭雪湖畫的《南街殷賑圖》。你尋到畫裏的乾元元丹本鋪，原來就是常買參鬚和宋陳的乾元行，立面三樓的牛眼窗上環刻著人參圖樣，面磚洗石子壁縫裏抽長著開花中的馬纓丹、蕨和構樹幼苗，對門的八八號新集益是二樓的列柱頭有外捲的葉片狀的柯林斯式，華麗的巴洛可風味留不住人，屋主是牆縫裏生意盎然的雀榕。

同樣的，你保存著世紀初立石鐵臣繪的「永樂市場小吃攤」印象，從霞海城隍對面的巷子轉往港町，因爲二二八聖地現在是黑美人酒家，無法憑弔。

你行經舊時的六館街，想像著板橋林本源家阿舍出了大門就有人抬轎侍候，雙腳從未沾過街面。貴德街口，昔年兵庫縣人稻垣藤兵衞在此辦「人類之家」、「稻江義塾」，免費教育被殖民的貧苦兒童，現在是合作金庫（城市，銀行嫖妓……），復前行，欲窮其林，林盡水源，有倉庫也似的空屋一幢，二〇年代林獻堂蔣渭水領導的文化協會每週六在此舉辦文化講座，現下灰泥牆上小孩們以粉筆畫著好幾盤的井字〇×遊戲，其中一人不耐煩他的對手，寫著：莊家有個跟屁蟲……，廊下給遊戲的光腳們磨得好冰涼光滑。

你懷著好想脫光腳走路的心情走過李臨秋家，覓著茶香前往。勉強與隔鄰醜公寓一般高的是昔日大茶商陳天來仿巴洛克式的宅邸，往昔日本貴族來台必參觀之地，因被稱作「台灣人模範住家」，其二樓陽台可望見淡水河日落和船桅如林，如今得把對面兩三幢公寓抹平、把環河快速道路和堤防拆除，才能明白陳天來當年怎麼會斥鉅資把寶貝房子建在這裏。總督垂垂老矣，有遠古的雙眼，它最發達的後人陳守山已退隱，料它能像黑面祖師一般物態何曾改、江山一古今這樣豁達嗎？

走出建昌千秋貴德街，一邊是砂石車和統聯客運轟然狂馳的環河快速道路，前行不遠可到現爲幼稚園的辜顯榮宅；若回頭溯民生西路可到波麗路、江山樓，外公的黑白相簿裏，曾有一張同班同學的合照，二十幾人都著日式浴衣，相片下寫著攝於江山樓、昭和某年某月日，當時不知怎麼就感覺那是酒家之類的，好難爲情向來嚴肅的外公怎麼會上酒家，而且和照片中人一般掩不住的大丈夫當如是耳。

江山樓，泉州府晉江縣人吳江山所經營，大正六年以台灣總督府和博物館的相同材料建成的四階料亭，現下是江山釣蝦場。

晉太元中，武陵人捕魚爲業，緣溪行，忘路之遠近，忽逢桃花林，夾岸數百步，中無雜樹，芳草鮮美，落英繽紛，漁人甚異之，復前行……

然而你冒死穿過環河路（砂石車照例遇紅燈沒有半點減速煞車的意思），不知穿過小小的堤防水門外會是哪裏？

……山有小口，髣髴若有光，便捨船從口入，初極狹，纔通人，復行數十步，豁然開朗，土地平曠，原來是摩訶薩渡船的大稻埕碼頭，你很想借碼頭小辦公室上廁所，但見連條狗影都沒有，無論人影。你便朝江畔走去。

江畔並無良田美池桑竹之屬，阡陌交通，遠處可聞雞犬，但是這是哪裏？月迷津渡，霧失樓台，江上波光被偏西的太陽照得人眼睜不開，你便偏離岸邊向有桑竹處走去，因爲害怕會見到浮屍。

桑竹處其實全是黃槿榕樹之屬，樹蔭下未有決心的東一處球場西一塊溜冰場，場邊貼滿白瓷磚公廁似的小廟拜著不明名號的神鬼，便敬鬼神遠之，儘管同時發現小廟隔牆確有一間寫著便所的公廁，你都不去上，也不解救其間正發生著的老頭強暴女童雞姦男童或壯婦誘惑少年等等排列組合的不倫罪行。於是你往遠處有種作男女人跡處行，種作男女衣著悉如外人，黃髮垂髫，怡然自樂，其實他們大多坐在樹下別人或自己棄置的破藤椅上，拍扇泡茶剔牙摳腳聽你分辨不出戲種的戲曲，任頭頂黃槿樹叢的毛蟲懸絲降落，黃槿樹的缺點就是這樣，老不時高高低低懸掛些毛蟲蜘蛛之屬，難怪一直給人髒兮兮的感覺。

男女見漁人大驚，雖未問所從來，你檢點自己已丟了殖民地地圖，臉上也無刺青紅字，他們何能認出你是異國之人？好幾年前，你帶著尙幼小的女兒去尙未拆遷的大安公園址，想告訴女兒你幼時生長的就是類此環境。才進村子，立即一雙雙像你父親同樣年紀的眼睛驚怒向你，問所從來，你自覺與村中同樣攜帶小孩的尋常少婦無異，不知他們爲何照眼認出你是外人？你只好老實回答。原來村中刻正如火如荼進行抗爭拆遷活動，以爲你是記者或類此獵奇者，待明白了，便紛紛向你抒發訴苦，只是走前再再叮囑此中人語云，不足爲外人道也。

但你確實與樹下男女不同語言，怕被認出，便蹣跚前行，因未鋪水泥地的地上大概不久前被漲潮氾濫的河水淹沒過，軟泥踩下可陷兩吋，肥潤的泥淖其味離薄，上有招潮蟹所吐的圓球擬糞殘渣，你果然聽到身後不遠有男女向你發言聲，你不理，執意往有陽光並有幾名少年在鬥牛的籃球場走去，不理他們是因爲可能會便要還家，設酒殺人作食，你一點也不意外，陽光明迷飽含水氣，不是有這樣的電影場景，一羣絕不兇狠也並不良善的住民，漫長無聊的午後只好把一個闖入者、狗或人，給聯手宰殺了解悶兒，然後復又打個呵欠，繼續拍扇泡茶剔牙摳腳聽你分辨不出戲種的戲曲，並任毛蟲蜘蛛懸絲掉落頭頂。

先世避秦時亂，率妻子邑人來此絕境，不復出焉，遂與外人間隔，問今是何世，乃不知有漢，無論魏晉……

天空有直升機盤旋，大概在找江上浮屍，歐幾桑騎著老歐都拜嘟嘟嘟放著黑煙迎面擦身而過，大概也是接到通知去認屍，黃槿樹下換成一家野狗，俱仰臉望著你，既不吠，也不搖尾，連向來不存戒心的小奶狗也漠然望著你，大江對岸隱有高亢的送葬嗩吶聲，某處在焚草葉，散著人類懂得用火以來亙古的味道，籃球場上的鬥牛少年眨眼全都不見，一顆橘色的球還彈跳在水泥地上，近高架道路了，愈發高聳如監獄圍牆似的灰牆，肅淨得沒有半點塗鴉，沒有半點！

這是哪裏？……，你放聲大哭。

………

婆娑之洋，美麗之島，我先王先民之景命，實式憑之。

一九九六・十二月

從大觀園到咖啡館
——閱讀／書寫朱天心

黃錦樹

一、斷裂

在爲朱天心的小說集《我記得……》寫的序裏，詹宏志注意到朱天心「變」了，他也提及《我記得……》和象徵她前期作品的〈淡水最後列車〉之間的「斷裂」（詹宏志，6）。如果依照朱天心自己的說法，她的「變」和「斷裂」其實可以再往前追溯。在《時移事往・自序》中，她說道：

> 離開學校兩年半，的確所見所聞有太多令人驚愕憤怒感歎的地方，我初以極陷刻少恩的諷刺筆法寫過數篇小說，……但是我漸漸覺得這種搧風點火的效果並非我的初衷，我更願意不帶硝煙氣的把它當作一個紀錄，讓讀的人自己去下判斷，這也才公平。（朱天心，1989a:17）

在那轉型期的尷尬中，她把憤怒壓抑下來，因而造成了「另有差不多篇數或成稿或半途而廢的稿子」在發表與結集中缺席。或許也因而使得《時移事往》沒有完成應有的轉型和斷裂，而把痛苦的陣痛延伸到《我記得……》——她說：「在《我記得……》之前，我覺得自己在寫作上遇到瓶頸，而停筆四、五年。」（楊錦郁，1993:82）有趣的是，調適、再出發之後的朱天心，反而不見得「不帶硝煙氣」，而毋寧是「極陷刻少恩」的。如袁瓊瓊在稱讚轉型後的朱天心「老辣」、「銳利」之外，就說她「不厚道」（簡瑛瑛、賴慈芸，113-114）；而詹宏志對《我記得……》集子中諸篇章讚歎之餘，卻不免覺得「若有所失」，而提點出一則耐人尋味卻也饒富意義的「猜想」：

> 可能因爲小說家醉心於「現象」，忘了「本質」的緣故（……）。那四篇小說（引者按：指〈我記得……〉、〈十日談〉、〈新黨十九日〉、〈佛滅〉）中，總覺得少了一分「情分」（對人世間的不忍）；然而在〈淡水最後列車〉以前，朱天心即使是寫得「最寒涼」時，也是很有情的，只是這情有點不知人間疾苦罷了。（詹宏志，11）

引文中的「少了一分情分」，也就是袁瓊瓊指出的「不厚道」，朱天心轉型期中自我反省的修辭：「陷刻少恩」。

從「有情」到「無情」標誌了作爲小說家的朱天心的成長，然而更關鍵的是詹對於此一成長的解釋：「醉心於現象，忘了本質」，這現象／本質究竟意味著什麼？是否決定了有情／無情的轉變？很顯然，這關涉多方面的問題：題材、形式、心態、世界觀……。本文即以此爲切入點，一方面上溯至朱天心的少作《擊壤歌》，以對朱的早期信仰做一番「考古」；再則是以《我記得……》、《想我眷村的兄弟們》爲對象，以做一番挖掘與解釋，試圖了解朱天心在特定時代特定（社會）情境中的特定意義。

二、大觀園與初始的書寫場景

「不知人間疾苦的有情」確實是「斷裂」之前朱天心作品的基調，相對於其他年輕女作家之普遍上慣於以美麗的花草和迷濛的情愛來妝點人間一角的浮華❶，朱天心（及乃姊朱天文）因爲特殊的家庭背景和早年的啓蒙教育而使得她的「有情」有著異於常人的繁複的根源。基於時空的隔閡，以下的「考古」就只能是爬梳文獻、剪接遺文的「考略」了。

在她的初試啼聲之作、少女青春期的告白《擊壤歌——北一女三年記》中，我們可以發現作爲朱天心寫作的初始場景的基本圖象是由幾個不同卻又不相衝突的「信仰」構成的。首先是情愛——也就是書中著墨最多的——一是和同性手帕交之間親暱的姊妹情感，一是和同年齡層男生之間懸擱了「性」的初戀式的愛及由此而延伸的幻想。這兩種情感都強調絕對的眞誠、純潔❷，她自承「在情感方面有點潔癖」（朱天心，1989a:69）❸。究其實，這兩種情感在青春期潔癖的過濾之後，並沒有本質上的分際❹。以這樣的情感爲基柢，她的生活空間直可以說是一個「花園」：

> 每看到漂亮女孩時，我就想當個男孩，我可以像欣賞一朵花兒一樣欣賞她，我的花兒們啊！小靜就是這樣的女孩，每次看到她，就希望自己是個男孩子，娶她回家，給她一個小花園。
>
> （朱天心，1989a:44）

在這種賈寶玉情結之下——賈寶玉願身爲女孩，可是在其時的封建父權下，他要不是身爲男性也不可能擁有園主的特權；在性別上，小蝦是希冀由女而男，和寶玉的由男而女不同，可是在懸擱了性這一點上卻可以互通——她的花園（她**居住**其中，她**給予**她人）其實也就是她心靈上的大觀園，美和善和愛的樂土。這樣的樂土之所以可能，也許是拜眷村生活的封閉和學校生活的單純之賜，同時也因爲父母的呵護和放任（「我的爸爸媽媽十分信任我們；什麼事情都完全讓我們自主。」〔朱天心，1989a:48〕）。這樣的花園正適合種植培養信仰和烏托邦。

在人間的情愛之上，她還有兩個信仰：一是「天父」（父親的信仰，家族的信仰→**她的**信仰）❺；一是「中國」。前者讓她的花園同時也是伊甸園，爲她的花園提供了倫理道德的形上依據，無所不在的善的守護。然而相對於後者，這「天父」毋寧是抽象而不落言詮的，在缺乏「惡」的參照之下毋需爭辯，而成爲一純然的祈禱對象。麻煩的是她的「中國」，它包含了兩個面向：一是「國父」，一是「禮樂文明」。

「國父」是那個年代國民黨拱出來供眷村人膜拜的共同的神，和「天父」一樣，也可以說是承接自父親的信仰。這信仰提供她一個想像的未來（「一定會回去的，因爲，因爲，山川知故國，風露想遺民」〔159〕），供她立志（「將來要好好的爲國家做些事」〔160〕；「把它〔國父遺照〕帶回家，釘在我書桌前的牆壁上，從此我要與國父一塊生活，共同努力我們的革命事業。」〔190〕；「反攻大陸以後，我再嫁給你好嗎？」〔104〕），於是在紛紜瑣碎的敘事中，時而喚天父，時而喚國父——「中國啊中國」——然而在此二「父」之父，在作爲信仰的中國之中，還有第三個父：她的啓蒙之父——胡蘭成❻。

胡蘭成對於朱家姊妹的早年生活（青春期文化教養）影響至鉅，甚至可以說是舉足輕重。那時這個男人的肉體早已衰老，而精神猶十分亢奮，於是便成爲朱家姊妹的精神導師，爲花園的信仰提供必要的藍圖和堆肥。胡蘭成的作用是多重的，舉其大者而言之，一是「禮樂文明」的教化；二是革命情懷的滋補；三是創作的價值肯定。三者間有其內在聯繫，曰「胡蘭成式的士大夫美學情趣」。

「禮樂文明」是中國文化教養的概括。《擊壤歌》中屢屢提及胡蘭成爲她們講《易經》，說史談禪話詩詞，爲她們提供一套古典文人的感知方式和美感內涵；同時胡（也許基於「國情」的需要）也口不離國父——革命尚未成功，以壯大她們稚嫩的愛國情操，甚至催發了「三三」。在〈三三行〉一文中，朱天心見證說：

> 那時眞是心中一念只想著爺爺（按：朱家姊妹稱胡爲爺爺）的話，中國有三千個士，日後的復國建國大業就沒問題了。（朱天心，1980:220）

昔日的賣國者透過美學爲中介，儼然搖身一變爲愛國者兼革命導師了❼。

胡蘭成提供的是一套雜糅了湯川秀樹的粒子宇宙論、《周易》《老莊》的變易哲學、《詩經》「溫柔敦厚」的美學倫理學，加上以禪宗式的直觀、《周易》式的「感通」爲方法，而構成的以美爲出發點而與神冥會的「神學」宇宙論（參胡蘭成，1990,1991）。在他那套以「大自然的五基本法則」（胡蘭成，1990:225-278）爲骨幹，以中國禮樂文明爲血肉的哲／美／神學體系中，隱匿的其實是一種小資產階級雅痞的游藝玩賞的文化品味，是一套美食家貪饞的「吃的哲學」，卻飾以華麗的擦嘴布。在其中一切善惡美醜都被「昇華」爲美感問題，歷史中的血腥傾軋被理解爲幾條「自然原則」的更替翻滾。由於這「五大原則」是終極之理，它當然可以解釋一切，爲所有的需求提供服務——既可以爲胡粉飾不光彩的過去，也可以爲戒嚴時代的復國革命——大中國文化沙文主義提供華麗的理論依據。至於對朱家姊妹的少作提供價值上的肯定，那更是「舉手之勞」了。

在爲《擊壤歌》寫的〈代序〉裏，胡蘭成處處拿李白和朱天心比，把朱天心捧成曠古天才：

「自李白以來千有餘年，卻有一位朱天心寫的《擊壤歌》。」（朱天心，1989a:12）朱家姊妹憑著少作就被胡蘭成寫進他那毋需邏輯推理的《中國文學史話》，堂堂進入大中國情結下堂皇的中國文學史的神龕中，處處和朱老爸崇拜的人物張愛玲相提並論，平起平坐。貫徹的似乎已是五大原則之外的現實主義原則❽。

作爲大觀園的精神保母，如果以大觀園／伊甸園爲朱天心書寫的初始場景，勢不能不面對《紅樓夢》的「後四十回」——朱天心如何面對她的成長？「文章就是寫善惡是非最難」（胡蘭成，1991:147），「文學只是像修行，朱天心還有修行在後頭」（146）。在「後四十回」，朱天心是要貫徹胡的「五大原則」（如何貫徹？）還是和胡在精神上分手？胡蘭成沉重的說／問道：

《方舟上的日子》與《擊壤歌》是永生的，但今你已不能再像從前的與她們玩了。……以前大家都年紀小，大家都與天同在，與神同在，所以你與那些女孩子男孩子如同一人，而今是離開了神，只有你與這些人們。以前你是不覺中都是寫的神的示現，神的言語，而現在你是用的什麼言語，寫的什麼現象呢？（1991:143）

……若干年之後，今日的惡人惡事都要成爲過去，人們所關心的是當年的我們對惡人惡事的那態度，個人不愉快，集團的憎恨，與造作的階級的敵意，寫在文學裏會是怎樣的瑣小與

低劣，……（147）

成長，進入成人的世界。當花園荒蕪，伊甸不再，大觀園被查封之後，被迫踏入社會大染缸的朱天心又何以自處？告別了神而被拋擲入紛擾的人世，面對著紛紜的「現象」，如何在現象中留下「本質」？換句話說，早年的信仰是否會讓「現象」擊個粉碎？在這裏，胡蘭成的提問其實已和詹宏志的提議接上了頭：「既殘酷地處理人間，又對可鄙的主人翁充滿同情。」「到了那境界，一切現象、新聞、社會事實沉澱下本質。」（詹宏志，11）

詹宏志提議的藥方是「殘酷中的同情」，而胡蘭成開的卻是「無保留而自然節制」（胡蘭成，1991:150），「心中（保）有著一個清平世界的秩序」（150）。二者和中國傳統「溫柔敦厚」的詩教精神上的聯繫都隱約可見，換言之那是一種道德要求（袁瓊瓊「不厚道」的評議也是同一路數）。胡蘭成的「先見之明」在於他從朱天心的性格（喜怒善惡是非分明）[9]中推斷：

今後朱天心的文學會開向一個是非分明的世界吧。（胡蘭成，1991:145）

渾沌必然開鑿，神的言語將會和不可逆的時間共同棄置在已寫定的大觀園裏。此後她卸下翅膀，走入人間，以人的言語重新撐開一片書寫場域。在胡蘭成的「先見之明」與詹宏志的「後見之明」

之間，存在著署名爲《時移事往》的過渡，以及未完稿、棄置的篇章，後者是她的「空白之頁」。在這空白之頁中，離開伊甸園／大觀園所需的血之祭儀已默默進行，青春期的兩性渾沌勢必被成人世界（「社會」，男性主宰的權力空間）的兩性分明、女性在男性的符號世界裏折衷衝撞所替代。棄置的篇章在壓抑中缺席了，業經自我檢禁的理性之剪而存活的《時移事往》於是乎仍然「有情」，保持著整齊的內在秩序，在兩位男性的先後見之明中小心的走著一條意識型態鋼索。然而在那斷裂已經開始（也許胡蘭成的幽靈仍纏繞著她）❿，而新的秩序尚未成型的間隙，還來不及對「撕裂」產生反應⓫。因壓抑而造成的遲延一直延伸到《我記得……》，遲來的「陷刻少恩」凌厲的撼動了知識界。然後胡蘭成（啓蒙師）的先見之明借屍還魂爲友儕詹宏志的苦口婆心。這說明了朱天心似乎已成功的從**女孩**蛻變爲**女性**。凌厲老辣於焉成爲一種姿態，具破壞性、顚覆力、殺傷力。於是（據說是）長期在儒家文化濡染之下，以中正平和爲美學和道德尺度的讀者不免要心生畏懼了：握著筆如同握著刀的朱天心已經走到了規範之外……。

於是有情／無情，本質／現象的二元對立就被祭出，企圖喚起握刀女人對於伊甸園／大觀園的記憶，那時美善尚未分離，萬物有情。然而這裏頭還有一個問題：朱天心「陷刻少恩」的動力究竟是源於信仰的徹底破裂，還是源於對信仰完美的堅持？前者或許導向犬儒虛無，後者則趨於「少年法西斯」⓬。這兩者並不易截然廓淸，尤其就作品而論，毋寧承認「之間」存在著廣大的灰色地帶來得穩妥些。如詹愷苓就認爲《我記得……》中的〈新黨十九日〉、〈佛滅〉中呈現出「朱天心完全棄絕原來『三三』式的浪漫後，無可克抑的一股憂鬱」（詹愷苓，1991），認爲朱天心處在自我價值的間隙期中：

> 過去的舊價值已經被與社會的實存接觸打得爛碎，然而新價值卻迄未從廢墟裏再生。

卻無法周延的解釋〈去年在馬倫巴〉的「寫來卻充滿同情」（1991）。換言之，朱天心近期作品中其實並不乏「有情」之作，且可以和「陷刻少恩」之作並存同列。在這有情無情之間，該如何解釋？

對朱天心而言，早年信仰之一的「大中國」確然早已破成碎片（朱天心，1993b），相對的，國民黨也遭到唾棄。而自從〈主耶穌降生是日〉一位小女孩遭暴徒姦殺棄屍（朱天心，1989b）之後，似乎也象徵著「天父」和缺席的肇事者一道隱遁了；在朱天心的近期作品中關於上帝的符號久矣未見。剩下的似乎只是胡蘭成那套哲學／美學／神學了。《未了》之後，朱天心在作品裏已沒有再提起胡蘭成。如果從胡蘭成把朱天心的文學創作視爲「修行」的角度來看，這一切卻未容驟下定論。離開大觀園之後，還有一段漫長的路要走；早期的信仰或許已化成碎片，而在部分和整體之間、理想和現實之間、破裂與圓滿之間，也必然存在著難以想像的張力。當所有的碎片再也構不出一個整體，本質和現象之間的劃分也就再也不可能那麼截然與理所當然。諸如此類的問題，自必須置諸朱天心「空白之頁」之後，或者「極陷刻少恩」，或者憂鬱難抑的書寫之中，在母題與形式、聲音與現象構成的隱喻裏。

三、間隙

而大觀園之所以崩潰在於時間的必然流逝，在已逝的時間中沉澱下來的，也無非是記憶和相對於記憶的遺忘。大觀園／伊甸園的永恆時間（神話時間）終結之後，人世的、線性的時間於焉開始運作，這種「令女性主體成了問題」、「帶著男性烙印」的時間「止於自身的阻礙——死亡」（朱莉亞‧克里斯多娃，351）離開了大觀園，在男性的時間裏，朱天心的小說敘事人也男性化了，以男性的話語，述說他們對於女性的記憶[13]。

〈時移事往〉便是這樣的一則開場白，感傷而憂鬱，以溫柔的男性聲音講述了一則女性的獻祭儀式。他是朱天心往後慣用的敘事聲音中最陰柔的，因爲她／他剛剛離開大觀園，還不習慣自己被給定的社會身分；而選擇男性的聲音在父權的社會中也是一種不得已的策略，因爲「她的話幾乎總是落入男人們聽而不聞的耳朵，他們只聽得到男性的語言」（埃萊娜‧西蘇，194-195），必須讓他們聽，尤其那是這樣的一則開場白。

愛波是諸多「文化弄潮兒」中的一個，也許來自〈台大學生關琳的日記〉，出生於〈未了〉中的眷村，曾經在《擊壤歌》中唱過歌……，和〈我記得……〉、〈佛滅〉中的文化／政治弄潮兒有著相似的身世，只是生長在不同的村子裏。愛波的悲劇和幸運都在於她活得不夠老，在還沒來得及有資格腐敗時就已經死了。她更換過無數的身分——舞者、歌者、模特兒……，她用她的身體來定義文化，體驗時間和男性。她敢愛，也敢於被愛，她過於天眞，不知世故爲何事。所以她必須以肉身來成就朱天心轉折期最後的浪漫，以便讓時間易於記憶，讓歷史性的寫作有人性做參照。於是她在一個活在角隅裏、以殘餘的伊甸園格調的愛在愛著她的男子面前四次攤開肉身：墮胎、接生、開刀、解剖（屍身）……。橫陳的肉身作爲〈時移事往〉的句點，以及朱天心往後著作的開場——「它」是時移事往之後，除了記憶之外，在時間之中沉澱下來的唯一物質。從此敘事場景進入了都會。

四、都市人類學⑭

㈠類的形式

大台北作爲一個發達資本主義社會下的都市，使得一切都市中的事物都無可避免的帶上商品化的烙印，商品化的邏輯也因而構成了都市的內在屬性。在傳播技術和媒介高度發達的情形下，資訊快速的變換與流通，讓時間和空間都成了問題。同時，因爲人口大量的集中在城市，穿梭於大量高聳的鋼筋水泥建築、縱橫交錯無始無終的街巷裏的人羣，也和到處充斥商品、高樓、街道、車子一樣，成爲台北都會的具體表徵。然而在人羣中，碎片一般的個體是互不相識、面貌模糊的；個人在羣體中無聲無息的出場與消失，卻無礙於羣體的持續存在。這樣的都會人潮可以依任何想像得到的標準予以分類，人羣於焉便是各種「人類」的綜合體，不同的「類」隱伏於都會中幽暗或者乾淨明亮的角隅。他們基本上是沉默的，只是偶爾在社會新聞版上以個人的名義亮亮相。

在這時空都成了問題的生存／書寫場域，作家的感覺結構(structure of feeling)也必然發生相應的轉變，「需要一種新的再現模式，藉以更清楚的理解這一相互關聯的世界」(大衛・哈維，64)。需要新的形式，以隱喩這個被感知的新時代。於是我們發現「類」的現象具體顯現在朱天心的《想我眷村的兄弟們》，成爲該集子的內在形式之一。

書中六篇小說分別處理了六「類」當代台灣社會中特有的題材。除了〈我的朋友阿里薩〉和〈從前從前有個浦島太郎〉還具有市面教科書要求的小說形式之外，其他四篇在形式上已達到相當大程度的解放。

〈想我眷村的兄弟們〉寫眷村消失後難以辨識的眷村子弟；〈預知死亡紀事〉寫憂鬱症患者；〈春風蝴蝶之事〉寫女同性戀；〈袋鼠族物語〉寫都會中無聲的家庭主婦；〈我的朋友阿里薩〉寫某類衣食飽足，卻精神空虛的中年雅痞；〈從前從前有個浦島太郎〉寫某類長期被政治迫害而患有被迫害妄想症的被迫害者。「類」的形式在〈我的朋友阿里薩〉中初見端倪。是篇藉書信和旁白寫出「我們這輩（類）」人和「他們」（新新人類）的差異——以時間爲鴻溝——「我們」包括了阿里薩(A)和敍述者「我」（老B羊），一羣感傷的中年雅痞；「他們」則包括了「他們這輩的小孩」、剛從學校畢業踏入社會的小女生、「女權主義技術派」等。其餘四篇，可以〈想我眷村的兄弟們〉爲例。

這篇小說就以一個沒有名字的「她」爲敍事觀點，而這個她其實是一個集體的「她」——「……我不知道該如何形容她，青春期的大女孩，或小女人，第一次的月經來潮並沒有嚇倒她……」(74)箇中「或」字，道出了「她」其實是一種「類型」，而非個人。在小說的推展中，這種傾向愈來愈明顯。從「她」的特殊遭遇——關聯著一個男孩子「寶哥」的性啓蒙——而帶出一「類」類似遭遇的男女：

> 其實不只寶哥，還有很多很多的男人，令很多很多的女孩在她的初夜想到他們。
> 他們大多叫做老張，或老劉、或老王（總之端看他們姓什麼而定）。

前面這一段引文中的一些不定語詞「不只」、「還有」、「大多」、「或」及括弧內的字造成一種「不定」的效果，符徵的飄浮也造成了符旨的流動，因此特定的人名就變成一種羣體的代稱，甚至可以刪除而代之以符號：

> 通常一個村子只有這樣一名老×，因爲他單身，又且遠過了婚齡大概再也沒成家的可能，又往往僅是士官退伍，無一技之長……。(84)

「老×」的「×」做爲某種羣體的代號是再明顯不過了。加上作者一再的用「通常」、「往往」等字，更加重了作品的上述意味。這種不定性的用語在篇中成爲基本的構成成分。後來作者談到「爸爸們」、「媽媽們」(情報村的媽媽們……) 時，更直接道出了這種「類」的特性：

> 但往往媽媽們的類型都因軍種而異。(88)

在這樣的敍事策略中，象徵個體、經驗的有限性、偶然性的「人名」已被捨棄，他們穿插在人羣之中，隱沒於都市的角隅；而作爲一個族類的唯一標識是他們擁有共同卻又略爲差異的記憶、以及延伸自該記憶的共同感性與世界觀，如此他們才可能被敍述者在面貌模糊的人羣中「發現」、記憶。對敍述者「我」而言，「名字」只是可變而流動著的現象中極爲微不足道的一環，憑著自身的記憶和經驗即可以直接攫獲他們作爲「類」的本質，而「名字」相較之下就顯得過於具體（彷彿意旨著特定的客體）卻又太過抽象（大多是抄襲自報紙社會版或訃聞版），人稱代詞即是他們共同的名字。

在這裏，朱天心把「角色」也放棄了——放棄了角色的敍述於焉成爲不可能的敍事；「人物」也被代名詞輕輕的置換，「敍」於焉轉換成「議」，而所謂的「類」其實也只是某個意念、主題之下的諸多「事件的斷片」。而每一個斷片都是經過嚴格篩選的範例、一個曾經發生過的偶然、一個充滿必然性的可能——通常取材自社會新聞。

㈡資訊垃圾

在敍事者廣播主持人（《感性時間》？）式的旁白裏，那些斷片像是論文中的引文或例證。可是它又不是爲了證明什麼，因爲——

> 在小說世界之內，沒有誰可以斷言肯定，這是遊戲和假設的領域。在小說中，思考本質上是疑問的、假設的。（米蘭．昆德拉，65）

這些「事件的斷片」之所以被歸類，目的不在於逼出什麼答案，而是爲了「對被遺忘了的存在的探詢」（米蘭‧昆德拉，12），於焉旁白中的滔滔雄辯以及炫學式的旁徵博引時下流行的學術資訊，也無非表明了敍述者解釋上的無能、急切、乏力；「他」需要說、不斷的說，關於一個「他」所不了解（也似乎不可能了解）的、都市幽暗角落中的特殊生態。

另外，所有的事件的斷片也都是一篇小說的雛胚（如果我們賦予時間的深度），諸多的雛胚構成這麼一個整體，一方面顯示朱天心「一篇寫盡一種題材」的驚人企圖；另一方面卻又透露出她做爲都市社會中資訊／垃圾處理機的深沉憂鬱⑮。

社會新聞早在《未了》就闖進朱天心的大觀園：

> 緡雲聽著有些恍惚，分明是報上社會版的新聞，怎麼犯到她的世界來，……（朱天心，1982:90）

生活世界中的眞實（死亡）遭遇讓社會新聞變得可以經驗、可以感知，卻也因爲過於貼近生活而引起震驚。在《時移事往》中，〈主耶穌降生是日〉故事的開場卻是一則社會新聞：「平安夜不平安，魔徒辣手摧花」（朱天心，1989b:101）該篇小說便是這一則新聞的展開，透過見證人／當事人的「現身說法」⑯，《我記得……》中多篇具有社會新聞色彩的篇章，詹宏志也業已指出那是「看起來像是『重寫社會新聞』」（詹宏志，7），到了《想我眷村的兄弟們》，社會新聞不再做細部而盡致的展開，而改採同類並列的方式。以感傷的語調，去覺知、感受、訴說，並不隱瞞「社會新聞讀者」此一主體之竟然存在。於是在〈想我眷村的兄弟們〉中：

那個幹下一億元綁票案的主謀，妳在還來不及細看破案經過以及他的身分簡介時，只見他向記者朗朗上口的詩句……妳不禁脫口而出：「啊，原來你在這裏！」（94）

〈袋鼠族物語〉、〈預知死亡紀事〉中更是充斥著一再重複發生、在大多數讀者心中早已失去新鮮感的社會「新」聞，其中一則還「標明出處」：

那個掐死了半歲大的兒子，而後自己嚇得躲在床底直至次日才被人發現的十八歲小母親（79．7．4．聯合報）……（196）

把新聞變成小說，源於這個閱讀在那些新聞中「發現了自身」——新聞總是已發生的事，而她（新聞處理者）是潛在的病號，可能有一天上得了社會版，可是終究沒上。所以「新聞」對她而言可以透過自身的經驗來感知、賦予時間的深度。於是透過把新聞重述、串組、排列、解說，她企圖以見證人的身分告訴讀者：「事情並不像你想像的那樣簡單。」⓱

雖然這樣，社會新聞的充斥也說明了書寫者處境的封閉（論者或謂「閉室恐懼」）⓲，這種封閉當然可以理解爲一種心理狀態，但也可以理解爲那是朱天心所理解的都市生活本身的局限：一種必然的角隅狀態。自命爲社會的改革者、啓蒙師的智識分子也不能自外於這種宿命的封閉狀態(即使他並沒有像大部分學者那麼牛角尖、蛋頭)，如〈佛滅〉中的男主人翁：「簡直無法過沒有報紙的生活」，他——

> 才發現自己原來處在一個非常小的圈子——縱然這個圈子裏爆滿著可信不可信的內幕小道消息一大堆，……——但其實没看報紙，才發現圈外的世界如此之大，有一羣大他們千百倍「存在即眞理」的頑固而眞實存在的人們，他們所製造的事情之多、之不可思議，絕不下於他們這個小圈子，因此與他們的斷絕聯繫（天啊竟然是靠報紙！）完全不知道之外的世界在發生什麼事，凡事因此慢了好多拍似的他完全提不出任何見解或主張，很恐懼的發現自己長期以來對它的依賴，更恐懼自己原來竟也是他長期以來所批判的那些對象。（朱天心，1989:197-198）

這一段批判小說人物的文字可以視爲書寫者的自我反省與批判，禁閉不一定得推演一個超越的符旨做終極依歸(如邱貴芬所做的)[19]，那毋寧已是都會的屬性，居住於其中的人所必然擁有的匱缺：資訊流通得太快、傳播管道太多，人的感知、認知能力有限，還來不及反應，一切都已成爲過去。

所以〈新黨十九日〉中的家庭主婦一旦轉換生存空間，到號子（社會語言空間）去：

一個上午聽來的話題加起來抵得過她有生以來知道的全部。(1989:142)

資訊把一切碾成碎片，瞬間記憶、瞬間遺忘。快速的更替，把時間也壓縮成空間，「過去」來不及記取，「未來」轉瞬被現在替代。朱天心的憂鬱自然的從社會新聞／媒體資訊轉向時間本身。一如張大春敏銳地指出，「時間」一直是朱天心小說中潛在的主題（張大春，5-17），而時間的可感形式則是記憶和遺忘。

㈢蠻荒的記憶

作爲記憶的反面，遺忘總已在記憶之中成爲記憶構成的不可或缺的條件，所有的記憶都包含著（相應的）遺忘。在遺忘與記憶的辯證推衍中，「在一個消費時代的消費國度裏」（張大春,9），都市是心靈的廢墟。爲了抗拒遺忘，朱天心選擇了書寫（一個憂鬱的聲音說：「寫作究其終了不過是反抗遺忘(anti-oubi)」（埃萊娜．西蘇，222）），藉著把社會新聞操作得可以被體驗的方式以反擊遺忘，可是在這消費時代中她所選擇的感性形式顯得多麼蒼白無力。因爲都市新人類是多麼龐大的族羣，遺忘是他們的本能，他們是「未來」的主人翁。於是在疲憊的老B羊口中，我們還聽得到一些閃爍著朱天心早期信仰碎片的聲音：

> 對過去，他們天眞無邪得像個孩子甚至白癡。對未來，他們早衰得彷彿已一眼望穿人生盡頭處，像個消磨晚年，貪戀世事的老人。(1993a:63)
>
> 我其實很佩服他們對人生爲何能那麼缺乏經歷卻如此老練，我簡直好奇極了他們從成長的白癡生涯到一夕之間十足老手一個，那之中的失落環節究竟是什麼？(63)

他們的老練是消費大量的資訊造成的，中間失落的環節便是「成長的過程」。時間在這樣的運作中失卻了深度，於是來不及長大他們便老了，心靈蒼老一如堆砌著垃圾資訊的廢墟。他們已是退化的族類，向「原始」退化。在這裏，又透露出朱天心難以自抑的蠻荒感——終結感[20]。當時間成了問題，空間也就成了問題。終結感和禁閉感共同構成了蠻荒感的內涵，暗示了人類精神的萎縮。

在《我記得……》中，蠻荒感就已經形成。〈去年在馬倫巴〉中的老頭，港僑（某種意義上的外省第一代），性無能者，童年的志願是「長大後要當個滿街流浪的拾荒人」(1989c:99)，偏嗜過時的、破爛的舊事物，對垃圾桶情有獨鍾

（100），對都市中最幽暗污穢的角落充滿鄉愁（101），他自我禁閉，強迫性重複行爲式的每一天做著同樣的事，而從過時的垃圾資訊中他發現外在的世界也和他一樣日復一日的重複著，因而儘管他兩年足不出戶，「而世事全如他所料」（104）。在他生活的角隅裏，線性時間已經走到了盡頭，他逐漸的獸化，退化成爬蟲類，在時間的零點之前，他「失了腿手，一時之間說不上是進化還是退化，只單純的想找媽媽，像一頭迷失的小獸似的，放棄一切主張，努力的向光源處爬行」（115）。「退化」是強迫性重複行爲的後果（回歸到生命的原始狀態），而強迫性重複行爲正是源於對回憶（被壓抑的創傷）的壓抑，「被迫將被壓抑的東西當作當下的體驗來重複」（佛洛伊德，1986:17），在充滿都市廢棄物的過去中他其實也只是都市的廢棄物，心靈早已退化爲爬蟲類。

〈鶴妻〉中的男子在悼亡的過程中走上探險和發現之路，而那是歷史大發現而非地理大發現（如「台灣男襪業發展史」、「近五年家電史」、毛巾史、洗衣粉史……），眞正的發現也許是他竟然自我封閉到沒有發現家早已是蠻荒的巢穴。溫柔靜默的妻子在亡故之前就已走到線性時間的盡頭，單調刻板的生活令她漸漸失去語言能力，在物化的世界裏爲了抗拒男性對她的遺忘（在死前、死後）以商品塡滿所有隱蔽的角隅，在靜默的發言主體死亡之後，物才藉助她的死亡以開顯自身的存有。同時也開展了已死者在「未亡人」記憶中的存有，不止抗拒了遺忘，更豐富、深化了對她的記憶，但同時她也被徹底的異化爲一個更加靜默的他者。

在她「儲存（香味的）物品」→「儲藏記憶」（132）的邏輯之下，記憶也被物質化了。甚至死者的記憶邏輯也因著她的死亡而延伸到生者身上，生者於焉以死者的記憶邏輯去認知他們的過去，而應了法國女性主義者西蘇的一句名言：「我們注定在人類必死性(Mortality)門下作一名學徒。」（張京媛，1992:218）物質化的記憶引導她走向蠻荒，她長著牙和角在都市裏的廢墟中彳亍，竟然忘了她留下的物品早已足以讓她的男人去擺上好一陣子地攤……[21]。

在這裏，朱天心的「都市人類學」其實已具有相當的規模。

在《想我眷村的兄弟們》中，她進一步發展、延續她的探險。在〈袋鼠族物語〉中，母親是「母獸」，孩子是「小獸」，家是「洞穴」，帶著小孩的家庭主婦是「袋鼠」；〈我的朋友阿里薩〉中的阿里薩是隻追逐色慾的「雄獸」……。在這裏，她以取消時間縱深度的方式來詮註都市文明中斷裂的現前，把在時間共時化中消失的歷史還原爲神話，人類的歷史從「蠻荒—文明」轉變爲「蠻荒—蠻荒」，中間失落的環節正是包裹著時間和過程的「歷史」。

當時空都出了問題，「歷史」當然也成了問題。

(四)歷史

在〈從前從前有個浦島太郎〉中，朱天心把（她所理解、認知的）台灣歷史的切片具體化爲一則故事，藉著某類政治受難者——歷史見證人的演出，把本土論述核心處的政治創傷的神聖性去除（張大春，12），而代之以荒謬和虛無。朱天心在這裏把自己投身入（正統）台灣史（發言）

的戰場，唱反調式的敍事結構勢必讓她遭受本土論者的意識形態撻伐。她眞正的「敵人」是諸多政治受難者家屬的回憶錄，和尚未形諸文字的口述。雖然就小說言小說她可以說是寫出了一種可能的狀況，然而在政治忠貞度(political correctness)的要求之下，這種「可能」必須有已發生的「眞實」做保障，以讓它獲得必然性（而去除了偶然性）。在這裏，其實也涉及了歷史和小說的界限：在某種政治情境之下，小說被要求具有歷史的眞實度，而局限了小說虛構的自由性。撇開政治不談，朱天心在這篇小說裏其實是給歷史一個都市的向度，道出都市的角隅之感其實和政治的禁閉感十分類似。小說開場，敍事者「他」時空錯置的「回到」睽違三十年的潦草都市，帶著他半生居住其中的監獄，和長期被迫害而養成的被迫害的認知方式：帶著內化爲他的影子監視著他的「特務」，把陌生的城市凝視爲一座龐大的監獄。他並沒有發現，都市中人與人間溝通的隔絕竟與政治的禁閉如此相似：他永遠不知道同在一屋簷下的妻子在做什麼（104），他以持續缺席的方式在場（「他不希望因爲自己的闖入，帶給任何人任何的不便與改變」〔104〕），回家之後他並沒有嘗試和家人溝通，因爲他相信三十年不斷的家書遙控早已完成了必要的溝通——假設他們已完全按照他的方式安排一切（包括孫輩的命名）。他「爲了持續保護自己」而不斷的和一個隱在的權力機構進行溝通，迫害／被迫害—特務／被監控的邏輯主導了他的思考方式，於是他從一個昔日的左翼青年、激進的**唯物論者**老化爲一個活在過去的創傷和鄉愁的**唯心論者**，他淪爲政治（迫害）最徹底的犧牲品。在他對自身忘卻的遺忘中，他被徹底的遺忘。於是最終，在一個都市家居中隱密的角度，他發現了自己的被遺忘，於焉政治受難者的歷史便退化爲一則冷酷的嘲諷。想像中的溝通（信件）被還原爲獨白（未拆封）；那是被封閉的記憶，未曾開顯的存有。如此而重演了〈鶴妻〉、〈去年在馬倫巴〉、〈袋鼠族物語〉、〈春風蝴蝶之事〉的禁閉感和對人與人間溝通的絕望，歷史於焉只可能是少數（某「類」）人的羣體虛構，在都市的角隅中，爲了某個共同的目的。

都市化——持續的、不可避免的都市化讓本土論述奉爲命根的台灣性（Taiwanness）也在世界化的過程中被抽離、分割，而失卻了物質基礎；同時，「眷村」作爲一種特殊的人文生態環境也已漸漸消失——「眷村」的邊界逐漸溶蝕，「眷村的兄弟們」散布於都市的各個角落。在現實裏的「眷村」消失後，他們化身的隱形的族類，他們的下一代業已不再是「眷村子弟」，而是島嶼的居民。所以在〈想我眷村的兄弟們〉中，朱天心（對自己）說：

> 總而言之，你們這個族羣正日益稀少中，妳必須承認，並做調適。(94)

族羣人口的日益減少，就暗示了（歷史）記憶傳承的中斷危機。兼之在官方歷史論述的概化與遮蔽、以及在本土論述中被刻板化的雙重危機之下，在都市化提供的溝通場域中，他們（眷村子弟）卻是最受誤解、最沒有人願意了解的邊緣／畸零族類。於是在憂傷的敍述裏，朱天心耐心的辯解她／他們和台灣人其實是從小處在兩個相對隔絕（類似種族隔離）的環境中，不同的價值觀、生活方式、生存空間，和對歷史的想像建構，形塑了他們特殊的感知方式和內在世界。而最大的差別是，他們是移民的第二代。之所以「從未把這個島視爲久居之地」，原因很簡單：

清明節的時候，他們並無墳可上。(78)

祖墳是故鄉的標誌，歷史、時間、民族的物質沉積，而對他們而言，父輩的記憶和宗族的墳墓都在彼岸，在那大中華民國虛構的版圖中。

都市化中族羣人口的日益減少暗示了他們的歷史（小寫的歷史，history）被「擦拭」、被遺忘的可能。所以，她不斷的回憶，召喚——然而她所訴諸的感情形式卻無法把眷村寫成「歷史」，而毋寧是寫成了一種特殊的感覺方式，一種內在感受。旁白中急切的爭辯，過去經驗的重述、印象式的碎片之浮起與隱沒，在在表明了她的意圖不在「書寫歷史」，而毋寧是獨白與呼喚，呼喚那些遊散漂附在都市角隅的相同族類，在他們漸漸的遺忘中呼喚沉睡的記憶，在爭辯中呼喚，在呼喚中爭辯。以一種感性的發言姿態，告訴讀者在時移事往之後曾經發生過的絕不會平白無辜的在時間中消失，只要記憶的族類活著，一切就還未了——也將沒完沒了……。

㈤巫者：新民族誌

在這裏「記憶逸出歷史，而與人類學相遇」[22]。最固執的守護著記憶的是那些被朱天心命名爲「老靈魂」的（疑似）憂鬱症患者，他們把都市的廢墟提煉成符合人類學要求的蠻荒，透過他們奇特的觀照與感性。於焉〈預知死亡紀事〉便是朱天心人類學最深刻幽微、也最陰森可怖的展出。因爲他們這一族類「共同的特色是，簡直難以找到共通點」（145），因此可以是任何熟識的、或者任何陌生人，換言之，可以是任何人；因爲他們棲止之處並非可以從外在加以辨識的蠻荒，而是日常一般的都市。他們的存在便是線性時間終結的隱喻，他們總已是站在線性時間的盡頭，畏懼著——卻已期待著永恆時間的循環往復；作爲人類必死性下忠誠的學徒，他們的心靈是如此的蒼老。作者在文末逐漸揭露／暗示，他們之所以如此並非眞的「忘了喝孟婆湯」，而是因爲承擔了太多的（死亡）記憶，過量的記憶令他們的感性不勝負荷，而呈顯爲對記憶的強迫重複：不斷的記取、抗拒遺忘；接著世界彷彿也依著他們意識規律——已發生的有可能／必然再發生；已發生和必將發生之間的「過程」（時間）從而被取消了。

在農業時代（以及更早的蠻荒）死亡（尤其是意外死亡）總是一件了不得的大事，不只是個人或家庭的事，而是所有活在該空間中的人共同的「遭遇」；衆人的記憶以該齣死亡事件爲支點而賦予該空間特殊的意義，而該公共地域也從此有了居住者：亡靈。故事和禁忌都從那裏產生。而進入人口高度密集的都會，由於死亡的過於頻繁，過於密集，死亡也因而日常化了，日常化的死亡在社會新聞中是千篇一律的陳舊資訊，再也引不起震驚。他人的死亡總是易於被遺忘，於是逝者彷彿從未死去——和芸芸衆生一樣，彷彿也從未在人世生存過。忘卻了死意謂著忘卻了生，被遺忘的亡靈迅速的被驅逐出他們的死地。

老靈魂抱持著某種未明的殘存信仰碎片，以抒情詩人的敏感纖細恪守著物質不滅定律。所以「同樣一個城市，在老靈魂們看來，往往呈現完全不同的一幅圖像」（169），他們牢記著逝者，且可以在空氣中辨識出亡靈那異己的存在，亡靈留戀著那偶然的時段讓他們永遠屬於某個公共地域。因而在他們眼中，都市中的亡靈和生者一樣多。馬路上車禍死亡的逝者、午夜巷口的棄屍、火災中煙燻炭烤或傷心的墜樓人、肢解成塊的舊情人……時移事往之後，「還記得此事的人怕沒多少了」（168）。由恐懼而期待，死亡在畏懼的盡頭轉變成一種誘惑、一種難禁的慾望——唯有意識主體的死亡才是終極的解決之道——死亡從而變得可以實踐。

然而老靈魂偏偏又缺乏行動的能力，於是便只能游移在生之義務與死的權利之間，成爲一個「巫者」：

她們放下繡針、梭子、紡錘，拿起靈芝和木偶，學做女巫，預言休咎。（153）㉓

作爲巫者，他們進入神話的時間，進入由無數的「死亡」堆砌成的「過去」。在敍述者神經質的旁白、解釋性的敍述中，作者援引心理學、哲學、人類學的論述，舉證歷歷，企圖把諸如此類的「社會症狀」植入人類過去偉大的心智的智慧成果中，而撰寫出一則奇特的「(新) 民族誌」。

她的（都市）新民族誌是這樣的，透過類比：

> 無常，是的，老靈魂們對生死的無常感，毋寧與野蠻人（採人類學中的用詞）要相似得多。(163)

> 老實說，我也不知爲何在今日這種有規律、有計畫的嚴密現代城市生活中，會給老靈魂一種置身曠野蠻荒之感，他們簡直彷彿原始人在原始社會，隨時隨地他都可能、容易受到各種意外巧合的襲擊，並因此遭遇死亡。(169)

這兩段話扼要的點出全書中瀰漫的荒涼心態，「時空壓縮(timespace compression)」[24]之中的都市荒漠感。如此我們也比較能理解，她之所以採取「類」的內在形式，就因爲她採取了特殊「人類學」的觀照方式。文中的旁白者是「民族誌」的解說者，也是參與觀察者：心理分析意義上的分析者與被分析者，而那樣的書寫訴諸觀察與親身體驗，強調「眞實」，而「散文」恰恰是一種書寫體驗的文類。而朱天心也充分的意識到自己這種「探險家」身分：

三十歲之後呢？我正展開一場有趣的探險，探險人類理性已開發的邊際，探險自己積累三十幾年的龐大複雜的潛意識區，以上個世紀末人類學者對南太平洋諸島土著所做田野調查的心境，重新探險台北城市。(1992a:41)

她自承即使是以她自己的女兒爲對象的「盟盟物語」的寫作也是基於這樣的心態：

我竟想撇開做母親的情感、和一個台北長大、三十五歲的小說作者的身分，來觀察記述她，忘掉她是我的女兒，妄想以一個人類學者面對一個異質的部落族羣所做的工作，摒除自己所來自社會的價值、傳統、道德、信仰……只忠實的有聞必錄，不可大驚小怪或見怪很怪。(朱天心，1994b:214)

這段引文和前段引文不同之處在於，前者比較籠統的談及她的「人類學」的大方向和綱領，涉及深層的自我與總體的他人，在範疇上幾乎可以說涉及了近代哲學的主要關切；後者則比較貼近做爲一門近代學術的人類學在認識論及方法論上的主要特徵。這兩點置於她說明她自己「小說」寫作的脈絡中，確是十分有趣。最直接的問題是「文類的錯置」，也因爲這樣她在書寫上不得不回到最缺乏文類邊界的「散文」(詳後)，那是所有文類的共同邊界，也是共享的模糊地帶，可以讓她合理的跨越學科畛域。更重要的是，這樣的聲明或主張以一種更爲誇張的方式再度強調了她作品的寫實性，暗示了在以實存的客體世界爲參照這一點上，她小說寫作的「科學性」並不下於學院的學術研究，也具有相當的眞實性。這種「眞實性」總是在常識之外，也在常識的死角處，爲常人的目光所未到處，《學飛的盟盟》是一個最極端的例子。在一種異常的冷靜疏離的目光的凝視下，呈現出台北都會難以想像的異質景觀，最典型的如〈盟盟的台北地圖〉、〈學飛的盟盟〉、〈穴居者盟盟〉、〈盟盟的採擷生涯〉、〈盟盟的日記〉諸篇，寫出在社會化過程中尚保存一定原始本眞的盟盟的世界眞的就像哪個未經「文明」洗禮的陌生部落民族的文化那般豐饒多姿。而這，恰可做爲常人對於自身實存世界認知的盲點的一個隱喻，無所不在的認知死角，反映出時空錯亂的都會潛藏的無限豐富——每一個死角都恍如一個原始部落，也幾乎每個人都活在各自的死角裏。前面討論的《想我眷村的兄弟們》中的各個短篇所處理的題材及其方式，其實和《學飛的盟盟》是同一個認知基礎下的產物，共同構成她「都市人類學」的「(新) 民族誌」。朱天心那樣的觀念及其操作，在她自己的書寫場域內重新對文學提出古老的認識論問題：不是「書寫的對象是否存在」的問題，而是「如何掌握對象」，或「如何再現對象世界背後的實在」的問題[25]。換言之，朱天心前述的觀點和實證科學一樣，接受了一個可理解的實存世界，也對語言文字的再現能力深具信心，因而可以把問題簡化爲「寫實性」問題。而此一問題在上述的歷程中基本上是從歷史學過渡到人類學；以下無妨再從人類學回歸到歷史學，而深藏於「寫實性」中的，無疑的是政治問題。

五、「當下現實」的政治性及歷史性

朱天心視域廣闊的小說寫作之引起廣泛的注意弔詭的並不在於它的視域，而在於她以一種特殊的角度寫了政治。從《我記得……》開始，她的歷史——人類學的先期實踐正是以彼時正加速發展的反對運動、泡沫經濟下的股票熱、知識分子與家庭主婦的時代角色等等爲焦點，以考察特殊存在情境中人的存在，結果卻被因爲家庭背景及眷村出身之故而被簡單的認爲那是在「抹黑」反對運動，而忽略了「政治」不過是該集子中諸多題材或諸多書寫面向之一而已，並不具有什麼特別的優先性。〈我記得……〉、〈新黨十九日〉、〈佛滅〉諸篇的爭議一直延伸到《想我眷村的兄弟們》一書中的〈從前從前有個浦島太郎〉[26]。

時下台灣新建國運動中的反對運動不論是政治受難還是其他任何的行動都被行動者及同情者賦予了無可質疑的絕對神聖性，站在他們的立場，基於行動的考量，那是可以理解的——統合內部，一致對外——因而任何內在的矛盾在策略考量下都必須被遮蓋或淡化，以免妨礙了集體的利益。而做爲新國家運動一環的本土文學論述，也充斥著類似的「策略」考量，而互爲共謀。站在（朱天心或任何「老靈魂」所堅持的）「歷史學」（已發生的「事實」不容遺忘）或「人類學」（活在特殊情境中人的精神狀況）的立場，那無疑是一種（對自我及他人的）欺瞞，徒然遮蔽了人性的複雜度，爲了想像的政治目的而選擇性的記憶與遺忘或塗改記憶，在智識或學術的立場，那都是無法忍受的。朱天心自己及她的友儕們十分清楚那是一場記憶——歷史的保衞戰，朱天心的歷史——人類學觸及的正是文字保存記憶——觸犯禁忌的原始功能，而她所堅持的正是歷史性的而非具政治妥協性的「眞實」。唐諾（謝材俊）在爲朱天心《小說家的政治周記》寫的序中，以一種李敖似的語言陳述類近於這位戒嚴時代異議史家的「殺風景的歷史眞實性」哲學：

> 信仰也好，意識形態也好，大體來說，皆是反歷史的，因爲它要求的是神聖、純淨、至善、因信稱義（信了你就得救），偏偏歷史在另外一頭，歷史的本質是蕪雜、混亂、曖昧不明，在善惡之際反覆的掙扎出入，……（朱天心，1994c:13）

這樣的認知立場在消極意義上也可免於巧用小說「虛構」的便利而藉任意虛構的受難記憶、藉那樣的書寫似眞性來爲某種信仰或意識形態服務，以致讓「時間流程中產生的變化」失卻了它「獨立的價值」。發生於時間中的具體「事實」適足以制約政治需要下對「虛構」的濫用。在積極意義上重新確立「文學」的本體位置及其意義（楊錦郁記錄，1993），雖然如此，在這麼一個政治掛帥的時代裏，再怎麼強調與政治劃清界限仍被視爲是深具政治意義的姿態。從邱貴芬以共同建立台灣美好的未來爲由對她所認定的自我放逐者朱天心的政治招魂（邱貴芬，1993）以降，對評論市場的泛政治化略有警覺的何春蕤在談論朱天心近期作時依然十分「主流」的把朱天心的「焦慮」定位爲是源於她「對『立場正確』的一貫渴望」、「不願被視爲眞正異議的、邊緣的，而總希望與主流（不管是過去的國民黨還是現在民進黨所代表的主流）站在一起」（1994:340），而把複雜的問題更荒謬的簡化爲政治abc；而那十分喜歡強調自己的歷史系出身、曾經以「溯史」的方式精采的分析朱天心的轉型（詹愷苓，1991）的楊照，在以自己「今是而昨非」的「變節的故事」爲例對朱天心喊話時相當有意思的指出，正是由於朱天心是個「有信仰的人」，總是在尋求現象背後的意義或「本質」，仍舊有所堅持，所以「她沒有辦法游走在時間前前後後浮出的吉光片羽間作種種扮演」，換言之她只能做「一種」扮演而「無法放輕鬆下來，把文學創作看成是一種個人表演，演完了就算了」（1994）。

這或許正是朱天心和同是出身眷村卻「從來在爭議之外」的張大春及同是歷史系出身的楊照的差別所在。然而楊照言下之意卻暗示朱天心仍活在她過去的「多重時間」中的「過去」——她的「信仰」銘刻的時間性——而不像他那樣成功的「歸返」「當下現實」，轉型成功，適時的扮演一個「有前途」的本土派。

朱天心從胡蘭成那兒承接而來的「信仰」在經過外在現實及歷史系訓練的連番洗刷之後早已形容難辨，經過她多年的自我調整及實踐之後她如今的「信仰」毋寧可以說是一種頗具普遍性的價值守則，並不屬於哪個人的「過去」，硬加上的「過去的時間性」反倒可以視爲一種別有用心的政治運作。因此當楊照以自己爲反例說朱天心「可能沒有意識到我們其實是有一個『當下現實』可以歸返的」（同前）時，有意無意的略去了最要命的一個問題：當前本土派的「當下現實」中其實隱含著牢固的血統論，楊照的「變節」之所以那麼成功，一個根本的條件是他與生俱有的**本省籍身分**，而外省籍作家哪來這麼適宜「**變節**」的條件？

朱天心在〈夏日煙雲〉（1993b）裏「討人嫌」的歷數許多當前反對黨代表人物（如陳水扁、許信良、林正杰等等）的「變節的故事」，在〈去聖邈遠，寶變爲石〉（1994a）裏花許多篇幅談她承自母方家族的「本土性」以及她自身的本土認同：顯示眞正的問題並不在於何春蕤所謂的「認同主流」或楊照的「當下現實」，她自承毫無疑問的認同台灣本土，而關鍵或許正和處於近似的排外環境下的馬來西亞華人的文化屬性和政治認同類似，問題「不在於認同，而在於不被認同」（張錦忠，1992:189），這或許才是「當下現實」最「現實」之處。在那裏，政治性掩蓋、呑沒了歷史性；要不，就像楊照所建議而張大春所實踐的那樣「放輕鬆下來，把文學創作看成是一種個人表演，演完了就算了」，而不要去觸犯還沒有「壞到可以批評」的本土禁忌。

同是出身於歷史系、同樣寫小說、同樣走過大中國的朱天心與楊照，是一組有趣的對比個案，而在歷史性與政治性的纏結之處，「人類學」或許是一個可能的逃逸路口。讓我們回到「（新）民族誌寫作者」此一身分的問題上，來到文類的邊界處，也回到朱天心的書寫位置——依她的人類學的內在邏輯，自身的作家身分也可以被他者化以做爲觀察書寫的對象。同樣的，作爲文類的小說也可以是考察的對象。當她和傳統的寫實小說家一樣強調「眞實性」時，《想我眷村的兄弟們》的文體特徵就是一件十分有趣的事了。

六、後現代咖啡館與書寫位置

《想我眷村的兄弟們》的文體特徵往往被論者理解爲文類的問題，一些常識性的意見如「讀起來很像散文」（呂正惠，1992:285）更早已是讀書界的口頭禪。可是麻煩的是，在中國現代文學的文類劃分中，散文「是什麼」往往只能用「散文不是什麼」來加以界定（如：散文不是小說、不是詩、不是公文……），而小說在書寫方式上，恰恰又是「散文式」的（相對於詩、韻文）。因此上述的常識性的意見其實正暴露了讀者解釋上的尷尬：他們知道那不（只）是散文，卻有異於常見的小說。換言之，它成了必須被解釋的問題。在諸多的解釋者中，路況的解釋最爲深刻。他借用德勒茲的話，認爲「它〔演義〕喚起一種基本的遺忘。它在『發生了什麼』的要素中演變，因爲它使我們關聯於未被知曉未被覺察的事物」（1992:188）。「演義」(novella)是「一種現代小說前身的通俗文類」，換言之，在進行解釋時，他必須追溯至起源——借助現代小說形成前，和口述傳統較接近的文類。同樣的，我們也可以追溯至班固《漢書・藝文志》中對「小說家者流」的說明：

> 小說家者流，蓋出於稗官，街談巷語，道聽塗說者之所造也。孔子曰：「雖小道，必有可觀者焉，致遠恐泥，是以君子弗爲也。」然亦弗滅也。閭里小知者之所及，亦使綴而不忘，如或一言可採，此亦芻蕘狂夫之議也。

這段含義豐富曖昧的話（涉及官／民、書寫／口述……等等複雜的權力關係）或許更切合朱天心（歷史系出身、以一己的記憶反擊公開的遺忘〔參朱天心，1993b〕）的心境：形式的絕對開放，那樣的談議也允諾了「補史之闕」的作用。而且類似「街談巷議」的敍事聲音也內含了假擬的集體性：彷彿那雄性的旁白者不是個人，而是綜合了許多張嘴的集體。同時，此一談議用的是「他」（她生活在其中、她身在其中、她日常聆聽並且熟悉的男性話語）那一個階層（級？）的生活語言、語調、節奏，並且常以「你」或「妳」爲說話（受播）的對象（「那麼，你就看到她們啦……」，174），而營造出一個假設在場的情境。在該情境中，包含了說故事者(storyteller)和他的聽衆。而彼此溝通的憑據是把經驗植入故事之中。換言之，在某種意義朱天心的「談議」方式似乎是回到了班雅明（Walter Benjamin）論述中前工業社會、現代小說興起之前的「說故事」（Benjamin, 1978）。然而朱天心這種虛擬的在場（借助於印刷媒介），也只是表明了那是在說故事失去了社會基礎的時代裏一種新形態的「說故事」，它並非「扎根於人民之中」，而是以都會知識精英、城市雅痞、布爾喬亞爲聆聽／訴說的對象。她的位置，和文體／文類的特徵，都具現於新著〈威尼斯之死〉（1992b）提供的隱喻中。

〈威尼斯之死〉不在《想我眷村的兄弟們》中，卻是該集子中「類的形式」的延伸和推展，甚至可以說是把該集子中建立的文體特徵推到了極限，把她的都市人類學的觀察—書寫者本身也作爲考察的對象，報導人即研究者，猶如新民族誌的自我指涉而把對象反射向自身，所「議」的是小說創作（尤其是《想我》一書中的作品）、所「談」的族類是「同業們」（小說「族」），所置身的書寫場景是都市中一間又一間的咖啡館。

小說的整體運作類似於前一陣子坊間流行的後設小說，文中論述（自我表白、爭辯）了小說創作的各種機制，包括靈感的神祕性、取材和書寫的臨場性、命名的偶然性……，而核心的隱喻正是「咖啡館」。

咖啡館堪稱爲衆生相的縮影，便於作者觀察及偷窺竊聽。（86）

那正是作者「位置」的一個隱喻。在敍述者論／議的過程中，「咖啡館」是一個相當具有決定性的因素。它的氣氛「往往操縱一篇小說的風格」（86），提供難以預期但足以左右小說進行的偶然（的情境）因素，並且幾乎決定了小說的篇名。因此敍述者創作上的決定性條件變成是「找一家合適的咖啡館」。

在敍述、論證的過程中，敍述者大膽的暴露包括〈佛滅〉（及一些莫須有或未發表的）在內的一些作品「被決定的過程」，「他」企圖說明的是：那些已發表的作品爲何會以現有的面貌呈現？是哪些偶然因素、哪樣的咖啡館「決定」了這樣的小說面貌？在行文中，「他」補述了那些作品的「寫作過程」，把那些已完成的作品還原爲素材和過程，而在這篇小說中過程卻僅僅只能以過程的面貌留駐——在還原／重述／補述的過程中，一些偶然的、隱藏的決定因素又隨機出現，而讓該似眞的「過程」自行增殖繁衍，而逸出原有的格局。文體的憂鬱在此暴露無遺：書寫者的族類，是所有族類中最終的族類；而後設小說，則是一種疲憊的形式——自我揭露、自我擦拭、自我取消，敍述的衰萎指向主體的死亡：不再有過去，不再有未來。而這一切，似乎又是被咖啡館決定的。因爲這一回「他」進入一間風格有點「混亂」的「後現代風」的咖啡館，名爲「威尼斯」。

都市裏、世紀末邊緣、後現代風的咖啡館。

在這裏，「咖啡館」作爲一個隱喻，既是一個位置，也是一個生態圈。作爲位置，它提供書寫者一個觀察角度，隔著窗玻璃，隱匿的觀照窗外的街道、大廈、人「類」。作爲生態圈，那正是都市小資產中產雅痞政客文人……流連嗑牙之地，那裏頭漂浮著他們特殊的話語——修辭、語調、資訊碎片、三字經、塡充物、內容……——和氣味，他們的慾望、憤怒、歡欣……，以及他們觀察事物的方式。他（她）在他們之中、之內、之外。

借用丹尼爾‧貝爾(Daniel Bell)對於後現代(Postmodern)中「後」(post)的定義（「後(post)這個字首是要說明生活於間隙時期的感覺」〔1989a:47〕），朱天心的邊界咖啡館正是前述「間隙」(此中文譯名兼具空間意義）的一個隱喻。於是當班雅明在發達資本主義時代的巴黎煙霧瀰漫的小酒館裏發現了波特萊爾，且在波特萊爾身上發現波希米亞人、拾垃圾者、密謀者、現代主義者……各種異質的形象(Benjamin, 1989)；我們卻在二十世紀末期、同樣是發達資本主義時代的台北街頭，在一間空調良好，風格有點「混亂」的咖啡館裏，發現了一名形跡可疑、陰陽怪氣的男子（他甚至裝了假的喉結，以致沒有人發現「他」竟然是朱天心），正對著稿子細讀剪報；另一個角落，露出滿嘴牙齒的張大春在寫《我妹妹》；二樓，呂正惠瞇著眼在撫摸新購的CD，還有……

於是從大觀園到咖啡館就意味著從神的語言進入人間之後，一轉而爲幽靈的話語。發言主體從賈寶玉林妹妹而沙文主義腔調的男性，而爲陰陽怪氣的巫者——通靈人。她不止預言休咎，更能溝通幽明。因此巫者在線性時間和永恆時間的臨界點上，以靈媒的方式把朱天心的過去（透過抒情形式）召喚回來，於是愛波在死後仍在都市遊蕩，於是——在後現代風的咖啡館裏，朱天心略帶憂傷的想她的眷村兄弟，和過去的自己展開一場無聲的內在對話、賦予大舅給她的「黑函」一個閉鎖而感傷的結構……，在處理剪報、反芻絞碎的記憶、咀嚼破碎的世界觀之餘，更通過嘲謔的後設形式，說出了一則大家都知道卻又不太願意承認的「眞理」：除去創作的神祕靈感和感性，寫作者（不論是創作或評論）也無非是一架垃圾資訊處理機而已。而這種腔調又隱約可以辨識出是浪漫主義和現代主義的回音，經由後現代咖啡館複製的牆混亂的折射。

---

❶中文系出身的寫作者這種傾向尤其嚴重。而台灣到底還是中國文化區，一般而言寫作人口的中文底子、中國古典文學素養都不錯，女性在初試啼聲時往往易於耽溺於古典詩詞的美學情調和意境，能否告別（即使是策略性的）此一不食人間煙火的複製的華麗，似乎早已不證自明的成爲評估作家是否成長的標記。

❷譬如談到小童：「小童是大後唯一載過我騎單車的男孩。……可是他也愛玩，玩些我不懂的大人事，那種時候我總怕他，不認識他，也不想再認識他。」（朱天心，1989a:58）

❸對於性的討論和貞潔的強調，又參頁七〇—七一，八九。

❹譬如她和同性女友喬之間「欲仙欲死」的情感（頁六一—六八），在那樣的情感中，「丈夫」、「情夫」、「紅粉知己」是常用的修辭。

❺朱天心：「父親生長在一個非常開朗民主的家庭，在他之前三代都是傳教士，……」（楊錦郁，1993:81）

❻朱天心自己的用詞是「啓蒙師」，見《未了》一書中的〈得獎小感〉，無頁碼。

❼關於胡蘭成與「三三集團」之間的關係，以及朱天心三三時期的世界觀，詹愷苓（楊照）的一篇書評是非常重要的參考資料（詹愷苓〔楊照〕，1991）。

❽胡蘭成其時正倒大楣，被文化大學掃地出門，虧得朱西甯收留，在朱家被待以上賓之禮。

❾胡蘭成：「然而朱天文說朱天心對於她所不贊成的事也有強烈的不喜歡。她母親慕沙夫人我也聽她講過朱天心的同情此人，討厭那人，當面做得出來。」（〔1980〕1991:145）朱天文：「……她的暴戾脾氣且容不得一點惡人惡事。」（朱天文，1983:11）

❿《擊壤歌》完稿（1977）的四年後（1981），朱天心又補進一篇〈行行且遊獵篇〉，文中引了幾段胡蘭成的神語告誡，而後她說：「幾年間我屢屢讀此皆掩卷，直不忍啊，完全無能爲力。此時抄錄下來，邊讀邊思之再三，心生恐懼。爺爺我仍無能接此招。請您再等等，再等一等好嗎？」（朱天心，1989a:238）差不多在同一個時候，她寫了〈未了〉這篇「禮樂教化之功」（朱西甯，10）的產物。〈未了〉的世界，仍然是伊甸園、大觀園。而《時移事往》和缺席的篇章就產生於接下來的兩年內。

⓫借助一些隱喻。蘇珊・格巴：「它〔適宜婦女表達自我的藝術形式〕不是快樂的噴射，而是對撕裂的反應。」（張京媛，1991:174）「於是，『空白之處』，女性的內部世界，代表了對靈感和創造的準備狀態，自我對潛在於自我之中的神的奉獻和接受。」（頁一八〇）

⓬「少年法西斯」一詞爲施淑先生所鑄。意指一種類似青春期的精神狀態，把某種（道德）理想的純度提煉至絕對，而不擇手段、狂暴的（甚至血腥的）對社會上實踐未達致此一純度的人、事、物展開無情的懲罰式攻擊，以維護理想之名行使暴力、以對他人的要求替代了自我要求。以文學作品而言，赫塞的《徬徨少年時》、三島由紀夫《午後曳航》爲其表率。施師此詞未形諸文字，也未經概念化，上述「註釋」，姑妄言之。文責自負。

⓭《我記得……》中的男性觀點問題，詳參陳世忠，一九九三。

⓮這一部分曾經以簡陋的初稿形式發表在《海峽評論》十八期（參黃錦樹，1992:85-88）。

⓯此意胡衍南已先發之（參胡衍南，1993:124）。

⓰值得注意的是，在那樣的展開中，「眞相」並沒有浮現：「事件的發生」本身反倒成了無法書寫的空白。死者、肇事者和主耶穌都是緘默的；事件只呈現出「果」而見不著「因」，死亡封閉了理解之門。

⓱截用昆德拉的話：「小說的精神是複雜性的精神，每一部小說都對讀者說：『事情並不像你想像的那樣簡單。』」（艾曉明，1992:23）。

⓲⓳邱貴芬在他的大作中把朱天心小說的男性敍事觀點、小說人物往往置於密閉空間、博議的文體特徵等等都解釋爲作者「本身閉室恐懼的潛意識投射」，從而「一切似乎都與朱天心的閉鎖恐懼有關」（1993:105）。從閉室到閉鎖，前者是心理狀態；後者則關乎台灣的「鎖國」處境。這樣的解釋確有部分解釋效力，可是不免又是簡單的反映論：政治決定了一切。這樣的解釋根本不考慮小說本身的情境，而是通過不斷的化約，逼出一「終極的因」。其荒謬之處可舉一例說明。如〈從前從前有個浦島太郎〉，在邱的解釋中是閉室／閉鎖的典型個案，而參照朱天心的自述，那是以她那位常寄「黑函」給她，有被迫害妄想傾向的大舅爲藍本的（郭菀玲、關弘征、謝樹寬，1992:12）。換言之，在素材（「本事」）和小說之間，「反映」的究竟是朱天心的「閉室恐懼」還是她大舅的「閉鎖恐懼」？（假使我們接受了反映論的前提——如果不接受就連這問題也不用問）還是，邱的論述只是她本身（女性）潛意識上的「閉室恐懼」，政治（無意識）上「閉鎖恐懼」的投射與反映？

⓴借用貝爾的修辭（丹尼爾・貝爾，1989b:52）。唯在貝爾的論述裏，那是現代主義的一個特徵。

㉑〈鶴妻〉在表面的寫實背後，其實已悄悄的運用上魔幻寫實的操作邏輯。如果只有幾個抽屜懷藏著物質的祕密，那是寫實的；可是一旦所有的抽屜都那樣，就構成了荒謬與魔幻——把日常的可能性推向了極端，擴展成無窮級數。在這樣的安排中存在著潛在的嘲謔，卻也表現了對人與人（夫妻）間溝通的絕望。

㉒盜用克里斯多娃的話（張京媛主編，1992:348）。

㉓從這裏可以通向朱天心那篇〈威尼斯之死〉中的敍述者「現下想寫卻已被一位女同業寫去」的、「近年看過最恐怖的作品」(朱天心，1992b:90)——〈世紀末的華麗〉。一樣是蠻荒感，卻是不一樣的蠻荒感。一樣是巫者，(米亞)卻是不一樣的巫者。

㉔借大衛・哈維的修辭(夏鑄九、王志弘編譯，63)，貝爾的修辭是「固有距離的消蝕」(1989b:115)。

㉕有趣的是，在爲駱以軍的小說集《我們自夜闇的酒館離開》寫的序(朱天心，1993c)，朱天心高度稱讚了在台灣文學評論界業已被教條化輸入的盧卡奇，也提及盧卡奇所強調的「現實主義作家」的「世界觀」的重要性，然而卻談得十分簡略以致輪廓不明。盧卡奇強調的典型性(典型人物、典型環境)、具體及抽象的可能性……等等，是否都被接受了呢?從那篇文章中確實看不出來。倒是此一線索可以讓人試著理解她近期作品中採取的「類」的形式的特殊意義——「類」的聚合意味著強烈的意識操作，或近於某一特定論題的推衍與論辯。換言之，那是對盧卡奇「整體性」的一種特殊詮釋。在一種極端的情況下，當現象的斷片被歸納、聚合，以至從中抽象、概括出某些議題(「本質」?)，現象同時也就失卻了表徵(representation)時間的作用，從而讓時間也失去了具體性，失去縱深度，被壓縮爲書寫者意識的內在感受。這是怎麼回事?蠻荒之地竟是大觀園的毗鄰?而這就是詹宏志要的「本質」?胡蘭成強調的「內在秩序」?那或許是朱天心小說寫作未來的問題了。

㉖一九九三年十一月六日在中正大學宣讀論文時，與會者最感興趣的仍是政治問題。初稿中未論及〈從前從前有個浦島太郎〉而被質問，也涉及朱天心的政治立場。會後講評人呂興昌教授繼續關切朱天心小說寫作的政治性，追究〈浦島太郎〉一文是否醜化政治受難人。我當時答以小說的寫作所寫的無非是「可能性」，呂教授並不滿意，要求即使是「可能性」也必須有口述歷史做爲事實的依據，否則很難說是沒有惡意。朱天心後來發表的〈去聖邈遠，寶變爲石〉補述了該小說的「本事」，也許可以解決耳語爭議。然而卻也可以一葉知秋的看出尺度的

森嚴，文學的可能性被政治性假歷史事實之名限制住，除非是寫正面的、有利於反對運動的受難形象。是否新一代的樣板文學在醞釀中？也無怪乎朱天心一再爭辯文學寫作的自由空間。

參考資料

大衛・哈維(David Harvey)著，王志弘譯。〈時空之間——關於地理學想像的省思〉。夏鑄九、王志弘編譯。《空間的文化形式與社會理論讀本》。明文書局，1993。

丹尼爾・貝爾(Daniel Bell)著，高銛、王宏周、魏章玲譯。1989a《後工業社會的來臨——對社會預測的一項探索》。桂冠，1989。

丹尼爾・貝爾著，趙一凡、蒲隆、任曉晉譯。1989b《資本主義的文化矛盾》。久大桂冠，1989。

米蘭・昆德拉(Milan Kundera)著，艾曉明編譯。〈貶值了的塞萬提斯的遺產〉。

米蘭・昆德拉。〈關於藝術結構的對話〉。艾曉明編譯。《小說的智慧——認識米蘭・昆德拉》。時代文藝出版社，1992。

西格蒙德・佛洛伊德(Sigmund Freud)著，林塵、張喚民、陳偉奇譯。《弗洛伊德後期著作選》。上海譯文出版社，1986。

朱里亞・克里斯多娃(Julia Kristeva)著，程巍譯。〈婦女的時間〉。張京媛主編，1992。

朱西甯。〈天心緣起——代序《未了》〉。朱天心，1982。

朱天文。〈如是我聞〉。1983。朱天心，1989b。

朱天心。《方舟上的日子》。時報，1977。

朱天心。《昨日當我年輕時》。三三書坊，1980。

朱天心。《未了》。聯經，1982。

朱天心。1989a。《擊壤歌》。三三書坊，(1977) 1989。

朱天心。1989b。《時移事往》。三三書坊，(1984) 1989。

朱天心。1989c。《我記得……》。三三書坊，1989。

朱天心。1992a。〈流水十九年〉。《幼獅文藝》，8/1992。

朱天心。1992b。〈威尼斯之死〉。《聯合文學》八卷十一期，11/1992。

朱天心。1993a。《想我眷村的兄弟們》。麥田，1993。

朱天心。1993b。〈夏日煙雲〉。《中國時報・人間副刊》，28/7/1993。(收於朱天心，1994c)

朱天心。1993c。〈讀駱以軍小說有感〉。駱以軍。《我們自夜闇的酒館離開》。皇冠，1993。

朱天心。1994a。〈去聖邈遠，寶變為石〉。《中國時報・人間副刊》。1/1/1994。

朱天心。1994b。《學飛的盟盟》。時報，1994。

朱天心。1994c。《小說家的政治周記》。時報，1994。

何春蕤。〈方舟之外——論朱天心的近期寫作〉。楊澤主編，1994。

呂正惠。〈怎麼樣的「後現代」?——評朱天心《想我眷村的兄弟們》〉。1992。《戰後台灣文學經驗》。新地，1993。

邱貴芬。〈想我（自我）放逐的兄弟（姊妹）們：閱讀第二代「外省」（女）作家朱天心〉。《中外文學》二五五期，

8/1993。

胡蘭成。《今日何日兮》。三三書坊，(1981) 1990。

胡蘭成。《中國文學史話》。三三書坊，(1980) 1991。

胡衍南。〈捨棄原鄉鄉愁的兩個模式——談朱天心、張大春的小說創作〉。《台灣文學觀察雜誌》七期，6/1993。

埃萊娜・西蘇(Hélène Cixous)著，黃曉虹譯。〈美杜莎的笑聲〉。張京媛主編，1992。

埃萊娜・西蘇著，孟悅譯。〈從潛意識場景到歷史場景〉。張京媛主編，1992。

班雅明(Walter Benjamin)著，張旭東、魏文生譯。《發達資本主義時代的抒情詩人》。三聯書店，1989。

郭菀玲、關弘征、謝樹寬。〈混聲合唱——台灣各族裔作家對談紀實〉。《中外文學》二一卷七期，12/1992。

黃錦樹。〈被都市化遺棄的眷村・台灣——從朱天心的新作《想我眷村的兄弟們》談起〉。《海峽評論》十八期，6/1992。

張京媛主編。《當代女性主義文學批評》。北京大學出版社，1992。

張錦忠。〈馬華文學與文化屬性——以獨立前若干文學活動爲例〉。《中外文學》二一卷七期，12/1992。

張大春。〈一則老靈魂——朱天心小說中的時間角力〉。朱天心，1993。

路況。〈「黑盒子」邊緣的「白色雜音」——評朱天心的《想我眷村的兄弟們》〉。《聯合文學》八卷九期,7/1992。

詹宏志。〈時不移事不往——讀朱天心的新書《我記得……》〉。朱天心，1989。

楊錦郁記錄整理。〈始終維護文學的尊嚴——李瑞騰專訪朱天心〉。《文訊》革新第五三期，6/1993。

詹愷苓（楊照）。1991〈浪漫滅絕的轉折——評朱天心小說集《我記得……》〉。《自立副刊》，7、8/1/1991。

楊照。1994〈兩尾逡巡迴游的魚——我所知道的朱天心〉。《中國時報・人間副刊》，20、21/1/1994。

楊澤主編。《從四〇年代到九〇年代》。時報，11/1994。

簡瑛瑛、賴慈芸記錄。〈性／女性／新女性．袁瓊瓊訪談錄〉。《中外文學》十八卷十期，3/1990。

蘇珊．格巴(Susan Gubar)著，孔書玉譯。〈「空白之頁」與女性創造力問題〉。張京媛主編，1992。

Benjamin, Walter. "The Storyteller," *Illumination*, New York: Schocken, 1978.

黃錦樹，國立暨南大學中國語文學系講師。

朱天心創作年表

書名	文類	版本
方舟上的日子	短篇小說集	一九七七　言心
		一九七九　時報
		一九八八　三三
		一九九一　遠流
擊壤歌——北一女三年記	長篇散文	一九七七　長河
		一九八一　三三
		一九八九　遠流
昨日當我年輕時	短篇小說集	一九八〇　三三
		一九九二　遠流
未了	中篇小說	一九八二　聯經

台大學生關琳的日記	短篇小說集	一九八四	三三
		一九八七	時報
時移事往		一九八九	三三
(原名：台大學生關琳的日記)		一九九二	遠流
我記得……	短篇小說集	一九八九	三三、遠流
想我眷村的兄弟們	短篇小說集	一九九二	麥田
下午茶話題	雜文合集	一九九二	麥田
學飛的盟盟	散文集	一九九四	時報
小說家的政治周記	評論集	一九九四	時報
古都	中、短篇小說集	一九九七	麥田

國家圖書館出版品預行編目資料

古都 / 朱天心作. -- 初版. -- 臺北市：麥田出版：城邦文化發行, 民 86

面；　公分. -- (當代小說家；6)

ISBN 957-708-492-3(平裝)

857.63　　86003475

王德威主編　當代小說家1～8

■朱天文　花憶前身
■王安憶　紀實與虛構：上海的故事
■鍾曉陽　遺恨傳奇
■蘇偉貞　封閉的島嶼：得獎小説選
■平　路　禁書啓示錄
■朱天心　古　都
■蘇　童　天使的糧食
■余　華　許三觀賣血記

麥田出版股份有限公司

臺北市信義路二段213號11樓
TEL: (02)396-5698
FAX: (02)357-0954
郵撥帳號：1896600-4
戶　　名：城邦文化事業股份有限公司

【麥田文學】

L1001	想我眷村的兄弟們	朱天心　著	140元
L1002	我的帝王生涯	蘇　童　著	150元
L1003	相思子花	鄭清文　著	160元
L1004	燃燒之後	鍾曉陽　著	180元
L1005	薩伐旅	劉大任　著	130元
L1006	美國・美國	張北海　著	140元
L1007	下午茶話題	朱天文、朱天心、朱天衣　著	130元
L1008	企鵝爸爸	小　野　著	130元
L1009	綠色陷阱	葉兆言　著	130元
L1010	逐鹿中街	王安憶　著	130元
L1011	青春小鳥：王洛賓傳奇	吳淡如　著	130元
L1012	我是你爸爸	王　朔　著	180元
L1013	一個朋友在路上	蘇　童　著	150元
L1014	後青春期症候群	朱　衣　著	130元
L1015	初旅	東　年　著	130元
L1016	悲情布拉姆斯	雷　驤　著	130元
L1017	少年之城	王宣一　著	130元
L1018	殤逝的英雄	葉兆言　著	140元
L1019	藍色玫瑰	林宜澐　著	140元
L1020	家庭之旅	陳　黎　著	140元
L1021	夢的攝影機	路寒袖　著	130元
L1022	戲夢人生：電影分鏡劇本	侯孝賢、吳念眞、朱天文　著	150元
L1023	離婚指南	蘇　童　著	140元
L1024	走過蛻變的中國	劉大任　著	120元
L1025	南方青春物語	童　雲　著	140元
L1026	食妻時代	羅位育　著	140元
L1027	眼耳鼻舌	許悔之　著	130元
L1028	薛理陽大夫	張貴興　著	130元
L1029	斷掌順娘	彭小妍　著	140元
L1030	武則天	蘇　童　著	150元

＊本書目所列書價如與該書版權頁不符，則以該書版權頁定價爲準。

L1031	詩生活	侯吉諒	著	150元
L1032	枕頭邊的音樂會	陳樂融	著	140元
L1033	帶隻杯子出門	喩麗清	著	140元
L1034	公開的情書	路寒袖	編	140元
L1035	是誰在唱歌	林俊穎	著	130元
L1036	光之留顏	羅任玲	著	130元
L1037	滄桑男子	張　錯	著	140元
L1038	活著	余　華	著	150元
L1039	雁行千山	楊　明	著	130元
L1040	X小姐・重新開始	姚一葦	著	130元
L1041	不談愛情	池　莉	著	150元
L1042	可愛的女人	小　野	著	140元
L1043	威尼斯日記	阿　城	著	130元
L1044	多桑：吳念眞電影劇本	吳念眞	著	150元
L1045	紅房子酒店	葉兆言	著	140元
L1046	十一擊	蘇　童	著	140元
L1047	采集陽光與閒情	劉靜娟	著	140元
L1048	香港情與愛	王安憶	著	130元
L1049	她是女子，我也是女子	黃碧雲	著	140元
L1050	靑銅小子	小　野	著	150元
L1051	輕少女薄皮書	小　野	著	150元
L1052	相思月娘	李　潼	著	140元
L1053	天生好男人	羅位育	著	140元
L1054	刺靑時代	蘇　童	著	140元
L1055	風景明信片	路寒袖	編	150元
L1056	航向愛琴海	陳少聰	著	150元
L1057	旅行的顏色	黃雅歆	著	150元
L1058	桃花燦爛	方　方	著	130元
L1059	向日葵海域	楊　明	著	140元
L1060	今夜星光燦爛	葉兆言	著	220元
L1061	天空線下	張北海	著	160元
L1062	好男好女：侯孝賢拍片筆記，分場、分鏡劇本	朱天文	編著	150元
L1063	心事	童　雲	著	150元
L1064	城北地帶	蘇　童	著	190元
L1065	小野之家	小　野	著	150元
L1066	雜貨商的女兒	小　野	著	140元
L1067	把你的脚綑起來	蘇　童	著	160元
L1068	小小撒個野	小　野	著	130元
L1069	花影	葉兆言	著	190元
L1071	百年孤寂的台灣民主國	羊　恕	著	240元

＊本書目所列書價如與該書版權頁不符，則以該書版權頁定價爲準。